# 亲爱的租客们

QINAI DE
ZUKEMEN    巴克 著

百花洲文艺出版社
BAIHUAZHOU LITERATURE AND ART PRESS

**图书在版编目（CIP）数据**

亲爱的租客们 / 巴克著. —— 南昌：百花洲文艺出版社, 2021.12
ISBN 978-7-5500-4458-6

Ⅰ. ①亲… Ⅱ. ①巴… Ⅲ. ①短篇小说 – 小说集 – 中国 – 当代
Ⅳ. ①I247.7

中国版本图书馆CIP数据核字（2021）第219984号

# 亲爱的租客们

巴克　著

| | |
|---|---|
| 出 版 人 | 章华荣 |
| 责任编辑 | 胡青松 |
| 书籍设计 | 彭　威 |
| 制　　作 | 何　丹 |
| 出版发行 | 百花洲文艺出版社 |
| 社　　址 | 南昌市红谷滩区世贸路898号博能中心一期A座20楼 |
| 邮　　编 | 330038 |
| 经　　销 | 全国新华书店 |
| 印　　刷 | 南昌市和一彩印有限公司 |
| 开　　本 | 787mm×1092mm 1/32　印张 10 |
| 版　　次 | 2021年12月第1版第1次印刷 |
| 字　　数 | 160千字 |
| 书　　号 | ISBN 978-7-5500-4458-6 |
| 定　　价 | 48.00元 |

**赣版权登字：05-2021-398**
版权所有，盗版必究

邮购联系　0791-86895108
网　　址　http://www.bhzwy.com
图书若有印装错误，影响阅读，可向承印厂联系调换。

# 他们没有一个人知道我写下了他们

　　应该是在大前年的秋冬时节，某次偶然的发呆状态中，突然顿悟：为什么不写写我家的这些租客？他们与我日夜相伴，既是我生活的一份来源，也可以成为我写作的素材。想法既定，那些面孔便在我的脑海里翻动起来，我只需耐心地坐下来，抽丝剥茧般地讲述原汁原味的生活即可。

　　诚然，这完全是一部非虚构作品，因为那些现实已足够丰富精彩，通过它们已足够窥见这个时代，而虚构也许就会弄巧成拙地损害了它们的标本价值。当然我这样说，并不表示我的文学观就是反对虚构的，也许有一天，我会写出一本完全是天马行空的书呢。

　　一开始，我并未意识到可以整体出书，便写一个投一个，在文学期刊上零碎地发表了几个。发表了之后，难免会有点虚荣心，在微信朋友圈里晒一晒，为了不引起不必要的麻烦，我就将朋友圈作了设置，不让租客们看到。所以，他们没有一个人知道我写下了他们。当然我也不会傻到，让他们能够对号入座，引起更多的不必要的麻烦，故而故意张冠李戴，变更户籍地（但准确到县），或者在外貌特征上模糊化，总之，我不会让他们抓到小辫子。哈哈。但以自家租客为模本写作，这个事实已经让我有些惴惴不安，好像是在利用他们。在此我谨向他们道以感谢，权当是为文学作了一点贡献吧。

写作倒是非常顺利，初稿就列入了杭州市文联的文艺精品工程，获得了浙江省文艺大基金专项扶持，并最终在百花洲文艺出版社出书，在此也向各位有恩于我的老师表示感谢。

书写完了，也出版了，作者就难以把控它的命运了。我不知道，谁会来翻阅。不过我想说，美丽的杭州，虽然有负面的"蛋壳公寓事件"，但还有很多本分善良的房东。请允许我代表杭州的房东们说一句：亲爱的租客们，欢迎你们！

再加一句：亲爱的读者，如果您曾经租过房，不妨翻翻这本书，它或许会让您百感交集，对往日的辛酸付之一笑；如果您正在租房或打算租房，更不妨翻翻这本书，相信它一定会对您的租房过程有所裨益；如果您想吐槽一下曾经租房经历中的苦恼，不妨写上几句，发到我的邮箱zjbake@sina.com，我愿意和您交流；如果您有机会来我的家乡杭州市富阳区工作生活，需要租房的话，可以来找我，我一定会给您优惠。

亲爱的
租客们

# 目 录
CONTENTS

小　唐 / 001

鄱阳湖很大很大 / 022

君子好逑 / 041

夜游神 / 062

月光曲 / 081

男人都有脾气 / 098

微笑达人 / 120

后会无期 / 144

你以为我傻啊 / 160

重庆妹子 / 177

嚎　叫 / 201

鲜肉小丁 / 216

鸭子嘴巴硬 / 233

一盒红玫瑰 / 251

穿貂皮的女人 / 267

东北人不都是活雷锋 / 283

小　周 / 298

# 小 唐

## 1

自打我接受了房东这一身份后，小唐是我的第一个房客，而且还挺有意思的，所以至今印象深刻。

我初做房东那会儿，还在银行上班，属于业余性质，所以电话虽然打给了我，接待还是委托给了我妈，她熟门熟套，不会出岔子。等我下了班，回到家里，小唐已经在一楼靠楼道边的103房间里安顿下来了。

我先上楼去。我们家房子有六层半，就是六层带阁楼，五楼以上自己住，下面全部出租，做成单身公寓的格局。因为地处城中村，周围也都是自建房，属于城里主要的几片出租房区域之一，而且就地段来说，临近富春江，算是最好的。我妈正在炒菜，侧一下脸说："文涛，你去登记一下。钱收了，等会儿给你。"

我"哦"了声就下去了。老实说，我妈对于交出房东大权，心里是犹豫纠结过的。一方面，她想要空闲一点，为脱手感到轻松；另一方面，又觉得自己还没老，过早交出了经济大权，有些失落。这事情还得归结于我姐姐的撺掇。她说：做房东有什么好？反正你又不缺钞票。缺了，你问他要，他敢不给你？反正迟早你要交给他的，不如早点叫他接手。还有，空了，你不是可以去旅游吗？我姐姐自己家也有一栋楼，就在旁边不远处，做房东的苦乐深有体会。去年我爸车祸离世后，我妈爱上了旅游，特别是那种短途的老年团，有吃有玩有伴儿，还不用花多少钱。其实，放手后，我妈已经去玩过好几个地方了。当然，对于我这样的新手，总得有一个扶上马送一程的过程吧，所以头几个月，招租工作一般是我们娘两通力合作。

到了下面，门开着，我看到一个男人正在弯腰铺床。我走进去，他便直起腰来，于是我看到了一张下颌儿略尖的脸，眼睛有点小，但很是聚光，鼻子大，髭出几根鼻毛。这面相有点儿像老鼠，对了，下巴上还有几根老鼠胡须呢。可能因为路途劳顿，眼睛里有明显的血丝。个不高，上身穿米灰色、有点宽大的西装，下着青色长裤，脚上是一双黑皮鞋，头发蛮长的，有些油腻，皮肤倒是白白的，中青年模样。我拿出本子登记，因为公安机关有规定，租客入住，必须在专用的本子上登记，三日之内上报信息，偶尔他们也会来抽查。拿起他的身份证一看，大名唐家富，35岁，民族汉，地址是四川省马边县某乡某村几组几号。他恭敬地说，叫我小唐好了。笑着给我递烟。我没拿，因为不抽。我问他做什么的。他说打工呗，刚出来，还没找好。房东，你能不能帮忙介绍一下？我说不能，自己去找吧，刚开年工作好找。他就又问了些情况。房租三百一月，按常规交三押一，刚才我已经拿到了。他租的这间房，是我十几个房间中面积最小的，形状也不太规整，自然房租也是最低。本来想做储藏室的，后来改了，有内卫，有个简易厨台，再就是一张简易的木板床，其他就是四垛白墙了。

实际上，小唐比我还大三岁，但就这么一直叫下来了。十来天后，有一次我吃好晚饭下楼来，看见103开着门，就走过去探了一眼。小唐正在烧一只火锅，底下电磁炉，上面是那种带玻璃盖子的锅，食物在泡沫中翻滚，热气腾腾，浓香扑鼻。

小唐笑嘻嘻说："房东，一起吃一点。"

我说吃过了。

"我一个人就简单弄点。"他说。那件米黄色的西装挂在墙上，身穿咖啡色的V领毛衣，里面是深色衬衫。

"不简单。挺好的呀。"我说。这麻辣火锅还真的勾起了我的食欲。

"我也不是每天做，今天下班早，就想这么搞一下。"小唐一边说，一边掀起盖子，拿筷子搅了一下，泡沫少下去了，香气更加浓烈。没有羊牛肉之类，一些贡丸，以及腐竹、豆腐和生菜，一层辣油漂在上面，红艳艳亮汪汪的。他夹起一小片食物，尝了尝，咂咂嘴，那几根老鼠胡须兴奋地抖动。然而，我又闻到了他身上的一股很浓烈的汗臭味。

我问："工作找好了？做什么？"

他说，在建筑工地上做小工。

"工资多少？"

"说是一百五一天。"

"挺好的。"我说。

"天天有得做，那是好的咯。"他放下盖子，脸色红通通地站在火锅边。

我又问："小唐，那你老家还有什么人？"

"父母啊，一个小孩啊。"

"那你老婆呢？"

愣了愣，他说："早就跟人跑了。"

"哦，"我说，"男孩女孩？"

"男孩。读小学了。"

"那你打工就是为他赚钱。"

"是咯，以后读大学的话要好多钱！"然后他就告诉我，他老家是多么穷，他儿子上学要走多少里山路，等等。还有，以前他就在老家附近打工，这次是受了一位老乡的鼓励，才跑到这边来的。

中国西部农村的穷，我是知道的。我沉吟着。冷不丁，小唐问我："房东你呢？有小孩了没？"

我唰地脸颊略微发烫，说："我婚都还没结呢。"

"那你多大？"

我告诉了他。

"那是你要求高咯。"

"唉，不好说，反正缘分没到！"

"那也不急的，反正你们城里人结婚都晚！再说，你面相也年轻！"

我说是的，不急不急，然后就离开了。这以后，平时我偶尔见到小唐，打个招呼，点个头，和别的租客无异。

很快三个月到了。那天，我去收房租。事先算好了水电费，电话里告诉他。时间也是晚饭后。他吃过了，正等着我。我收下一千多一点现金，开了一张收据给他。然后，我随意地问："小唐，这几天也在工地上？"

"没有，这几天在补漏。"小唐看了下收据，放在床头柜上。

"什么？"

"补漏啊，就是人家屋顶漏水，去修一下。"

"你会补漏？"

"嗯，我都做了两个活了。"

"怎么想到去做这个？"

小唐挠挠头，笑嘻嘻说："工地上，又不是天天有活干的咯。还有，工钱也不好要。有一天，我看见人家补漏的车子，就想到了咯。"

补漏的车子？就是那种灰白色的小面包吧，有时候在大马路边能看到，而且还是好几辆扎堆，车厢两边写着"防水补漏"四个大字，以及一串手机号码，据说都是安徽人抑或河南人。

"你自学的？"我笑着问。

"这个又不难的，学一下就会的咯。"话虽这么说，可他脸上挂着谦卑的笑容。

"那补漏赚钱多吗？"

"这个要看具体活的，不好说。能搞到大一点的活就能多赚点咯。"

"那你现在接的活多吗？"

"这个还困难的……刚开始咯，人家还不知道你，要慢慢来的，靠口碑的……活是很多的，不是有句话叫十顶九漏嘛。"小唐慢吞吞说。

"不错不错！在工地上做小工，还要听人使唤，做这个好歹你自己就是个包工头！"

"那倒是咯。"小唐腼腆地笑着。

"小唐，看不出来，你还挺有想法的！"我说笑着，出去了。

"房东，你有活介绍一下咯。"他在后面说。

## 2

很快我就替小唐揽到了一个活儿。其实呢就是我们自己家的。十顶九漏，老话还是有些道理的，虽然我们家的房子，在建造的时候，父亲费尽了心血，监工做得很牢靠，但屋顶还是有点漏水了。严格地说，也不算房子主体，是六楼前后两个封闭阳台，顶棚和墙的接缝处做得不好，导致下雨天渗水，有时候晒衣服不方便。房子造了有几年了，渗水越来越严重。夏天快到了，雨水充沛，可能会愈加明显。本来也许还会拖一拖的，但那天我妈说起，我立马想到了小唐，然后就和我妈说了。她说，好啊，那就叫他来补一下。

我和小唐说了。傍晚他就上来看了，说一点小问题，绝对能搞好，不过这几天他正忙，要等几日。周六，我按他开的单子去买好材料。周日，动工了。之所以安排这一天，一是因为后面连续有几个晴天，这对屋顶补漏很重要；二是我休息，可以给小唐做个帮手。

先是清理。接缝处有一层苔藓样的东西，甚至还长出了几株小草。小唐把这些除去了，又用小刷子刷干净。然后裁剪材料，就是那种外层银白色的补漏材料，里层覆了一层膜，撕开很黏的。小唐把材料裁好，一块一块铺到接缝处，再用力按压，使之粘牢，特别是材料的接口处，做得很仔细。他做这一切的时候，偶尔使唤我一下，但基本上是一个人干，说实话我也帮不上多大的忙。他一边干活，一边和我聊天，讲讲那些工地上的事情。有个同事，老爱占他便宜，他就骂他以泄愤。有个监理人员，对他态度不好，他也大发牢骚。还有，他也不傻，学会了偷懒，你监工越凶我就越偷懒，在他看不到的时候。我不知道是他原来就有的口头禅，还是到这里后学会的，把"鸟人"两字挂在嘴上，这个鸟人，那个鸟人，骂得很爽。后来我听烦了，就说，你才是鸟人呢，四川鸟人！出来打工就要和人家好好相处，别那么多牢骚！他就嘿嘿一笑，说那是那是。小半天工夫，活儿就完成了。

中饭在我们家吃。吃饭时，我妈说："小唐，这个工资，怎么说？"其实上次我就问过了，小唐说，再说吧再说吧，一点点活，帮帮忙！

小唐喝了一口啤酒，又说："什么呀，就这么点活，帮帮忙算了咯。"

我说："那还是要付钱的！"我陪着他喝酒。

我妈也说一定要付。

"那就房租上扣一点吧。"小唐说。

我说，那也可以。心里想，扣多少呢，一百？差不多了吧？

这时候我妈看着我说："要不这样，你拿两件你不要穿的衣服送给小唐吧，就当工资算了。"

这主意不错。我马上站起来，进房间挑了两件衬衣，边走出来边说："小唐，这件白色的，是我的工作服，还很新的，反正我有好多，就送给你了。这件米色的，是雅戈尔的，买的时候要好几百呢，领口有点破了，我不穿了，你要的话也拿去吧。"我把衣服递给他。

小唐马上接过了衣服，表情欢喜地说："好的好的！"

吃好饭，他高兴地下楼去了。

以为这事儿就这么结束了。可是过了几天，下了一场大雨，补漏工程真正的验收才开始。上午下的雨，我在单位上班，接到了我妈的电话。她说，还是漏的呀，只是比原来好一点。这个小唐，怎么干的活？！语气里充满了埋怨。我也心里泛起不爽，立马给小唐打电话。

过了好一会儿他才接听。我大声问："小唐，你在哪里？"

他稍愣，然后说："人家家里干活啊。"

"干活？给人家补漏？"我语调里带着讽刺味。

"没有，今天给人家敲墙，下雨天不好补漏的咯。"

敲墙？应该是装修的活儿吧，室内的。"那个阳台又漏了！"我说。

"啊，怎么会？"

"你自己去看看！我干吗要骗你？"

"噢……那，那等我回去再说。"他支吾。

下了班他来了。看了后，红着脸承认自己没做好。

我说："小唐，你不是说很简单的吗？"

他讷讷说："这个，这个，我也是刚学的咯。"

靠，我想，刚学会就满嘴跑火车，拿我家给你做试验！但我也不想让他太难堪。沉默了片刻，我说："小唐，那你说，怎么办？"可气的是，他就穿着我送给他的雅戈尔衬衫呢。

"那还能怎么办？重做咯。"小唐挠着头说。

几天后，天气晴好，小唐来重做了。这回材料是他买的，还多带了几样工具：一只小铁桶，里面装着沥青；一只煤饼炉，里面有两饼蜂窝煤。把原来的材料揭去，重新铺覆，又用烧热的沥青浇在接缝处。

弄好后，小唐略微有些腼腆地说："房东，这回应该没事了。"

我说："有事还找你！"心想，哼，这个鸟人，这回倒是谦虚了。

还是在我家吃的中饭，我陪他喝酒。不过这回没送衣服，给了他买材料的钱。

还好，阳台倒是从此不漏了。

## 3

八月份，某个雨天的傍晚，我从银行回来，看见小唐正坐在房间门口，屁股下面是一张小板凳，背抵着墙。坐房间门口不稀奇，关键是手捧着一本封皮土黄色的厚厚的书，全神贯注地看着。这情况我还是第一次发现。

我在楼道口停了步，看着小唐问："小唐，今天休息？"我看他衣服清清爽爽的。

"嗯，"他抬一下头，说，"哪里天天有活干的咯？"说完又低下头去，好像敷衍我一样，表情也很严肃。

"你在看什么书？"

"没什么，随便看看。"

"随便看看你还这么认真？让我看一眼书名。"

他这才又抬起了头来，将膝盖上的书竖了一下，让我看到书名。于是我更加吃惊，因为书名竟然是《周易》！我还以为是金庸或者古龙的武侠小说呢。

我煞是有兴趣地走过去，说："这个你也看得懂？"

小唐捧着书，表情仿佛是从一种入定状态中走出来，看着我说："这个有注解的咯，慢慢看咯。"好像因为被我窥见了什么秘密，脸上漫起淡淡的羞赧的红晕。

对于《周易》，我基本无认知，只知道是一本古书，也叫《易经》，可以用来算命。对了，父亲在世时，说到过"天干地支"这类名词，好像出自《周易》。

"你看这个干什么？"我问，这和他的身份实在不怎么相符。

"看着玩玩的，反正没事做咯。"小唐挠着头说。

"那你读了几年书？"

"初中读了一年就不读了。"

我饶有兴致，拿过书来翻了一下，果然有"天干地支"这类名词，还有各种图案，就是所谓的卦象吧，下面有注解。我看不懂，也不太感兴趣，就还给了他。我往房间里面探了一眼，发现床头柜上还有一本厚厚的书，就绕过小唐走了进去，走近一看，是一本白色封皮的《黄帝内经》。我不再惊奇了，只是对他的好学精神愈加佩服。书旁边还有一盒名片，仔细瞅了一眼，是小唐的业务名片，上面写着一行大字"小唐防水补漏服务部"，下面是很多小字，罗列着屋顶、卫生间、阳台、水管等等业务覆盖的范围，以及电话号码和地址，而地址就赫然写着我家的门牌号码，后面还有房间号。第一反应，我感觉有些被冒犯。然而再一想，他既然租了房，也算是拥有这项权利吧。

我问："补漏生意还可以吗？"

"马马虎虎咯。"小唐也走进来了，站在我背后。

我旋了个身，又往外走。屋子里还是有一股异味，卫生搞得不勤。我瞥见卫生间里有一盆衣服，浸在水里还没洗呢。走过来，又看到灶台边的小桌子上，放着几棵咸菜、几块豆腐干，以及一小片肥瘦相间的肉。

"小唐，只顾看书，晚饭都还没做啊。"我说。

"不急的咯，天还亮着呢，过会儿再做。"

"好，那就不打扰你了。雨天看书，特别有味！"我说笑着，上楼去了。

这之后，我又看到过一次他看书的场景，那种严肃的表情，让他的侧面看起来就如同一个用功的学生，以至于我都不忍心去打扰他了。

好像是过了两个来月，有一天，我姐姐过来，聊了一会儿家事，突然看着我问："哎，你知道小唐现在干什么？"

"干什么？"我有些莫名其妙，但觉得姐姐的笑容里有几分内容。

"在恩波桥头摆摊，测字算命！"我姐姐说。

我一愣，然后就哈哈大笑了。我妈也笑。我姐姐笑完了，说，前几天我从那儿经过，亲眼看到了！

"那他有没有看到你？"我妈拭着泪问。

"也看到了。他故意头低下，我就故意走到他面前去。我还说，小唐，给我算一算！他就脸涨得通红，说，不算不算，太熟悉了咯，算不好的咯。站了一会儿，我想想还是不要影响他的生意，就走了。"我姐又笑起来。

"那他有没有生意呢?"我妈问。

"不知道,反正我在的那会儿没生意。我对他说,咦,小唐,你这个人蛮厉害的!晴天补漏,阴天算命,赚钞票真是起劲!"说得我们三个人又大笑一阵。

笑完了,我就说了那天看见他研究《易经》的事,看来早有伏笔,只是我未曾想到。于是我妈就感叹,老话说得好,人真的是不可貌相啊!

数天后的下午,我在办公室里做信贷资料。后来,抬起头来,发现窗外天色阴晦,其实一整天都是这样,没下雨,也不见太阳。我先胡思乱想了几分钟,突然就想到了小唐,这种天气,他会不会在恩波桥头呢?一会儿我就站起来,走出了办公室,一方面我要松弛一下昏沉沉的大脑,另一方面我确实想去亲眼求证。

我们银行就在富春江边,离我家很近,距离恩波桥头也不远。我沿着江边走过去,七八分钟后便看见了恩波桥。那是一座拱形的古石桥,我们当地的标志性建筑。旁边建了一个广场,就叫恩波广场。我先看桥的这边,有三位算命先生,两男一女,没有小唐。一位年轻女子蹲在一个白胡子老头面前,问这问那。我上了桥,走到中间位置,然后就看到了二三十米开外,广场那侧的桥头,果然有小唐。旁边还有一位同行,年纪比他大,相距三米距离。小唐坐在一张小板凳上,面前摊着一张白色的塑料布,上面放着一些占卜的工具,包括一只黑乎乎的大号笔筒,里面插着很多细细的竹签。广场上很安静,远处有几个行人斜着穿过。中秋节过去半个月了,但柳树依然长发纷披,花坛里的花儿依然穿红戴绿。微微隆起的草坪上，依然绿草茵茵，有三丛精心修剪过的观赏植物，因为顶端毛茸茸的叶子是红色的，宛如三个鲜艳的蘑菇。但总归是秋天了，景物都失去了春的蓬勃和夏的茂盛。

走到近边，我叫了一声："小唐！"

"哎，房东，你好。你怎么来了？"他早已注意到我了，挪了一下屁股，脸色有点不自然。

"来看看你。"我笑着，在他面前站定。

"有什么好看的咯。"他脸有些红起来，眼睛斜向地面，几根老鼠胡须抖动着。

我说："你应该把胡须养长一点，这样更像！"

"你不要说笑了咯。"小唐说。

我愣了一下，蹲了下来，这样比较自然。我问："今天赚了多少？"

"没多少，没什么生意的。"

"没生意，那你还来？冷风中坐着舒服？"确实有点冷风凄凄，我光穿衬衫，觉得有些冷瑟。小唐倒是不怕，白衬衫外面套了件藏青色西装，这白衬衫似乎就是我送的那件吧。一只白腹灰背长尾巴的鸟儿，在他背后的草地上啄食，抬起头来看了我一眼，眼神里充满了凄清，还有那么一点儿天真。

"那也不是这么说的咯，有时候也有的……再说，反正在家也是坐着。"

"今天真的一点生意都没有？"

"上午赚了二十。"小唐低着声说。

"那平时呢？"

"我又不是经常来的咯……"小唐瞟了我一眼。

"那倒也是，你这个是副业……就说来的日子，一般情况怎么样？"

于是小唐慢吞吞地说："一分没赚也有，最多有一次两百来块，一般就是几十块咯。"说完，他嘿嘿一笑。

"那主业呢？赚钱多吗？"

"那也不好说的咯，反正就是打打工嘛，有什么花头的。"

"可你是几份工呀。"

"那倒也是，"小唐嘿嘿笑着，"反正，总是能存下点钱来的咯。"

看得出来，他对现状比较满足。我觉得他的脸也丰满了一些，尖下巴变圆了一些，但还是上宽下窄，眼神也温和了，这脸形有点像狗了，比如那种拉布拉多犬。

本来还想和他再聊会儿的，可是接到了同事的电话，说有客户来找我了，于是只好道别。

## 4

很快到了元旦。那天，姐姐一家过来吃晚饭。饭后看电视，我妈和姐姐聊天，聊着聊着就聊到了我。我妈又埋怨我了，又大了一岁，可对象还在天上飞！这一年在做什么都不知道！我知道她着急，其实我自己也有点急，可急有什么用呢。其实这一年我也不是瞎混，除了工作，也接触过两个女孩子，一个可能对我有点意思，可我没来电，另一个呢，我倒是心仪，可她委婉地拒绝了我。想想，谈恋爱，除了两情相悦，不就是这两种情况吗，而两情相悦又很难碰到，所以恋爱往往就充满了悲伤。当然关于这些，我不会跟我妈说，低着头装死。

第二天下午，我在家上网看电影。三点来钟，我妈突然走进房间来，说："走，文涛，我和你到恩波桥头去，给你看看相，你的姻缘到底几时会来？听人家说，有个白胡子老头，看得很准的。"

白胡子老头？我略微还有点印象呢。我本来不想去，可拗不过我妈，只好站起来了。我们走过去，大约十分钟便到了。大概是元旦的缘故，天气又好，那边游人甚多。桥的这边，算命先生有好几个，我数了一下，居然有五个，四男一女，而且好几位前面坐着顾客。可是，我们没看到白胡子老头。我妈看着一位面黑且下巴有一绺灰胡须的中年相师，有些犹疑。灰胡须坐在一张小椅子上，面前放一张小折叠桌，上面搭了一块猪肝色的布，布上写着：测字算命、事业官运、个人财运、婚姻大事、开业取名……反正就是业务范围挺广的意思吧。

我妈蹙着眉，说："那个总不是的吧。"指的就是灰胡须。

我说："不是的，他胡子是灰的，而且也不老。"刚才我和他对了一下眼，他就用手指头勾勾示意我过去，这让我有些不爽。

"那白胡子老头没来？"

"应该没来吧，也许家里有事，或者生病了。"我说。

我妈很固执，看见那个女相师面前的客人起身走了，马上凑过去，讪笑着问："这位阿姨，那个白胡子老头今天在不在？"

其实女相师比我妈年纪轻。她本来面带微笑，一听我妈的话，马上挂下脸来，很不耐烦地说："不晓得。"

我妈愣了一下，走开了。哈哈，这就像是进了菜场，向一位摊贩打听旁边的那位为什么没在，自讨没趣是正常的。

"那要不要看了？"我妈自言自语状。

我说："要不，到桥那边去看看。"

我先上桥，我妈就跟着来了。其实我想，既然来了，最好还是看一看吧，也许真的能够从神秘的命运里看出某种启示呢。过了桥顶，我依然没发现白胡子老头，却一眼就看到了小唐，他还是坐在原来的位置上。今天他旁边还有两位，一个挨着他，一个在斜对面。挨着他的那个似乎也面熟，果然就像菜场里的摊位，都是有固定的位置。

我妈也看到小唐了，小声对我说："喏，那个不是小唐吗？"我们离他二三十米远。桥上人来人往，他不一定注意到我们。

我说："是啊……看来今天白胡子老头真的不在……要不找小唐看一看？"我侧脸看着我妈。

"小唐？他看得准的？"老话说"外来和尚好念经"，我妈对这个自家和尚有些不放心呢。

"叫他看一看嘛，命好命坏，看一看又不碍事的。"

"看一看要钱的。"我妈白了我一眼。

我们就停下了脚步，踟蹰着。太阳像一颗荷包蛋，在天穹这口大锅里煎着。阳光和煦，广场上人真是不少。小唐旁边，还有两个卖假古董的，门前冷落；再过去，一个卖草药的，倒是围观着一些人。

过了会儿，我说："我去找他看看了！"说完顾自走了。我妈只好又跟了过来。

走到跟前，我叫了一声"小唐"。他低头垂目的，就忽地抬起头来，表情有些惊讶，说："啊，是房东阿姨啊，你们出来玩？"他看着我妈。

我替我妈回答一声"嗯"，然后又问："今天生意怎么样？"

"今天人多嘛，肯定还可以的咯。"小唐说。这会儿他面前没有顾客，旁边那位有一个。

我突然想到了什么，说："哎，对了，今天天气这么好，你怎么也来摆摊？"

"又不是晴天就有人叫我补漏的。"小唐脸略微有些红了。

"这倒也是。不过今天这种日子，还是看相赚钱多。"我说。

小唐嘿嘿笑着，不接话。

"小唐，你给他看个相好不好？"我妈突然开口道。

"我不看，我不看，太熟了看不好的咯。"小唐摆着手。

"本来想找那个白胡子老头的，可惜没在。人家说他看得很准的。"我妈又说，脸上还带着几分遗憾的表情。

沉默了片刻，小唐突然说："那都是说说的！其实嘛，大家都差不多的，都是看书的！他就是样子像，能忽悠人，水平不比我高多少的咯！"哈哈，因为我妈表扬了同行，激发起小唐的自尊心了。

我顺势就说："那你就给我看一下吧！"

我妈也紧跟着说："小唐，你就给他看一看嘛，看看姻缘几时会有。"

小唐就抬起头来，认真地看了我一眼，却对着我妈说："真的不用看的，你儿子的相肯定好的嘛，天庭饱满，印堂发亮，哪里会不好的咯。"

"可是他对象总是找不好啊。这么大年纪了，你说我急不急？"我妈面露忧色。

"你儿子相貌堂堂的，工作又好，又有一栋房子，找对象不急的！就是这个缘分嘛还没到！"小唐笑着说。

"那今年会不会到？"我问。

怔了怔，小唐说："要不就抽个签吧。"

我说好，蹲下身来。小唐肃然低头，身子前倾，捧起笔筒，用力地摇晃起来，竹签发出"哗啦哗啦"的声音。然后，他往地上一蹾，说，你抽一支。他这么捣鼓，我忽然感觉有些神圣起来，表情也严肃了。我小心抽出一支，看了一眼，签上写着"中上"两字，下面还有一些小字，我也不太懂，就把签递给了小唐，仿佛就是把命运交到了他的手里。小唐看了一下，说："好的，你的命很好的，可能很快就会有姻缘了……反正，就这两年里。"

我如释重负。我妈撇着嘴说："就这两年！再过两年，他都三十五了！"

小唐解释："不是说一定要再过两年，就是说两年之内。"

我感到非常宽慰，站起来问："小唐，多少钱？"

"收总是要收一点的咯，不收不好的咯……别人嘛都是二十，你房东嘛，意思一下，给十块好了。"小唐笑着说。

我掏了钱。然后，和我妈准备回去了。临转身，我笑着对小唐说："小唐，不会是忽悠我的吧，你到底学艺精不精？"

"不会的不会的，"小唐红着脸说，"不过，学艺嘛没有止境的，我是还要好好研究的咯！"表情一本正经。

## 5

转眼就是春节了。小唐回去了一趟，过了元宵节才来，在家大约二十天。

那天他回来，刚好被我看到了，便走进去和他聊了几句。

我说："小唐，见到儿子啦？"

"是咯，回去嘛就是看看儿子看看父母咯。"小唐一边说话，一边往厨台旁边的钩子上挂腊肉，这是从老家拿来的吧，黑乎乎的一长条。

"那见到你老婆了吗？"

"不见不见，她都已经跟人家生了小孩了。"小唐连连摆手。

"那她就不管你儿子？也是她儿子呀。"

"平时有见的吧，反正我在不来的。"

怔了怔，我说："那你有没有想过，再找个女人成家什么的？"

"不找了不找了，女人太麻烦了，还是给儿子存点钱算了咯。"小唐笑着说。

我说那倒也是，然后就出来了。

然而，我万万没有想到，大约两个月后，小唐居然有女人了！第一次我纯属碰巧，还有些偷窥的性质。我去车库拿东西，经过他的门，听到里面有说话声，而且好像是女人的声音，便站了下来，偷听了几句，果然里面有女人，虽然说话很小声，但和小唐的嗓门截然不同。我怕被发现，马上就走开了。然后，隔三岔五地，我就能见到那个女人。一个中年妇女，个子比小唐还低半个头，皮肤有点黑，但拾掇得很干净。过来了，就搞卫生，洗衣服或者拖地，一个人。有一次她开着门拖地，抬起头来，和我正面对视了。相貌一般，甚至可以说不好看，脸有点小，五官也紧凑，感觉像一只体形小巧的母鸡。她赶紧低下头，转过身。怎么说呢，这种事情我也不便干涉，再说，对小唐也是好事吧。我不知道她有没有在这里留宿过。

但后来，我还是问了，一方面是好奇，另一方面也是尽一个房东的职责。那天是周末，中午，我发现他一个人在房间里，就走进去说："小唐，今天不干活？"

"干活的，中午回来一下。"他说。

"那个女的怎么回事？"我开门见山。

他愣了愣，说："你看到了？"脸色红起来。

"看到过几次了。怎么认识的？"

"那个，是这样的咯，是人家工地上的人给我介绍的……"他絮絮叨叨说了一阵，我就基本了解了。过年后，一位工友给他牵的线，女的老家安徽，嫁到新登乡下，有两个女儿，和老公离婚了，现在是一个人，住在新登，那是一个离县城二三十公里的大镇，县城之外的第一大镇。

听完，我沉吟了一会儿，问："那你打算怎么办？和她结婚吗？"

"这个再说咯，先处处看。"顿了顿，小唐又说，"她很苦的，以前那个老公打她的。"小唐看着我，眼神很诚恳。

哦，我说。不知何故心里有些许感动。我说："好的，有个女人总是好的。"我觉得小唐人干净多了，头发也理了，衣服也是新的，对了，那几根老鼠胡须不见了，下巴清清爽爽。我瞄了一眼，房间也整洁不少，没有异味了。

小唐笑笑，说那是。

"那你现在还去不去恩波桥头算命？"我笑着问。

"少一点咯，那个有空才去的咯。"

哦，对呀，现在他当然不太有空了。我微笑着站了片刻，告退了。

又过了十来天。有一天下班回来，走到楼道口，小唐突然从房间里走出来，叫住了我："房东，等一等。"

我站住了，问："什么事？"

"就是想跟你说一声咯，我租到月底不租了。"

我一愣，既意外又有点意料之中。到月底还有十天左右，他这期房租也是交到那几天的。

我问："去哪里？"

"去新登。那边她方便一点，回去看小孩也近……我嘛，反正那边也可以找活做的咯。"小唐慢吞吞说。

"打算两个人在一起了？"

"是咯，觉得还行，那就同居了咯。"小唐嘿嘿笑着，又说，"房东，其实你的命相里，真的就是这两年会有姻缘的，说不定很快就有了哦。"

"但愿如此吧……小唐，祝贺你！"我说。心想，这个鸟人，其实是个好人。

# 鄱阳湖很大很大

## 1

那天上午，十点光景，203打来电话了。做了房东后，租客们的电话号码都在我手机里存着了，主要是我联系他们，偶尔他们也会找我。

一接通，她说："房东，你在哪里？"

"我在上班啊。"我说。

"哦，"她顿了顿，继续说，"我要向你投诉！"

我一愣，压低了声问："投诉谁？"办公室里还有几位同事，公然讲私事总不太好。

"楼上的，303！"

"投诉什么？"这可是我第一次接到租客的投诉电话，难免有几分好奇。

"他们——"她欲言又止。

"说呀，你不告诉我，我怎么给你解决？"第一次遇到这种事，耐心总归是有的，我甚至有种急于解决的冲动。

"唉，叫我怎么说呢！"她又犹豫了，"这样吧，你中午回不回来？回来的话，我当面跟你说！"

我就说，好的。

放下手机，我抬眼望向窗外，刚才在电脑上写材料，思路被打断，需要梳理一下了，可是人脑却不由自主地开了小差。脑子里先出现303的租客。那是一对小青年，住进来才一个来月，两个都是贵州人，男的好像二十五岁，女的二十二三岁，在同一家浴场上班，挺豪华的那种，具体也不知道做什么。但两人看上去都很文气、老实，怎么会和203发生冲突呢？对了，他们可没打来电话，我也不能光听一面之词吧。然后，就想起一些有关203的事情来了。

四五个月前，我妈向我移交房东身份的时候，拿着登记本，按顺序将租客们逐个介绍，自然是简明扼要，三言两语，因为姓名、性别、身份证号码、籍贯、电话号码这些本子上都有。主要是介绍他们的身份，比如这个是开店的；那个在国贸上班，是白领；还有这个呢，在娱乐场所上班的。偶尔还岔开去几句，比如这个男的很少在家，收房租要提前好几天通知他；那个女的鬼精鬼精，一块钱都要算清楚，到时候注意点。最后她又叮嘱我，几号到期，房租多少，水电费怎么算，等等。其实呢，另有一本收据，这些上面都有反映。那些租客，我妈讲得很清楚，唯有讲到203的时候，她愣了一下，说："这个女的，没工作的，就带个女儿。"

我问："没工作，怎么生活？何况还要养女儿。"

我妈说："这个你就别管了，只要收房租就是。"

我说哦。

这个女人，身份证上的地址，是江西省九江市都昌县某某乡某某村，三十四五岁，瘦高个，短头发，皮肤白皙，有几分姿色。她叫尹红，这个姓比较少吧，我们银行倒是有一个，还有金庸武侠小说里有个人物叫尹志平，是全真教丘处机的大弟子。平时我上班，她居家，经常见到面，大多是冲我笑一笑点个头，态度蛮好。此外我也没太多印象，就是觉得她穿着比较讲究，比较有品位，小孩子也是，衣服不少。再有就是喜欢吃水果，那些价格不菲的时令水果经常往家里拎。对了，还有一点，进出总是坐三轮车，哪怕是去不太远的超市。已经收过两回房租了。第一次她笑着说，你妈交给你了？我说是的，挺烦的。她说好的，有钱收还怕烦？第二次也就是一个多月前。晚饭后，她女儿也在。小姑娘戴着眼镜，扎着两根羊角辫，很可爱。如果不戴眼镜，会更漂亮。我问，你女儿多大？她说六岁。在哪上学？我又问。她说，就在旁边，城西幼儿园，读中班了。那家幼儿园并非公办，但也不算私营，是村里投资的，外地人没有关系恐怕不好进，不过我也没有细问下去。她笑道，房东，如果我女儿以后读二小，那我就要在你们家长住了。二小离我们家挺近，口碑不错。我也笑道，好啊，欢迎长住！以后的事情说不准，不过她住进来确实也挺久了，好像有三年了吧，反正房子建好没多久就住进来了。那天她刚好买了一些水果，我临走时硬是塞给我两颗山竹。

　　窗外春雨霏霏，气温有些微冷。春天刚过了一半，阳光明媚了好一阵子，突然使个小性子，来个倒春寒。富春江就在几十米开外，因为被一排高大的树冠遮挡着，看不到宽阔浩荡的江面。树叶碧绿，湿漉漉的，十分养眼。我想，那就中午回去一趟吧。单位离家很近，步行几分钟，有时候中午我也回去，比如家里有好菜，或者想休息一下。

一会儿我收了心，继续干活。

## 2

我站在203门口，敲了两下门。

"谁？"

"房东。"

"哦，你回来了，稍等。"

刚才我听到炒菜的声音，这会儿动作加快，似乎是把菜盛了起来，接着"咔嗒"一声，应该是关了煤气。脚步声响起，"嘎吱"一声，门开了，尹红露出大半个身子，说："房东，那你进来吧。"她穿了一套淡蓝色带花点的珊瑚绒睡衣，脚上趿着拖鞋，却是塑料的。印象中她平时就喜欢穿睡衣，有好几种款式，可能跟她总是宅在家里有关吧。去年夏天，她穿过一套玫红色的丝质睡衣，说句老实话，我第一眼看到，略感惊艳。

她欠欠身，我便走进去。果然灶台上放着一只白色的大瓷碗，里面是冒着热气的咸肉毛笋，哈，我妈昨天也做了这个。旁边小巧的电饭锅，也冒着热气。

她略微一笑，说："冷菜冷饭热一下。中午一个人，随便吃点，晚上女儿在，得做点好的。"

开门就是厨房，狭长形小间，隔一道帘子，里面是卧室，卫生间在最里面。她关上门，拉开帘子，走进卧室去。自然我也跟了进去。卧室比较大，包括卫生间有三十几个平方，设施比较齐全，空调、热水器、电视机、小餐桌和两个衣柜，以及冰箱和洗衣机，一张大床，一米五宽，实木，席梦思质量也不错。这些绝大部分是我们家的，作为单间出租的标配。但也有一些是她带来的，比如那只猪肝红色的两门衣柜就是她的，挨着米白色的三门衣柜，就像一个黑瘦子挨着一个白胖子。还有，小冰箱和洗衣机也是她的。这些，作为房东必须清楚，一般租房合同上也会注明，免得发生争议。床上摊着一条薄被，花色挺好看的，一大一小两个枕头，一字排着。枕头那侧的墙上，贴着几张卡通图案，KT猫和米老鼠。一个墙角处，散放着一些小孩子的玩具。总体上，房间挺干净，也挺温馨。

尹红转过身来，说："房东，你吃饭了吗？"

我说，还没呢，一会儿上去吃。

"那我尽量说得简短一点。"说完，她在床上坐下来。

这样我站着就有些不舒服了。我眼睛扫了下，拉过来一张小圆凳，也坐下了。凳子也是标配，实木的。

我看着她，略为笑着，说："那你说吧，我洗耳恭听。"

"好，那我就说了，"她也看着我，"本来不想找你的，实在是没办法！你看我脸色不好吧，没睡好觉！"说实话，她的脸色是有些苍白，比起平时来，眼圈也有点发乌，加上头发乱蓬蓬的，反倒更有一种成熟女人慵懒的味道呢。遗憾的是，脸太长了点，给她的容貌减了分。因为近距离观察，我觉得她的双眼皮可能是割过的，眼线比较宽，也比较深。

我说："还好啊，就是稍微有一点苍白……你还是没说，到底怎么回事？"

她的脸忽地红起来了，眼睛望向别处，说："楼上那两位，实在太不像话了！"

"怎么个不像话？"

"唉，怎么跟你说呢！"脸更红了。

"你不说，叫我怎么办？"我收起笑容。

"好，那就说吧。他们做那种事情，我楼下听得很清楚！"她又把目光转向我。

我略作愣怔，马上明白了。我忽地感到脸颊发烫，和一个穿着睡衣又薄有姿色的少妇，谈这个？但，是她要谈的，我又必须面对。

我低下头，说："这个，好像是私事吧，叫我怎么去管？"

"是不是那张床不好？动起来就叽里嘎啦的。你去给他们把床换一下？"

"床都一样，没问题的！"我又抬起头来，断然地说。床换一下，说得轻巧，知道要多少钱吗？我一转头，看见衣柜旁边的角落里，有一根铁丝拉起的晾衣绳，重点是绳上挂着的东西——一条大红色的短裤和一只奶白色的胸罩！它们像两只胡蜂，猛地蜇了我一下，目光立即丢盔弃甲，仓皇逃向别处。

"夜里一两点，响一次，早上八九点，又响一次，叽里嘎啦的，你说叫我怎么睡？我本来睡眠就不好。还有，我怕女儿也听到，问我怎么回事，我怎么回答？你说我烦不烦？"她一口气说了这么多。

我心里热燥燥的，沉吟一会儿，说："我先去了解一下吧……但是，这种事情，你说，叫我怎么去说呢？"幸好她的胸脯一点儿也不丰满。

"我不管！你是房东，不找你找谁？"

"好吧好吧，别急，让我想想怎么办。"

她站起来，说要吃饭了，于是我赶紧开溜。上了楼，就吃饭，事先和我妈打过招呼。

吃到半程，我憋不住了，就对我妈说："203那个女的，投诉303，说他们太吵，影响她睡觉了。"她是老房东嘛，有经验，我想向她求助。

我妈瞄了我一眼，说："现在你是房东了，你自己解决。"居然甩手不管了！

我只好低头吃饭，沉思默想。作为房东，我不能偏袒，帮哪一方说话，所以这事儿只能居中调停，妥善处理，最后双方都能接受。真是没想到，做房东才没多久，居然就给我来了这么个下马威，房东变成调解人，而且事情还这么棘手！我妈甩手，我没继续讨教，还有一点就是因为，这事儿确实也不太方便和她谈论啊。

然而，过了会儿，我妈又主动开口了："203这个女的，要求蛮高的，搬进来时就说，只要房子新房间好，贵一点无所谓的。"

这么一说，还真是的，203房租是七百一个月，而楼上303，一模一样的房间，才六百块，而且还过了三年呢。其实六百才是当下的市场价，这两年出租房大量涌现，把价格压低了。我妈大概是看我愁眉苦脸，又于心不忍，就给了我一点提示。

我说："她不工作，还要求这么高，哪来的钱？"

"这个你不要管。"

"我要调解，不了解怎么做？"

我妈沉默片刻，说："钱她是有的，有个建筑包工头包她的，小孩也是那个人的。包工头是东阳人，在这里好多年了，老婆孩子也都在这里。"

"你怎么晓得？"

"我当然晓得……"接下来，我妈说了个人名，那人是水电工，我们家造房子的水电活儿就是他做的，平时有些零碎活儿也叫他。我妈说，他也在那个包工头手下干活，是他告诉她的。谈论那个女人，我妈用了"小三"这个还算新潮的词（受电视剧的影响吧），不过语气倒也没有鄙夷的成分，就是一种普通的陈述。我想，这可能跟她是自家的房客有关吧。

我又问："那你有没有看到过那个包工头？"

"我当然看到过！毛六十岁了，人不高，皮肤黑黑的，开部奥迪车。不过，我看到也当不知！"我妈白了我一眼。

我说哦。这么一说，我也想起来了，偶尔楼下是会出现一辆黑色的奥迪A6，不过最近好像没看到过。

我妈又说："其实，她也不容易！那个小姑娘，外表看起来很漂亮，其实是有毛病的，眼睛不光是近视，还有更严重的毛病，经常要跑医院的……她还说，过几年要去开刀的，否则弄不好会瞎。"

"这个你怎么晓得？"我问。

"有一次她向我打听医生，和我说了。"我妈说。

我黯然想，怪不得没见过她开怀大笑的场面。然后，我又想起一件事情来，似乎倒也未必。大约是三月初，某个周末的上午，我在我们银行门口的亲水平台上闲逛，碰到了她们母女俩，也是出来散步。阳光温煦，江水蔚蓝，感觉她心情也很好，和女儿有说有笑。我们看着江面，聊了几句，后来我问，你老家那边有什么江？她说，我老家那边有湖，鄱阳湖。鄱阳湖我当然知道，中国第一大淡水湖嘛，但具体的位置不是很清楚。我问，你老家离湖有多少路？不远，出门一会儿就能看见，她笑着说，鄱阳湖很大很大，比一条江可有气势多了！本来想显摆显摆，没想到不成，我就有点斗气似的说，那你干吗不回老家去？她翻了我一个白眼，拉着女儿走开了，走了几步，又回头对我笑了一下……一会儿我也意识到了，做人哪有那么容易！于是感到有些羞愧。

回忆又引发了回忆。又想起一件事来，那就是第一次去收她的房租，因为电表装得有点乱，和房号并不完全对应，我把邻室的电表记成是她的了，电费就多算了两百多块。她有点惊愕，马上去查表，告诉我错了。我忙道歉，她倒是态度很好了，说没关系没关系，第一次难免的。所以，不管我妈怎么看她，我对她印象还是不错的。我觉得她不是个很计较的人，所以投诉这个事情上，我偏向于相信她了，虽然尚未核实。

吃好饭，休息一会儿，我上班去了。走到303门口，敲敲门，没反应，蓦然想起，他们应该是去单位了，因为男孩子和我说过，他们通常是半夜回来，睡到快中午起来，直接去单位，单位管两餐饭的。浴场嘛，都是午后开始营业，午夜打烊，有些客人会留宿，所以部分员工通宵值班。

走过203，只见门关着，我就没去打扰。

晚上有应酬，一个贷款客户，请我们部门全体人员吃饭，加上他们公司三个，满满一桌。饭后又去唱歌，一直嗨到十一点半方结束。到家十二点过了。走到303门口，我突然下意识地站下来，耳朵贴门，屏住呼吸听了一会儿，啥声音都没有！又豁然顿悟，他们还没回来呢。上了楼，洗漱后躺下，辗转反侧，后来听到开门的动静，但也不能确定是不是他们，这么大一栋楼，有好几个夜神仙呢。我想象着他们在床上的场景，肉体交缠，床嘎吱嘎吱地响着……身体就不由自主地燥热起来。然后，我又想到了203，那个薄有姿色的二奶，燥热就愈加强烈起来，那个地方胀得难受。我想，她在干什么呢？会不会也在辗转反侧？身体无比亢奋，后来，就自渎了，然后昏昏然地睡去。

第二天上午，还是十点光景，203的电话又如期而至。我赶紧抓着手机走出去，到了楼道顶端靠窗的位置。

我说："昨天想去说的，可他们走掉了。"

尹红说："你听听，你听听，楼上的床又在叽里嘎啦响！我都在担心那张床会不会受不了，啪嗒一声塌了！"

其实我听不到，只听到她的喘气声。我忽然想到了一个笑话段子，就是关于"床受不了"的，忍住了才没笑。我说："好好，一会儿我打电话给他们，说一下，叫他们注意点！"

她又说："他们身体这么好的？天天这么搞也吃得消？"

我说，那你去问他们！搁了电话。是啊，这种问题，叫我怎么回答？

我默然伫立，心想，现在就打，不太好吧，万一他们正在兴头上。就先回办公室去。过了大约半小时，又出来。翻出303男孩子的电话号码，一键拨打，已经在连接中了，我却又迅速地掐掉，怎么说呢，我突然意识到，调解这种事儿，最好还是当面说，显得尊重与郑重，电话里说说，太不正经了。唉，这事儿当面也不好说啊。房东不好当啊，我妈以前就说过，你别以为就是收钱，烦的时候能把你烦死！可不，我现在就烦死了！

## 3

第三天是周六。十点光景，我就想下楼去了，转念又想再等等。等到十点半，觉得差不多了。到了303门口，站定，竖起耳朵听了听，没什么动静，就敲了两下门。里面有人问："谁？"男孩子的声音。

我说："房东。小项，有事找你，开一下门。"

"什么事？"

"嗯，当面跟你说。"

"等一下。"

听到窸窸窣窣的声音。大约一分钟后，门开了，露出小项半个身子，他穿好了衣服，白衬衫加黑长裤。

我说："不好意思，打扰你们了！"

"没事，房东。找我干什么？你说吧。"小项挠挠头，带着点腼腆的笑容。他是个小个子的男孩子，圆圆的脑袋，皮肤白净，脾气温和，至少给我的印象是如此。

可这事儿，怎么说呢？我踟蹰了几秒钟，终于豁出去了，说："小项，是这样，你下面的人向我反映情况，说你们那种事儿做得太多了，声音又太响，影响到她了。"我压低声音，怕别人听到，隔壁房间里，或许有人还在睡觉。

我以为他会解释，可没想到，他居然直接就开口骂人了："这个女人有病的！她来敲过我们两次门了！还拿什么东西捅天花板！房东，她投诉我，我还想投诉她呢！"因为气愤，小项脸涨得通红。

我说："楼上楼下的，大家和气一点，没必要搞僵！小项，以后你就注意一点。"

"我怎么注意？302的人怎么不说？这个女人，就是欠操！我搞几次，关她什么事？我爱搞几次就几次！真是好笑，居然管起这种事情来了！"小项情绪激动，怒目圆睁，似乎这生气还针对了我，让我更觉尴尬。302是一对小夫妻，开店的。303和301有过道分隔，但和302就隔着一垛墙。是啊，302为什么不投诉？但是，既然来调解了，就不能帮他找理由。

我说："她睡眠质量不好，可能一点声音就能听到，反正你就体谅一下吧。"

"那你叫我怎么办？"小项梗着脖子。没想到，这个外表文气的小伙子，发起火来还是挺倔的。

是啊，叫他怎么办？少搞几次？动作温柔点？我无语了。一会儿说："反正就是，尽量动静小一点。"

小项脸色有点发青，不说话。

我又笑着说："还有，人家还带着一个小孩子，这种事情，最好不要提前让小孩子接受教育。"

"那你的意思是，叫我不要搞了？"小项咕哝了一句。

这时候，透过门帘的缝隙，我瞥见那个女孩子一闪而过，穿着白色睡衣，应该是从床上起身，去往卫生间吧。果然就听到"砰"的关门声。女孩姓李，个子跟小项差不多高，相貌一般，可身材肉鼓鼓的，又不显肥，爱笑，朝气蓬勃的样子。

我有些羞窘，支吾着说："这个，小项，我也不是这个意思……反正就是，注意一点吧……大家楼上楼下的，没必要吵架。"

亲爱的租客们

　　他含糊地应了一声，我就道别了，一边往下走，一边心里想：这事儿能动静小一点吗？关键时刻，谁有这么大的自制力？唉，先这样吧，两边说说，让他们都消消气。这个小项，年纪轻轻，却在享受美好生活！而我呢，岁数大他那么多，可还是形单影只，于是由衷地感到羞愧与羡慕！

　　到了下面，我敲了敲门，没人，本来是想告诉尹红，我做过工作了。

　　下午我出去玩了，快五点才回来。上楼梯时，看到203开着门，我就停了下来。尹红在烧菜，小餐桌上放着一盘红烧鲫鱼，锅子里正炒着什么。

　　我站在门口说："我和303说过了。"

　　"那他们怎么说？"她侧头问，手拿铲子。

　　"以后会注意一点的！不过，他说你好像也有行动。这样不好，容易激化矛盾。"我尽量说得委婉。

　　"我不是没办法嘛。"她说。

　　这时候，她女儿从卧室走了出来，看着我说："叔叔好。"小姑娘真的挺漂亮的，如果拿掉眼镜，就是一个小美女。

　　"小朋友好。你真乖！"我和蔼地笑着，心里觉得有些可惜。

　　尹红道："你看，小孩子慢慢懂事了，我也不能不考虑啊。再这样，我就只好搬家了。"

　　我说："别急，要不到时候，给你换个房间。"这么多房间，经常有空出来的，这事儿如果实在调解不成，那就给她换个房间吧。至于搬走，我想那只是说说而已，这一点我比较放心，因为孩子上的幼儿园就在附近，当然居住最好也是就近，而这一带，我们家的房子差不多是最新的，按她的那种要求，合适的房子还真不好寻。

我对小姑娘招招手，说："小朋友再见！"

小姑娘很有礼貌，也招招手说："叔叔再见！"

## 4

大约过了一个星期。那天我去杭州，参加省分行营业部的培训，正听着课，手机发出震动，拿起一看是我妈打来的。

我低下头，小声问："什么事？"我妈知道我在杭州。

"文涛，203刚才和我说，要搬了。"

我有些吃惊，没想到会是真的，说："她房租还没到期呢。"

我妈说："她是说了，可那边房子找好了，就想搬过去算了。"

我急躁地说："那就随她去！不过按照合同，剩下的房租是不退的！押金退多少，你先帮我垫一下。"我想，因为房子也不是想找就有的，想要满意一点，一般都要提前，她应该是这几天就去找好的吧，这样如果不搬，就得两边付钱了。但已交房租不退，这是行规。再说她也不差这个钱。怎么会选这个日子搬？我出差她并不知晓，可能是因为天气吧，连续几日小雨，今天总算放晴了。

第二天回到家里，我妈却说："剩下的房租我也退给她了，一个多月，算了七百块。还有押金，扣掉水电费，退了四百二。"

"啊？为什么？已交房租不退，这是合同上写明的！再说是她自己要搬的！"我有点恼火，心里责怪我妈。

"她说，不是她想搬，是和楼上有矛盾，向你投诉，你又没处理好，所以才搬的。我问她什么矛盾，她又不肯讲，说你儿子知道的。缠了我好一会儿，弄得我都难为情了，就退给她算了。"我妈解释。

我说："那是一面之词！"

"那到底是怎么回事？"我妈问。

可这事儿怎么说呢？再说，事后追究还有什么意思？沉吟了一下，我说："算了算了，反正也搬掉了，就这样吧。"

我妈又说："那我垫出的钱，你要还我的，现在你是房东了，账要算清楚。"

"好好，待会儿给你。"顿了顿，我又问，"她东西这么多，搬哪去了？"

"好像就是附近……103小唐休息，叫他帮忙了，再叫了一个三轮车师傅。"我妈一边炒菜，一边说。

空了一个多星期，203又租出去了，租客是个二十来岁的女孩子，在娱乐场所上班，租金六百。那天带她看房，走进卫生间，我突然想起来，三个来月前我给尹红换过淋浴龙头，旧的被她摔坏了，软管和花洒一整套都换了，八十块钱，当时我说，下次收房租一起算吧。这个，我得问她要回来！

一会儿我就给她打电话了。响了一阵，她才接听，问："房东，找我有什么事？"

"上次给你换了淋浴龙头，八十块钱，我今天才想起来。"

"哦哦，是有这事儿。那我这两天过来一趟，把钱给你。"

我说好的。

可是，过了好几天都没过来。其实真要过来，当天就可以。我又打了她一次电话，这回没接。其实我完全可以打听到她的地址，但想想还是算了。

对新来的女孩子，我曾经有点担心，到时候会不会也来投诉？但一段时间过去，安耽得很，于是就放下心来了，同时确信，尹红这个女人，看来是有什么问题的，不是心理上的神经质，就是性格上的无厘头，反正对她印象不好了。

5

很快到了六月初。

我家屋顶阁楼的后半部分是洗衣房，并排放置着洗衣机和洗衣台。那天我妈突然觉得，应该把洗衣机往里面挪一挪，避免被夏天的阳光直射，塑料外壳提前老化。这样，洗衣台也得挪位置，自来水管跟着改道，活儿只有一点点，但得有专业工具，就叫了国林，就是那个水电工。

他在别处干活，傍晚抽空过来，所以我下班回来，他也正好赶到我家。我妈在下面烧饭，我俩在楼上忙活。国林是个眼睛眯细、脾气温和的壮实男子，年纪四十出头。我给他打下手，一边干活，一边和他聊天。

冷不丁，他问："那个带小孩的住在二楼的江西女人，还在吗？"

我说："不在了，前段时间搬走了。"

"我估计也是。"他弯着腰说。

"为什么？"我突发好奇。

于是等他直起腰来，就说了一番话。大意是，那个东阳包工头前年接了一个工程，乡政府办公大楼，可也不是直接拿到的，人家转包给他，可能还转了不止一层吧。去年工程做好，可钱却结不到，反正就是被人坑了。乡政府推诿，转包给他的又扯皮，而供应商们逼着他付款，最后就只好跑路了，欠债几百万。

我问："国林，这种事你怎么晓得？"

他拿起扳手，说："我连襟就在他公司里当工程部经理。你想，否则我怎么会去他那里干活？"

"那你有多少损失？"

"我还好，大不了几千块工资没了。我连襟，投了十万块钱股份，这下麻烦大了！……唉，这个东阳佬其实人还不错的，可惜实力不够，运气太差！"他一边扳紧接头一边说。

我沉吟着。搞建筑的东阳人，在我们这里有不少，尤其是老一代的。我就认识一个东阳建筑老板，企业做得很大，和我们行长称兄道弟，和市里领导关系也很密切。我约略知道，他也有情妇，还给她买了房子，真正的金屋藏娇。说到底，包尹红的那个东阳人，充其量只是个小老板而已。

国林又说："所以我猜，那个江西女人可能也不在了……唉，那个东阳佬，本来就有个女儿，已经很大了，想生个儿子，所以就找了个二奶，没想到还是个女儿……不过，他对那个女人还是不错的，除了没给她买房子，其他方面都可以的。"

国林说着话，利索地干着活儿。我觉得，他说二奶的时候，稍稍带点鄙夷的成分，那可能是因为金钱的损失导致的情绪吧。而我也终于明白了，那个江西女人尹红，是因为没钱了，住不起好房子了，想找间便宜一点的，所以才演了这么一出。当然，还有可能是怕有人来找她，东阳佬跑了，未必没有债主会来骚扰她。反正就是，在这里住不下去了，而她又当着我的面说过要长住，不找个理由，肯定觉得难为情吧。这样想着，我对她有了些同情。

一会儿就完了工，国林谢绝吃饭的邀请，收下三十块工钱走了。

数天后的下午，我和一位同事出去跑客户。去年美国发生次贷危机，金融风暴波及到中国，十一月份温总理提出了一个"四万亿"经济刺激计划，新一轮货币宽松政策就由上到下地传导下来，到了今年下半年，像我们这种基层银行都阀门大开了，好些半死不活的企业也得以重焕生机。银行都在争抢好客户。那天我们跑了两家造纸企业，一家要继续接洽，一家顺利地谈妥方案：意向放款二千万，其中一千万开承兑，50%的保证金。这样一来，我的年中考核不愁了，存款基本能达标，还能做一些信用卡、电子银行等个人产品。二十来岁的同事开着车，回来时，他说要去办点私事，于是到了二小门口我下了车，走到单位也就五六分钟。我心情喜悦，步履轻松。

一会儿走到城西幼儿园门口。一堆大人簇拥在门口，眼巴巴地望向里面。孩子们鱼贯而出，小手被大手牵住。突然，我看到了尹红。她刚接好女儿，转过身来，也看到我了，脸刷地红了。

我微笑着打招呼："你好。"

她有些尴尬，没吭声。还是小朋友热情，仰头看着我，说："叔叔好。"

我说："小朋友好。"小姑娘穿着亮闪闪的衣服，仿佛一只可爱的金龟子。

　　我又看着尹红问："你现在住哪里？"

　　"就附近。小孩子上学方便嘛。"她脸颊还有些红，但神态自然些了。搬离我家差不多一个半月了，脸色甚至比那时候还憔悴，而且黯淡无光，但穿着依然光鲜。

　　"那倒是。"我心里有点感慨，那个东阳佬真是运气不好，如果能多挺一年，甚至半年，境遇可能就完全不同了，不说工程款会容易结，业务也更多了。东阳佬不倒，她们母女的日子就会好很多。

　　忽然，她像是想起了什么似的"哦哦"着，拉开原来夹在腋下的钱包，取出一张大票来，一边递给我，一边说："不好意思，房东，还要给你八十块钱呢。"

　　我说："算了，我都忘记了。"

　　"那怎么好意思！"她伸着手。

　　"你在我们家住了好几年，给你免掉这点钱，也应该的吧。"

　　她愣了愣，笑着说："哦，那就谢谢了！"手缩回去，又把钱放进皮夹。

　　她站在那里，没有要走的意思。我意识到了什么，就挥挥手和她告别了。我往银行走去。走出几十米，忽然站住，慢慢地转过身来，发现她牵着女儿的手，拐进了一条小弄堂。也是好奇心作祟，我连忙往回疾走，到了弄堂口，正好看到她们走进了一栋破旧老楼。

　　我迅速转身，继续往银行走去。我一边走，一边想，这个心里藏着很大很大的鄱阳湖的江西女人，没有工作，没有收入，这日子怎么过呢？而且，还带着个有病的女儿，未来的岁月怎么办呢？这样想着想着，终于把美好的心情彻底弄没了，一点点沉重起来。

# 君子好逑

## 1

我妈推开房门说："外面有人找你。"

"谁？"我正在上网，回了下头。

"302的租客。"

"什么事？"

"他说，有点事情想叫你帮忙。"

我怔忪片刻，站了起来，走出书房，斜穿过客厅，往楼梯走去。我妈说的外面，当然不是指整栋楼的外面，而是五楼上来的防盗门的外面，下面还有一道防盗门，但过了上面这一道，才算是房东拥有的独立空间。

过程说得有点复杂，其实顷刻便到。我拉开防盗门，便和他迎面相对了。准确地说，也不是迎面，我比他高两档台阶，稍微有点落差。

"房东，你好！"302的租客说。他身后的楼道灯亮着，脸有点黑黢黢的。

"你好！找我有什么事？"我记起来，他叫邵波，临安人，开店的，年纪好像和我差不多，和女朋友住在一起，租进来也有一年多了吧，反正在我接手之前。我碰了下墙上的感应开关，头顶上的灯亮了，看到一张微笑的脸。

"哦，是这样，我有件事情……"他搓着手，欲言又止。

"要不上来坐坐？"我做了个手势，面带微笑。

"哦，不用了，就在这里说几句吧……是这样的，房东，我想叫你帮点忙。"邵波说，表情有些羞赧，可能这个词也不尽准确，反正就是那种有求于人又不太好开口的表情。

我不说话，心里想：帮什么呢？房租拖欠一下，提前退房？

然后，他又说："前天我在富达公司看到你了。"

"哦，你当时也在富达公司？"我一下子想不起来，他是做什么生意的。

"是的，我刚好在。"他一边说，一边从衬衫胸兜里掏出来一张名片，递给我。我接过来一看，心想我妈只知道他是开店的，那真是小瞧他了，因为名片上赫然印着"众安科技"四个大字和一些小字，以及他的姓名和总经理头衔。当然我这样说也有点儿闹着玩，因为名字气派不等于公司就大。

"你去跑业务？"我拿着名片问。

"不是的，它已经是我的客户了，我是去要钱的……我在财务室里，看到你和财务老总一起往大门口走去。"

"哦，是的，我在老总那边坐了会儿，然后告辞了，财务副总陪我走出来。"

"后来我问了一下，他们说你是银行的，他们找你办事。"

"是的，那天我去拿资料。"那天上午我是九点半左右到的，十点光景就离开了，因为还要去下一家，谢绝了老总请吃中饭的邀约。

　　"所以，我想叫你帮点忙。"绕了半圈，邵波又回到正题上来了，脸上又现出那种表情。

　　"说吧，什么忙？"

　　"嗯，是这样，他们欠我几万块钱，快一年了，一直不肯给……所以想叫你帮忙。你和他们老总说一下，应该就能搞定的。"

　　我沉吟着，一会儿说："嗯，邵波，我和他们呢也不是太熟，这样吧，这事儿我先问问，了解清楚了再答复你，好吗？"我说的是实话，富达公司我确实还不太熟，前一阵他们找上门来要办业务，随后就去实地考察了一下，那天是第二次去。还有，几万块钱欠了一年，总有什么原因吧，虽然富达公司财务紧张，但也不至于如此吧。我可不能贸然答应。说实话，这种事情最好推掉，但他是我房客，直接拒绝似乎又不太好吧。

　　他点着头说好好，那先谢谢了！然后矮身弯腰，从地上捡起一只棱角分明的黑色塑料袋，说："房东，这条烟你拿着，钱要回来，我再谢你！"

　　"不要不要，烟拿回去！你这样我干脆就拒绝了！"其实，看形状我就猜到是香烟，硬中华还是软中华？不过，刚才没低头，就没注意到。

　　他有些尴尬，须臾又笑道："那好吧，钱收回来我再表心意！"

　　他转身往下了。我关上门，上楼。我妈在客厅里看电视，《新闻联播》已经结束，她爱看的连续剧还没开始，就有些心不在焉。不过她没吱声，应该是听到了我们的谈话，电视机音量不高嘛。我回书房去，今天有点累，不想出门了。

三天后的中午，我午休结束，上班还没开始那会儿，接到了邵波的电话。还是谈那个事儿。我说，还没联系，事情不够了解，不好开口啊，做生意你应该有合同吧，怕什么呢。于是他先支支吾吾，后来大概也无所保留了吧，跟我说了事情的原委。果然是合同有纠纷，导致结不到钱。去年富达公司搬入园区，他去联系了业务，拿到了整个厂区的监控工程，设备加上施工，一共八万多将近九万块钱。但是用的监控探头，不是他们要求的品牌，而是稍微差一点的。其实也不是他本意，而是那天安装工人拿错了，装好了才发现，他感到不好意思，但也没主动说，想反正效果差不多，无非那个牌子响亮一点，价格相差也不多。不想去结款时，被对方发现了，于是就说他是故意的，要全拆了重装，这样他损失就大了，所以就重新报价又给了很大折扣。对方开始也说算了，没想，后来再去结款，还是不给，又旧事重提，反正就是故意拖欠的意思了。当然可能也有资金紧张的原因，说你去告好了，不怕打官司。

歇了歇，他又说："拖了这么长时间，其实我已经没有利润了。"

我说："那是你的不对了，他们拖也有道理。"

他说是是，自己违约在先，打官司也很麻烦，所以要叫我帮忙。"后来算的金额，一共是73200块，钱结回来，我给你五个点的提成！"他说。

我连说不要不要，搁了电话。五个点，三千来块钱，说真的，我不是很看重。主要是事情麻烦，好办的话，帮一下也可以。

# 2

这个事情，帮还是不帮，我偶尔也在考虑。但帮吧，也得看时机。

过了两天，周日，上午九点来钟，我还赖在床上，邵波的电话又打来了："房东，今天休息？"

我说是啊。

"我老婆有话跟你说。"

我感到奇怪了，他老婆想和我说什么话？脑袋一下子变得清醒。他老婆，也许法律意义上，还不能叫老婆吧，但已经同居很久，也差不多。他老婆，我当然面熟，一个本地女子，老家在万市那边，其实就在临安的隔壁，年纪比他小一点，姓李，样子不错。

"那，我手机给她了。"

我还在揣摩，耳朵边就响起了清脆的女声："房东，我问你一个事儿，你实事求是回答我，好不好？"

我更加莫名其妙，说可以，你问吧。

"你今年几岁？"

"虚岁三十三。"

"那你现在有没有女朋友？"

"没有。"

"到底有没有？"

"绝对没有！"

"哦，还有，你什么学历？"

"大学毕业。"

"是本科吗？"

"是的。"

"那好，我给你做个介绍！女孩子很漂亮的，二十六岁，也是本科毕业，工作也很好，你感不感兴趣？"

我愣了愣，心里有些骚动，说："关键是她感不感兴趣！"

"这个我不敢打包票，但是我可以安排你们见个面，接下来就看缘分了。"

我说好的。然后约定，下午三点钟到他们公司。

起床后，我翻了一下登记本，找到302的信息，邵波果然比我小两岁，他老婆，比他小三岁，二十八，叫李艳。这天接下来的时间里，我有点兴奋，有种隐隐的期待。老实待在家里，写了一篇小文章，千把字的散文，是当地报纸的约稿。说来惭愧，我大学念的是工科，毕业后进过工厂，干过营销，最后又到了银行，但命运使诈，不知不觉中又成了一个文学爱好者，偶尔写点文章，用笔名发表。

下午我准时赴约。邵波的公司就在体育场路上，从我家过去，基本走直线，才四五百米。一会儿我就到了。到了一看，公司确实就是一个店，就一间门面，大约三十平方米，后面还有个不大的储藏室。大门上方做了广告牌，"众安科技"四个大字十分醒目。下面一行小字，标明经营项目：办公用品、电脑耗材、监控器材、网络安装。里面有些乱，放满了东西。门前停着一辆车子，银灰色的起亚，感觉有些眼熟。公司里，只有他们夫妻俩。我了解了一下，邵波说手下有一个业务员，出去跑业务了。

我们在一张小方桌旁边坐下来。先聊了一会儿他们的生意。

生意不好做，同行不少，利润太薄。接着又聊了会儿我的工作。后来我看了看时间，过去二十分钟了。我说，她会不会不来了？李艳笑道，会来的。我又问，你凭什么这么有把握？因为她是我表妹，李艳说。然后又说，是亲表妹，姨妈的女儿，姨妈年轻时很漂亮，嫁到了城里。说完她站起来，稍微走开一点，给表妹打了个电话。回来告诉我，家里有点事，快出发了。我想，迟到是女孩子的特权。接着，我们就谈起了富达公司，是我主动的，因为我觉得不谈这个似乎就不太好意思，当然我是从自己业务的角度切入的。富达公司专门生产高档家具，因为国内原材料匮乏，加之价格又高，前段时间和巴西商家联系上了，打算进口原料。因为供应商要求开具银行信用证，所以他们找上了我。我已经申报了授信，五十万美元额度，批下来就可以开证，这一单是二十万美元左右。我讲完，邵波笑着说，企业嘛离不开银行的。也没说那个事，但一切尽在不言中。

四十分钟后，女主角才姗姗来到。打的过来的。她在门口一下车，我的心跳就加速了，鹅蛋脸，长发头，白裙子，白运动鞋，身高一米六以上，身材窈窕。走近了，又发现她明眸皓齿，皮肤呈麦色，一边脸上有个酒窝，有点像我中学时代的梦中情人，唯头发不同，梦中情人是黑色短发，她是淡淡的栗色卷发。我的呼吸急促起来了。

果然，她叫表姐表姐夫。那神态，巧笑倩兮，美目盼兮。她睃了我一眼，脸色微红。我已燥热不安，但尽量镇静。

李艳说："来，你们互相介绍一下。"她拉过来一把椅子，让她表妹在我旁边坐下。

　　我们就互相介绍了，我告诉她我在建行，她说自己在××单位。那是一家事业单位，对于女孩子来说，确实是蛮不错的职业。

　　介绍完了，我发现又有点无话可说了，不是我口才不好，主要是太拘谨。幸好邵波来救场。他说了那天在富达公司看到我的事儿，意思就是我受到人家尊重吧，然后又说我这个房东怎么好。反正就是被人吹捧吧，但我心里也挺开心的。接着，因为我的提问，他讲起了他的工作史和恋爱史。他高中毕业就工作了，和李艳在同一家厂里打过工，就在万市那边。后来替人跑业务做生意，然后自个儿开公司。算起来他们谈恋爱已经七年了，中间分开过两年，但有情人终成眷属。我问他们结婚了没有。邵波说，还没呢，想结婚之前先买房子，本来去年就打算买了，好几个楼盘都去看过，但犹豫了一下，房价噌噌涨了，钱不够了，就只好再等等了。李艳白了他一眼，嗔道：都怪你，犹豫不决！嘴上责怪，可脸上带着淡淡的笑容。说真的，我心里略微有一些羡慕。其实李艳也挺漂亮的，虽然没她表妹夺目，当然邵波长相也不差，浓眉大眼的，而且为人勤奋，这一对也是满般配的。沉默了一下，我说，买房子还是得早买，因为货币贬值，房价长远看总是上涨的。顿了顿，又说，我几年前买了一套，现在涨上去不少了。那是真的，一个城郊的楼盘，当时和好几个同事一起买的，开发商在我们这里有贷款，给了员工折扣价，一百三十平方米，去年交了房，但还没去装修，二十五年按揭在付。我说完，邵波不响，李艳说，你有一栋房子了，还去买房，真是有钱！我突然感觉到不安，实在不应该讲这事。略微有些冷场。我渐渐意兴阑珊，主要是因为，身边的女孩子不是很主动，她一直在听，几乎没插话。

大约到四点半，她站起来，说："表姐，我要回去了。"

邵波说："急什么，一起吃晚饭吧。"

她再次说要回去了。

我就说，那我也走吧。

于是李艳说："那你们互留一下电话号码。"

我拿出手机，微笑着对她说："你报一下，我打给你。"

她愣了愣，报了，我就拨下那串号码。随即她包里发出铃声。她把手机拿出来，看了一眼，摁掉了。

我说："名字呢？否则我怎么存？"

"姚梦婷。"她说。

求证了一下，我把名字存下，然后告诉她我的名字。

她向我们挥挥手，往门口走去。李艳连忙站起来，说我送你。很快她们开着那辆起亚走了。

邵波笑了笑，冲我问："感觉怎么样？"

"好。"我说。

"给你们牵线了，接下来自己联系。"

"可她到底有没有男朋友？"

"应该没有的，李艳问过。"

"这么漂亮的女孩子，怎么会没人追呢？"

"她表妹很有上进心的，工作后马上考编，没心思谈恋爱……还有她姨夫是老师，家教挺严的。"

哦，我说。心里有点踏实了。然后和邵波道了别，走回家去。我觉得自己是行走在云里雾里了，因为我又不可遏制地恋爱了，我对她已然是一见钟情，她对我，我则一无所知。

　　第二天上午，九点半左右，我给她发短信：在干吗？没回。我郁郁地上班。一直到快吃中饭了，才回过来：忙着呢。晚上，六点多，我又给她发了条短信：在家吗？没回。整晚过去都没回。我完全泄气了，心想，没戏的！幸好，我也没太投入，要不然又要品尝一番失恋的滋味。

　　第三天下午，邵波打来电话了，问我，联系过了没有？我实话实说。他说，我老婆说，她表妹对你印象不错的，你就大胆一点吧！于是我又鼓起了勇气。

　　第四天，也就是周三，下午三点来钟，我给她发短信：晚上有空吗？

　　一会儿回过来：怎么说？

　　我又发：想请你出来坐坐。

　　又过了大约一分钟，回复道：建议具体一点。

　　我暗喜，发过去：喝茶还是咖啡？

　　很快回过来：喝茶好了，咖啡睡不着。

　　我发：好。

　　七点半左右，我们在南门街碰了头。那里有一排茶楼，门面都是狭窄的，但尚不失茶楼本色，其他大部分实则成了自助餐厅。我们进了一家，找了个小包厢落座，点了两杯绿茶，一盘瓜子，几碟水果。虽然盛夏已经过去，天气依然有些闷热，包厢里开了空调。今天她穿了一套墨绿色的长裙，配中跟凉鞋，气质有些雍容不凡。

　　先聊了会儿工作。她吃了一片西瓜，看着我，淡然笑着说："其实，你们单位有我的同学。"

　　"谁？"我忙问。

她却不肯说。我心里揣摩着，和她年纪相仿的女同事挺多的，也许是男同事，也有几个，靠猜实在徒劳。我有一些紧张，谁知道人家会怎么说我呢？

她说："人家说你，工作能力蛮强的，而且领导也很器重你。"

我笑笑，如释重负。

她又说："还说你喜欢写写文章，经常在报纸上发表。"

我霎地脸红了，说："这个也被你知道了？"看来那人对我了解颇多。

"是啊，笔名叫什么来着？"她继续浅笑着，不断地抛出包袱。

"马克。"我的脸灼热。

"对对，马克……为什么起这个名？有点怪。"

"那你说麦家为什么叫麦家？"麦家虽然成名于成都，但祖籍却是我们这里，因为电视剧《暗算》热播，在故乡名气很大。

吃了一颗葡萄，她继续说："我还特地翻了这几天的报纸，居然昨天就有一篇。"

就是周日写的那篇。其实，我还发表过几篇小说，那种中短篇，微不足道，所以就没说。

"写得真不错！反正我是写不出来的，不过我喜欢看。"她说。

"那以后有发表，我告诉你。"我看着她说。

"好好，我一定拜读！"

聊到九点半，她说该走了，明天还要上班呢。我们出来，先往江边走，这个当年郁达夫乘船远行的码头，如今只是一个景观，一个抽象的名词。码头边的空地上，见缝插针放满了小茶桌，茶客们在享受安逸的生活。皓月当空，银辉洒在江面上，铺砌了一条通往天堂的路。杨柳依依，微风拂面。走过郁达夫铜像，她说还是打的回去吧，于是我们走向大马路。我招呼车子，同乘而往，把她送到迎宾苑。在小区门口，我说送你进去，她说不用了。我想，也别太勉强，就挥手道别，让司机往我家方向开。到恩波广场，我却下车了，沿着江边走回去。我心情激动，需要慢慢平复。

我忽然想到，今年元旦，小唐给我解签，不是说过我可能很快就会有姻缘吗，难不成果然来了？小唐搬离我们家，差不多四五个月了，不知道现在怎么样？啊，谢谢他为我指点迷津，虽然命运是天定的。啊，我原以为只是我一厢情愿，现在看来未尝不会是两情相悦。啊，我真是感到幸福！

## 3

我想，也不能联系太频繁，欲速则不达，基本上是隔天联系一下，发条短信，而她也很快回复。双休日她说有事，我也就没约。下一个周二，我又在报纸上发了篇小散文，拿到报纸第一时间就告诉她了。一会儿她回复短信：欣赏了，很不错。我心里乐滋滋的。

邵波那个事情，我当然放在心上。如果成了，我不得叫表姐表姐夫了嘛。但富达公司的业务还没做好，不宜开口。周四，信用证授信批下来了，我当即打电话给财务经理。他热诚地表示感谢。然后我就把那事儿说了，我把李艳说成是我家亲戚（这不正是我希望的嘛），然后又说："张总，过去的事情就算了吧，反正钱不多，也拖这么久了，还是付了吧。"

他有些为难，说，不付是老板说的，叫我和老板沟通。

我马上打给老板，聊了一阵，包括以后贷款的承诺。老板发了几句牢骚，指责邵波做生意不地道，然后说，既然是何经理的亲戚，那我就叫财务安排一下，下个月底付了吧。我连说谢谢。下个月底，最多也就是四十来天后。

然后我打给邵波。

他也连说谢谢，顿了顿，又问："房东，你和她表妹的事情，有没有进展？"

我说在联系。

"有希望吗？"

"希望有希望。"我笑道。

"只要她没男朋友，你就死追好了，一般都会成的。"他也笑道。

第二天，富达公司财务老总来办事儿了，按照信用证业务的要求，在指定账户存进10%的保证金，然后我们银行就给巴西的供应商开出一份十九万多美元的信用证，也就是银行对这笔业务做了担保，供应商可以大胆发货，货抵中国，单据齐全，我们即刻付款。

## 4

到了周五，我想，该和梦婷见见面了吧。下午给她发短信，她说晚上和同学有饭局，明天白天家里有事，也没工夫，晚上看。我说好，那就明晚一起走走。她说明天再联系吧。

周六下午，我再联系她。她说晚上也有事儿，要不明天吧。

我也不好问是什么事儿。在家吃好晚饭，有些无聊，有些沉闷，上了会儿网。八点左右，一个客户打电话给我，说在国贸唱歌，问我去不去，我爽快地答应了。国贸就在我们家附近，走过去几分钟。客户是造纸老板，在我们这里有贷款。去了看到一大拨人，男的有七八个，女的也差不多，当然都是小姐。男人中有好几位熟人，是他们公司的骨干，不熟悉的那几位是远方来的客户。我就喝酒，唱歌，和小姐玩骰子，忘掉了苦闷。到十点多，我说要回去了，终究也不是太有劲儿。还有，莫名地心里有些不踏实。

我往江边走去。直接回去很近，但我想多走一走。夜深了，江边人少了，稀稀落落有人走过。月光疏朗，几颗星子熠熠闪耀，江水静静流淌。我想走到恩波广场再折回。中间就有我们银行，它的前面是一个亲水平台。走到平台上，看到寥寥几个人影，宛若夜这场戏里的道具，有些虚幻神秘。我倚着栏杆，往下面看，下面有一个更窄的亲水平台，十来只乌篷小船成扇形停泊。我看到了两个人影，手拉着手，脸朝江面，站在灯光幽暗处。我也走了下去，走过一条条小渔船，打算从另一头上去。突然，我感觉那个女人的背影有点眼熟，白色的裙子，白色的运动鞋，还有发型和体态。我的心跳猛然加速，咳嗽了一声，他们同时回过头来。我感到天塌了。就是姚梦婷！她也是满脸惊讶，迅速放开了手。

她说："咦，怎么是你？"

"我还奇怪，怎么是你呢？"我强作镇定。

"你、你这么晚出来干什么？"她的脸应该通红了，但灯光暗，看不真切。

"我和朋友唱歌，然后刚出来，想回去了。你们呢？"

"聊聊天。"

我用眼角的余光注意那个男的。应该比我年轻一点，客观地说，也比我帅一点，至少个子比我高。他表情严肃，也在用警觉的眼神打量我。

我说："那我走了。你们接着聊。"

她不说话。

我果决地回头，登上台阶，穿过平台，直接回家了，心里充满了苦涩和愤怒。这愤怒之火，也烧向邵波，他只是在利用我！而我原先以为，是互惠，建立在一种可以接受的准则上。我甚至想，明天就和富达公司打招呼，不要付钱给他！

但周日上午，我给李艳打电话了（登记本上有号码），我还是想弄明白，到底是怎么回事？

我直截了当地说："你表妹有男朋友的！"

她说："不可能！"

"我都看到了，昨天晚上！"我简单说了下经过。

"那我再问问。但你说的这个，我确实不知道！我姨妈姨夫也都说没有。"她口气不那么坚决了。

下午，等来了她的答复，说是有个男的在和表妹接触，快两个月了，是同学介绍的，在乡镇工作，二十九岁，家里条件也不错，父亲办个小厂，街上房子也买了，但表妹不是很喜欢。昨天是那个男的约了她，牵手也是男的主动的。李艳把打听到的都告诉了我，好像是为了补偿。

我说："那什么意思？关系还不确定？"

她说："是的。哪个漂亮姑娘没几个追求者？她能和你出来，就说明那边还不确定……你喜欢，还是有希望的。听她的意思，好像对你更有好感。"

我说谢谢，搁了电话。

# 5

像霜打的茄子，蔫了。整整三天，备受折磨。那天连我妈都看出来了，说，你脸色这么差，怎么回事？我说没什么，工作忙。她盯着我，说，谈恋爱，不好不投入，也不好太投入。我含糊地应了声，赶紧躲开了。到周三下午，我实在忍不住了，愣怔了一阵，给她发了条短信：在忙吗？

很快收到回复：不忙。

我说：晚上出来走走？

她说：不想出来，没心情。

我说：想和你好好聊聊，否则我受不了！

过了会儿，她发过来：那七点钟联系。

晚上，我们去了她家旁边的镬子山公园。本来想去江边的，但那个事后我不想去了。镬子山公园就是一座山，山脚都已造满了房子，山上也有一些建筑，主要是气象台。我曾经上来过一两趟。沿着甬道，我们很快上到山顶附近的一个平台，在一张石椅上坐了下来。其实这山很矮，虽然面积不小。

寥寥几个人影，四周静悄悄。透过疏阔的树林，看见镰刀般的月亮，在乌云的边缘游走。今天她穿了衬衫，下面是牛仔裤，倒是适合爬山呢。

坐下来后，一阵缄默。我先开口："最近好吗？"话说出口，心里想想，和上次见到，似乎还真是隔了很久的样子。

她说："不好！"

我说："那天我问了你表姐，她告诉我一些事情。"

沉默。一会儿她说："我很烦，真的。"

我说："你有两个追求者，怎么会烦呢？奇货可居，应该高兴才对。"我说了句笑话，可自己也知道没有一点儿可笑的成分，至少在这种场合。

她一愣，说："把我当什么了！"抬手给了我一拳。我们坐的位置，让她刚好能伸手打到。"真的很烦的，你知不知道？"她又说。

这一拳，打得我却很舒服。可是脑子里出现他们牵手的画面，心里又耿耿了。

我说："其实想想，窈窕淑女，君子好逑，所以，是很正常的。"

"正常你为什么不理我？"她脸侧向我。

"我怕麻烦。"我看着前面的一棵松树。

"我都不怕，你怕什么？你应该好好表现自己，和人家公平竞争。"

"对对，竞争上岗。"我笑了一下，没笑声，有表情。

这回她没捶我。冷场片刻，她叹了一口气，发出千回百折的"唉"的一声。

我说："为什么叹气？"

她说："因为你的出现。"

我说："我出现怎么啦，只不过是个备胎而已。"

她说："你很有才华，但是年纪有点大；他呢，样子还不错，但是脾气不好，也不太有上进心。"

"那怎么办？你得好好选择了。"我说。我想，原以为是两情相悦，却不料搞成了三角恋爱。我一个优点加一个缺点，他一个优点加两个缺点，第一回合我领先？然而，他的优点很关键，可以加分。我想，她姓姚还真是姓对了，这不，在两个男人之间摇摆不定。

她又叹了口气，千娇百媚的，说："因为要选择，才烦恼。"

我说："我怕竞争不过他。"

"给自己点信心好不好？"她说。

"好，那我就有点信心吧。"

她又说："其实，他家里条件也不错的。"

唉，我暗暗叹了口气，这下他有两个优点了，打平。我默默地盘桓，其实这一条我也勉强沾边吧，特别是她的话里有个"也"字，从语法上可以这样理解。

"给我点时间，好吗？"她看着我说。

我也看着她，说："好啊……我怕什么，反正都这么大了，也耽误不了。"

她忍不住笑了，但很快又收敛起，好像她的笑声是一群恐怖分子，不能轻易暴露。接下来，她谈了一阵那个男的，是高中同学介绍的，认识两个来月了，比她大三岁，在乡镇上班（具体哪个乡镇不肯透露），家里办个小厂。一起吃过一次饭，喝过一回茶，散过两次步，包括被我碰见的那次，反正比我接触多点。他想上她家，她没同意，所以父母不知道。

说完了两个人陷入沉默。我试着去理解她，那就是设身处地，站在她的角度想问题，我觉得事情是挺烦的！我想竞争就竞争吧，大不了失败，但不能被自己打败，好像海明威就这样说过吧。生而为人，不就是从竞争中产生的吗，亿万颗精子，只有你得到机会，所以竞争有什么可怕的！一会儿她说想回去了，于是我们起身。顺着坡路下来，走过几级高台阶的时候，我牵住了她的手。然后我想，这也没什么大不了啊，可能那天反应过度了。

分手时，她看着我，说："那就说定了，给我一个月时间认真考虑吧。你好好表现！"

我说一定！默默地对着残月起誓。

# 6

接下来，第二天第三天，我都只发了条问候短信，她也很快回复。周六我参加文联的活动，就没联系。周日上午，躺在床上，给她发短信：起床了吗？她很快回过来：早起了，要和我妈出去。下午，我也出门逛了会儿，四点多回家来，快走到家门口时，接到了一个陌生的手机，问："你是何文涛？"

"是的。你是谁？"我站下来接听。

"我是姚梦婷的男朋友！"声音有点浑厚。

我一惊，脑子空白了几秒钟，然后说："你也太自信了吧。"他怎么知道我的名字还有电话号码？唉，小地方，真要打听一个人还是容易的。

他说："你别插进来了，这样不道德！"

我说："她现在还有选择权。"

他说："反正，我得不到的话，你也别想得到！"浑厚的声音里透着一股凶狠。

可我也不是吓大的，就说："我们为什么不能绅士一点，公平竞争呢？"

他说："你和别人做生意，利用银行的职位！"

"你胡说什么！"我连忙反驳。

他说："我知道了！如果你还追求她的话，我就到你们银行去告发你！"

我气愤不已，摁掉了电话。我愣怔着，然后就体会到了内心的害怕，虽然根本不是这么回事，但怎么说得清呢？这会影响我的前程！去年就有个下面支行的行长，因为和客户做业务，被单位开除了。而那个事情，他怎么会知道？也许是梦婷无意中透露的，又或者是从别的渠道，比如富达公司的人？唉，谁知道呢，但已经不重要了。

然后，我就不再和她联系了。过了大约一个星期，她发短信给我：在干吗？

我也不理。然后就没了音信。

然后有一天，邵波又来敲门了，他说："房东，钱拿到了，谢谢你！"

我说，那就好。

"这里是三千块，我答应了给你的。"他掏出一个信封，塞给我。

"不要不要不要！帮忙可以，收钱不行！"我坚决拒接。

他有些尴尬，愣了愣，手缩回了，说："被他们抹掉了零头，三千多，付了一个整数。"似乎这样一说，他就心安了些。

我以为他会说到梦婷的，但没说，再次谢了就下去了。

来年春天，他们搬走了。搬家那天，邵波告诉我，买了套二手房，打算结婚了。我表示了祝贺。而其实，我也恋爱了。

他们往车上搬东西。李艳经过我身边时，我问："哎，你表妹现在怎么样？"

她说好啊。

"还是那个男朋友？"

"不是的，是个医生。可能下半年也要结婚了。"李艳一笑说。我感觉她有了几个月的身孕。

我沉默。她又说："你女朋友很漂亮的。"

"是吗，她们是不同的类型。"我说。

她叹了一口气，又说："我被她好几次责怪。"然后，也没解释，匆匆搬完东西，开着车走了。

我琢磨着那句话，不明白是什么意思，可能也是永远想不明白的。

而时至今日，我居然没再见到过姚梦婷，虽然我们就住在同一个小城。但我知道她在，为人妻，为人母，那种气息，我似乎偶尔能够感知。

# 夜游神

1

我打开门，推门而入，又往前跨两步，掀起帘子，探进头去，便看见他蜷缩在床上的样子了。我说："小裘，房租什么时候交？"我的语气是不耐烦的，刚才的一连串动作也颇粗鲁。

他动了一下脑袋，支棱起半个赤裸的肩膀，眯缝着眼睛对我说："过几天吧，再过几天一定给你。"

"不行，两天内一定要给我！否则我不给你住了，把你东西放仓库里，锁换掉！"我手拿一大串钥匙，所以说话的时候，就有丁零当啷的声音伴奏着。刚才我门都没敲就直接进来了，照理是不应该的，哪怕我是房东，但对他情况特殊。

他又说："房东，给我三天吧，一定给你！"

"给多少？"

"上个月的。"

"人家都是三个月一付，你一个月一付，还老是拖欠！碰到你这样的租客，真是把我累死了！"

"反正最后都是付嘛。"他又放低身子，扯了下棉被盖住半张脸。早春天，居然光着上身睡觉，又把空调开着很足，快中午了还不起床，真是细微之处就反映出与众不同。他可以要个性，可我就难受了，这样做电费不少，又增加了我要钱的难度。

"你这么有把握？"愣了愣，我说，我可没什么把握。

"我老表欠我钱。他在上海，这两天回来，回来会还我钱的。"

"好，再相信你一次！"这个老表，我也是见过的，一位瘦高个小伙子，不知道是表哥还是表弟，一开始就是一起来的，还在这里住过。

对房东来说，什么样的租客最头疼？当然就是拖欠房租的了。所以我每次看见这个租住202的裘峰，心情都不会很爽，当然看见的次数也不多。他二十七八，三十不到的样子，本地农村人，半年多前租进来的，也没正儿八经上班，大部分日子白天就在睡觉，到夜里才出去走走。租进来时，他和我说过，是开棋牌室的，于是对他这种作息方式，我也就见怪不怪了。他给我的印象，总是一副无精打采、郁郁寡欢的样子。大部分日子房间里很安静，基本上不烧饭，但偶尔看到过几回，三四个小伙子聚餐，一桌满菜，一大堆酒瓶，喧哗不断。

只有第一次遵守合同，交了三个月房租加押金，一共两千八百块。到期了，我去收房租结水电。他说，房东，现在严打，棋牌室没生意，手头紧张，交一个月吧。我知道，那不是大众娱乐的棋牌室，实际上就是一个小型赌场，游走在法律的边界地带。我又能如何，只好应允。然后，这样收了两次后，干脆就拖欠了，一个星期甚至十来天，终于发展到现在，拖欠二十多天了，也就是说假如他现在跑掉，那我绝对要亏，因为押金根本不够这些日子的房租加水电。而租客欠钱不辞而别，在我妈做房东的那几年里就发生过。

　　说完，我又看了一眼那团坟丘般的被窝，丁零当啷地出去了，"砰"的一声，把门重重地带上。我又上楼去，心里想，这回我特别严厉，应该会奏效了吧。周六，上午就待在家里了，我妈已经做好了饭。

　　然而三天过完，钱还是没有拿到。最后一天的下午，我连续打了他几个电话，都不接，后来干脆关机了。傍晚我又去找他，房间里没人，也压根不知去了哪儿。我简直要发狂，几乎打算立刻实施驱逐，哪怕亏点钱，心里痛快！我强忍着怒气，才没有采取行动。

　　我出去转了一圈，七点半左右回到家门口。在路灯下站了一会儿，一扭头，突然看到了他，一手拿着鱼竿，一手拎一只红色的塑料桶，朝我走来。

　　我大声喊："裘峰，可把你等到了！"刚才下意识地想要守株待兔，没想到，还真成了。

　　"我会回来的呀。"他表情肃穆地走过来。裘峰个子不高，皮肤白净，夹克衫小脚裤运动鞋，一身黑色。

　　我继续喝问："你怎么电话关机？"等他走近了，我发现他脸色微红，这事儿无论如何是我占理，所以不妨气焰嚣张一点。

　　"没电了。"他说，声音不高。

　　"钱呢？"

　　"房东，真的不好意思，我老表要明天晚上才回来，所以钱还没拿到。明天他回来我就去拿钱，最迟后天给你。"

　　"又是明天复明天，你到底说话算不算数？！"

　　"这回肯定算数，他答应了回来就还我的。"脸上露出一丝讪讪的笑。

"哼，你倒是轻松，欠着房租，还有心情去钓鱼！"

"房东，那你说，我不钓鱼去干什么？总要找点事情打发时间吧。"

是啊，去干什么？倒是把我问住了。愣了愣，我问："你老表欠你多少？"

"欠我有三万了，答应先还我一万。"

"那你这次房租交三个月吧！"

"房东，还是原来这样吧，反正又不会少你！"他又讪讪地笑着。

"原来就是三个月一交的！第一次，难道你忘了？……都像你这样一个月一交，我都要烦死了！再说，趁你手头有钱，多交点，我也好少烦你几次……这次你还交一个月，那没过几天不是又到期了吗，我又要这样来催你了！唉，我真是被你拖怕了！唉，实话说，我真是后悔租给你！"我心里这样想，嘴上也这么说了。

"要不交两个月吧，想弄点事情做做，急需用钱！欠我钱的也有好几个，就是要不回来。"他蹙着眉头说。

"你不是开棋牌室吗？"我问。

"早就不开了。停得太久，人气散了……房东，帮帮忙，就交两个月吧。"

沉吟片刻，我说："那你现在就跟你老表联系，确定他明天到底来不来！我说话算数的，这是最后一次给你机会了！"

"好，我去房间充一下电，就给他打电话。"

到了二楼，他开门，我跟进去，我决定就这么死盯着他，向他施加最大的压力。他把手中东西往厨房墙边一放，走进卧室，我又跟进去。他掏出手机，走到电视机边，在插线板上充电，默默地站在电视机旁边，我也默默地站在他后面。他的手机是白色三星，带皮套侧翻盖，是智能手机，刚刚开始流行，我们部门里有个比较时髦的女同事就用这一款。他妈的，比我的好多了，我的还是直板诺基亚呢，用了好几年了。还有，上次我问他，你房租交不起，为什么请客这么大方？他说，酒菜是朋友带来的，就是借他一个场子。他妈的，谁知道真假！房间里的空气像一大块冰，把我们如两条鱼般冻住。过了一分钟样子，我说，可以了，一边充着可以打电话的。他说"哦"，开了机。接下来就是他打电话的过程，持续了大约三分钟。我竖起耳朵听，又观察他的表情，已然把结果猜到了七八分。

一会儿果然得到印证。他放下电话，叹了口气说："老表明天回来是一定的，但还钱的事情还有难度……不过，还是一定会还一点的，可能没有一万。"

"不管是一万还是几千，反正你自己看着办！"我黑着脸，转身欲走，心里面满是懊恼。

"房东，你等等——"裘峰说。

我就站住了，想听他说什么。只见他两步跨到床边，从枕头底下拿出来一样东西，递给我说："房东，要不这个手机你拿去吧。你自己估一下，随你算几个月房租。"

我定睛一看，是一只白色的HTC，也是智能手机，我们办公室里有位男同事用着同一款。

裘峰笑嘻嘻说："起码八成新的，一个弟兄欠我钱，还不出，抵给我的。你那只手机落伍了，好换了。"我在他面前打过电话。

我没接。看着是挺新，但谁知道究竟如何呢，而且用别人的旧手机，也不那么舒服。我就说："不要不要，你还是给我钱吧！这次交两个月！"说完就开步。

裘峰稍愣，把手机扔床上，疾步走在我前面，一边走一边说："房东，鲫鱼你拿点上去，富春江里钓的，野生的。"

我说不要不要。他却迅速挑了两条大一点的，用塑料袋装了，笑嘻嘻地递给我。我怔了怔，想，不拿也不会马上有房租，那就恭敬不如从命。接过袋子，我说："我最多再给你两天时间，后天，必须拿到钱！"

他点着头，说好的，一定一定。

本来我还想再说点什么，可人家一张笑脸对着你，还送你东西，又能怎么办呢？我在心里叹了一口气，上楼去了。

## 2

翌日下午，两点半光景，正上着班，接到我妈的电话。我问，什么事？她说，刚才一个城西派出所的警察给我打电话，说要了解一个人，我说我不是房东了，要找你，他就给了我一个号码，叫你打过去。听完我有些蒙，警察找我会有什么事？有时候居委会召集房东开会，社区民警都会交代，不要租给传销的、卖淫的等等不法人员，而万一出事，搞不好房东要受牵连，所以房东们大多也很谨慎，及时上报租客信息，让他们核查把关。我梳理了一下，我的那些租客，都上报过信息，也没反馈谁是可疑分子，就有些纳闷，又有些紧张。我看着那个座机号码，本想打过去了，可怔怔了一阵，决定还是自己过去一趟，反正路不远，当面交流比较好。反正这个下午也比较空闲。

我借了同事的电瓶车，一忽儿工夫便到了。我妈告诉我对方姓汪，我在牌子上找，只看到一位汪姓警官，于是立马就找到了。进去一看，是个年轻警官，三十上下，国字脸，眉清目秀，可是表情严肃，可以说有点儿板着脸。

他问："你就是校场弄17号的房东？怎么我们这里登记的是你妈的名字？"眼神十分犀利。

我笑嘻嘻道："做房东很烦的，我妈不想当了，就让我接了班。这不，你一个电话，我就赶来了。汪警官，找我有什么事儿？"

"向你打听一个人。"他态度有些缓和了，叫我坐。

我坐下来，直起腰，问："叫什么名字？"

"裘峰，一个小伙子，是不是住你那里的？"

"是是是，住在202。住了半年多了。警官，他怎么了？"在警察面前，我自然得毫无保留地坦白，着重的是想知道，他有什么事儿？事大事小？我会不会受牵连？

汪警官沉吟片刻，慢悠悠说："这个事儿我们还在调查，还不太好下结论……我们怀疑他，跟一起团伙作案有关。叫你来，一个就是确定一下他的住处，还有要你帮忙，有什么异常情况及时告诉我们。"

我连连点头，说好好好，警民合作，社会平安，等等。歇了口气，又问："汪警官，你说团伙作案，到底什么意思？"

他难得一笑说："怎么说呢，就是以前老百姓叫他们'梁上君子’，现在我们叫‘夜游神’。”

“哦，我明白了。”我说。脑子里过了一下，觉得这个称呼对于裘峰，还真的非常形象、吻合。我说：“那你们为什么不去抓他？”

“不是说了还在调查嘛，调查取证，有个过程。”汪警官看着我，脸上恢复了严厉的表情。

我说哦哦。

然后他问我工作单位。然后就得知，他表姐是我的同事，虽然不在一个部门，我做信贷，她做财务，但还是有些工作交集的。这下他态度就和缓多了，向我了解了一些有关她表姐的情况。

静默了片刻。突然，我想到昨天的事儿，幸亏没要那个手机，要是拿了，那不就是销赃了嘛。我马上把这事儿说了。

听完，汪警官说：“好的好的，这事情我了解了，这个手机很可能就是赃物……现在你可以走了，你要表现得和平时一样，不要打草惊蛇。有什么情况打我电话，我们也可能会主动联系你。”他报给我手机号码。

我连说知道知道，存下号码。站起来，又问：“他的电话号码要不要告诉你？”

“这个我们知道。”汪警官一笑道。

走出办公室，我突然又想起来，那天裘峰来租房子，登记的时候，他说身份证丢了，在补办，以后给我，就拿同来的老表的身份证登记了。这事儿后来我就忘了，要不，警察也根本不需要找我。现在看来他是有预谋的。还有，他说开棋牌室，也不知道到底是真是假。

事情了解清楚了，我也就放心了。然后，莫名地就有种兴奋感。

3

我觉得自己化身为一个侦探了，接受了一项光荣的任务，而疑犯就住在我家里，我的眼皮子底下。但我要上班，不可能盯得很紧。吃晚饭时，我本想向我妈透露，叫她帮忙，但再一盘桓，侦探工作并非人多力量大，相反人多容易暴露，就保密。

吃好饭，我下去，敲了敲门，没反应。讨钱的事情也很重要，但万一再拖几天，我也不会赶他了。晚上，我留意了两次，都没见到他。打了一回电话，他主动说，明天给钱。我说好。第二天，果然拿到了，两个月的房租，以及前面的水电费。

我问："小裘，你昨晚去哪里了？"

"老表回来，一起吃饭，又一起去玩了。"

"你前天给我看过的手机呢？"

"你不是不要嘛，我就给老表了，他还了一万，就送给他了。"他看我一眼道。

我说哦，拿了钱，开好收据，上去了。

我监视了几天，也没什么特殊情况。大约一个星期后，那天我下班回来，终于发现有点情况了——门关着，但我听到一阵阵喧声笑语。一定又是那几个同伙在聚餐，说不定是在庆祝又一次行动的成功！上去后，我就背着我妈，给汪警官打电话，汇报情况。他说，好的好的，你继续关注，有情况及时联系！我问，案情查得怎么样了？他说，还在查，没那么快。然后，挂了电话。

才做了几天侦探，就体会到了侦探工作的不容易。反正，我是没法完美尽职的，主要是因为自己的事情太多。白天不要说了，晚上活动也不少，主要是应酬，还有，个人私生活方面。说到这了，我就扯开几句。那阵子我正和一个女孩子接触着，差不多算是进入了恋爱状态吧。实际上，我们年后就认识了，经人介绍的。她是一名小学老师，老家在乡下，目前住城里的亲戚家。一开始进展很顺利，关系初步确定后，我也带她来过我家了，但前一阵子，她的父母亲突然表示不同意，理由是我年龄偏大，我比她大了十岁。那天，我们在茶馆里坐了很久，谈到了分手。我心里很烦，很失落，但也坦然面对。后来，我把她送到住处，回家了。走到楼下，看到202的灯亮着。上了楼，我妈刚看完电视，进房间睡了。我还没有睡意，就在客厅坐下来，看电视。几分钟后，我又下意识地站起来，走到窗口探头俯瞰。一会儿，看到一个人影从楼道里窜出，往西移动，仔细一看，正是裘峰！十点半过了，这么晚了，他出去干什么？我马上警觉起来，立刻关了电视机，迅速下楼去。

等我到了下面，他已经走到开源路口了，和我相距四五十米。然后，他往体育场路方向走。我就追赶上去。三月底，天气还有点寒冷，可是一些露天的烧烤摊，已经摆出来了。夜色明媚，因为有灯光的辉映。但行人和车流，终究是少得明显，夜像一块海绵，把好多东西如水般吸收。我看见他一边走，一边歪着头打电话。我小心地尾随着，保持四五十米间距。他站住，我也马上站住。他做出回头的样子，我赶紧往墙边躲。原来，他是招呼出租车。他坐上一辆的士，屁股冒烟走了。我这下急了，以为没辙了。幸好，紧跟着又来了一辆空载的士，我也马上招呼，坐上去。

司机是个圆脸的中年男人，问我："去哪里？"

我说："跟着前面那辆。"

因为是单行线，又没有其他同向的车子，比较好跟。顿了顿，我又说："几个弟兄在前面车上，一起吃夜宵去。"

司机说："你们年轻人夜生活丰富！我是没办法，开夜车的。"

我笑而不语。虽然我夜生活也还算丰富，但平时这个时候，一般也是回家了，所以此时出门，倒也有些感觉新鲜。我不知道他会去哪里，且先跟了再说，只要红绿灯前没跟丢，一般跑不出我的视线。城市夜色朦胧，黑是一团一团的，永远不会有纯粹的黑。城市夜色温柔，相比于喧嚣的白天，完全是另一种气质。幸好，跟踪工作一路顺利。一会儿到了迎宾北路。在一个路口，他下了车。我叫司机往前开一点，也下了车。一下车，我就看到有个穿红衣服的女孩蹲在路边，地上吐了一摊，两个男孩一边一个搀扶着她，另一个穿白衣的女孩站在旁边。红衣女孩很兴奋，不停地摇头，满脸通红，显然是喝醉了，因为旁边就是一个很大的酒吧。我看到裴峰在酒吧门口站了下来，又开始打电话，我就在稍远处伫立观望。一会儿，他进去了，我也迅速跟进去。

这家酒吧我来过，不多，两三次吧。里面人很多，几百号吧，挤挤挨挨，如同一个蜂窝。一进去就面对一圈大吧台，四周围满了人，服务员忙个不停。左右各有一排包厢，用玻璃隔断，隐隐约约能看到人。中间是一个大坐台，放了很多小圆桌小椅子，几乎坐满了人。坐台前方是一个跳舞的场子，此刻空寂无人，缭乱的灯光不断切割着虚幻的空间。舞池上方，两边高挑的小台子上，两位女郎在跳舞，性感妖媚，活力四射。此刻音乐柔和，大概是高潮的间隙吧。我转了一圈，居然没看见裘峰。又仔细找了一遍，还是没发现。有一个似乎像，到了近边一看也不是。我很泄气，就好不容易找了个偏僻的位置坐下来。旁边是两个漂亮姑娘，但我没有搭讪的想法。大部分是男女搭配，男的优雅，女的温婉，而且一个个都显得很漂亮，五官生动，特别有型，我想可能是灯光的缘故吧。一个瘦小伙子窜到我身边，问，××要不要？我没听清，就问，什么？他大点声说，麻古要不要？我摆摆手，说不要不要。他像泥鳅般滑走了。我是听说过，酒吧里有卖这种东西的，还有冰毒，没想到让我碰上了，但我是绝对不会沾的。我要了一杯饮料，慢慢啜饮，仔细观察。一会儿，一位妖艳异常的女郎，在一个更高的台子上出现，因为丰满高挑，又因为穿着金色的紧身衣，简直就像一条黄金巨蟒。蟒蛇先慢慢扭动，很快进入状态，狂舞起来，还吐着信子，大声喊："来，来，大家跟我一起嗨！"音乐"嘭嘭嘭"，高亢震耳，于是全场骚动兴奋起来。我旁边的那些人，眼神开始放光了，表情变得狰狞了，好多个起了身，去前面的场子上狂欢了。一会儿我也有点兴奋难耐，就上了场。大家伙面朝着蟒蛇，身子扭着，嘴巴叫着，像极了一群嗷嗷待哺的雏鸟。我因为还在东张西望，不小心踩了一个男人的脚。我连忙道歉，可还是被他推了一把，又凶巴巴地瞪了我几眼。这家伙年纪和我相仿，块头有点大，理着平头，看面相就不是善类，我就只好忍了。后来，我有意避开他，但还是感觉被他撞了一下。音乐还没结束，我就下场了。坐了一会儿，高亢的音乐戛然而止，蟒蛇进洞，场子里的人，不，那些失去了魂魄的鬼魅们，纷纷四散，回到座位上，慢慢地阳气又回到他们的身上，脸庞变得柔和漂亮起来。我翘首四顾，依然没有发现裘峰的踪迹。我想，我这样明目张胆地找人，是不是太笨拙了？转念又反驳自己：他怎么会知道我在跟踪他呢？也许是他早就离开了吧，刚才在门口只是虚晃一枪，反正做那种事的人，本来就是神出鬼没的。看了下时间，已经过一点了，我想那就到此为止吧。来到外面，正要打车，猛看到一伙人在打架，都是二十来岁的小伙子，两边各三四个，一开始是追着打，后来扭在一块儿了。很快听到喊声：有人被捅了！有人被捅了！快快快，打110！打120！于是一大堆人围上去。我倒是没啥兴趣，看见一辆空载的士，就招手了。但坐在车上，看着窗外妖娆的夜色，我想，夜真是有魔力，虽然藏污纳垢，但也精彩十分，而夜生活，是会让人上瘾的。

回到家，看到202房间里一团墨黑。我有些累了，也有点睡意了，很快上床。第二天起来，竟发现我昨晚穿的皮衣破了，背后开了一条口子，大约三厘米长。思来想去，弄不明白，这是怎么回事？也许是那个平头壮汉搞的？如果是这样，这家伙也太阴毒了！这件皮衣，是前年去西塘玩，回来顺路去了海宁皮革城，在那儿淘的，正品打折，一千两百块钱，黑色山羊皮。我只好自认倒霉。

## 4

因为恋爱的失意，我把心思投到了侦探工作上，希望以此来减轻悲伤。

过了几天。那天夜里，我在电脑上看电影，快到十一点才结束，本来打算洗洗睡了，却又一时心血来潮，走到窗口向下探望。大约过了五分钟，还真是好运，果然看到一条黑影从楼道里窜出，往开源路方向而去。我大喜，连忙追了下去。又跟上次差不多，黑影在路口踟蹰片刻，去往体育场路。我也跟上去，保持四五十米间距。突然他回头看了一眼，我赶紧往墙边躲，反正就是这么个套路，跟上次差不多。我以为他又要打车了，眼睛就盯着马路，希望别只来一辆。有一辆空载的士驶来，却没见他打车，而是往回走来。这完全不按剧本来，我慌了，赶紧躲进了浓稠的黑暗里。他居然原路返回了。我有些失望，等他走远了点，也原路返回。进了楼道，快到二楼的转台，正要去摁墙上感应灯的开关，那灯竟兀自亮了，然后，就看到一张有点阴森森的笑脸。裘峰背依着墙，吐着眼圈，注视着我。我还没作反应，他就开口了："房东，半夜三更跑出去做什么？大街上捡钱包去啊？"

我支吾着说："唱歌刚回来。"低着头，走上去。

然后听到"砰"的一声，是他进了房间。到了家里，心跳缓下来，想，完了完了，被他察觉了，用上了反侦探手法，以后很难再刺探到什么了。然后，咂摸着他刚才的话，豁然暗笑：捡钱包，应该是偷钱包吧，习惯性思维，这不无意识中就暴露了身份！

又过了半来个月，总算发现了一点新情况——202房间里出现了一个女人，似乎很年轻，个子高挑，比裘峰还高点，皮肤有点黑，但似乎模样不错，说普通话，带明显的外地口音。和裘峰一起做饭，一起进出，那应该就是恋爱的关系吧。我最初的反应，要不要汇报？思忖一下，还是算了，这应该算是私生活吧。

第二天傍晚，我下楼去，看见202开着门，就径直走了进去。他们吃好了饭，女的在厨房洗碗，男的坐床上看电视。女孩知道我是房东，红着脸冲我笑了笑。我也冲她笑了笑。女孩有点胖，稍稍有些土气，但五官端正，比较耐看。一刹那间，我竟有了一点嫉妒的情绪。

我走进卧室去。裘峰马上站起来，问："房东，有事吗？"

我问："你女朋友？"面带微笑。

他说是的。

"怎么认识的？"

他说是他姐姐介绍的。

"你姐姐做什么的？"

"开店的，窗帘店。"

我又问："你女朋友哪里人？"

他说陕西的。

顿了顿，我问："那么，小裘，以后打算做什么呢？"

他说还没想好，可能也开个什么店吧。

"好的，正儿八经开个店，安安耽耽过日子。"我看着他的脸说。他的眼神游移不定。

"谁不想安安耽耽？"他瞥我一眼道。

然后，我又说："那么，给你女朋友登记一下。"我手上就拿着本子。

他说："我不是登记过了吗？"

"只要是长住的，每个人都要登记。"我没说破他登记那个事儿。我也没说假话，警方就是这样要求的。

他嘀咕着"真是麻烦"。女孩倒是随和，说好的。我接过身份证一看，叫贾芳芳，二十一岁，陕西省商洛市丹凤县某某镇某某村人。

登好记，我又对裘峰说："还有个把星期，你房租又到期了，先提醒你一下！"他含糊地说，知道知道。我拿着本子出去了。

过了两天，又是傍晚，我下楼来，又见202门开着，就张了一眼，女孩在洗碗，裘峰好像不在。我就走了进去。我说，你好。女孩笑笑，表情有些腼腆。

我说："哎，你是陕西人，怎么会到这里来的？"

"有亲戚在这里。"女孩幽幽说。

愣了一下，我问："你和他认识多久了？"

"没多久，两三个月吧。"女孩有些红脸了。

又愣了愣，我说："那你了解他吗？"我心里的想法还真的挺复杂的，嫉妒、惋惜、好奇都有，但说什么，怎么说，还得讲究措辞。

"那总是有点了解的。"她又低声说，笑了笑。

沉默了一下，我刚想开口，一个声音在耳畔响起："你在干什么？"

扭头一看，正是裘峰，脸色阴阴地站在门口。我连忙转过身来，也冷着脸说："没干什么啊，还不就是来催你一下，再过三四天你就得交房租了，这次可千万别拖欠了！还有，最好别交一个月！人家都是三个月，没人像你这样的！"

他冷冷地看了我一眼，一句话没说。我下楼去，心想，既然他有了女朋友，面子总要的吧，但愿以后收房租，别像以前那么麻烦。本来除了提醒她，我还想问问，你和贾平凹有没有关系？因为印象中好像贾平凹就是那儿人。

可没想到，两天后的下午，裘峰打电话给我，说正在搬家，叫我过去结账，那么就不是他要给我房租，而是我要退还他部分押金了。我有些讶异，却又感到轻松，而其他房客退租，心里通常会有些挽留，因为重新招租，总归是件麻烦事儿，比如302那对小夫妻，一个多星期前搬走了，我在路口贴了广告，可还没接到过电话。我正忙于工作，一时跑不开，就叫他们等会儿。本来可以叫我妈代劳，可她去了武夷山旅游。过了半来个小时，我回去了。他们搬得差不多了，剩下一点零碎小件，也打了包，专门在等我。我抄好电表，退给裘峰五百多点，微笑着和他们道别，也没问他们去哪里。然后，我又回单位去。

第三天是周六，下午我去收拾房间。卫生基本上搞过了，不用我费什么劲，也就是检查一遍，归置一下。我打开一只床头柜的抽屉，赫然看到一把刀，大约二十厘米长，刀柄黑铁色，刀身银白色，刀身修长，刀刃锋利，刀身和刀柄差不多长。我拿起来，有些沉甸甸，刀身亮闪闪晃眼，翻过来，有一条凹槽。我做了一个捅刺的动作，手感不错。不知道叫什么刀，但绝对具有威慑力，应该属于管制刀具吧。然后再一低头，又看到一张白纸，是折起来的，原来被刀压着。我也拿起来，展开一看，有一行字：做人要善良一点，不要以为有几个钱就了不起！字儿不怎么样，歪歪扭扭的。

我发愣，好长时间还在发愣。什么意思？警告我？因为我催钱有点急，好几次说话也有点难听，还有，跟踪露了馅。我觉得有点好笑。然后，就生气。盯着那把刀，突然就想到了那个酒吧之夜，划破我皮衣的，会不会就是他？再细想，他可能性不大，太靠近容易被我发现，但是同伙完全可能，这种雕虫小技，对他们来说十分拿手。这样想着，不觉背后发凉，就又有些害怕了。然后我又想到了什么，踟蹰了一会儿，拨通了汪警官的电话。

我说："汪警官，今天休息？"

"哪有你们这么好。在值班。有事吗？"他说。

"有个情况向你汇报一下，就是上次和你说起的那个房客，搬走了，前天搬的。我刚想起来，应该和你说一声吧。"

"哦哦，那个叫裘峰的？"

"是的。案子还没调查清楚？"

"调查清楚了。这个案子已经结掉了。"

"那怎么没对他采取行动？"

汪警官愣了愣，说："是这样的，我们调查后发现，他不是团伙主要成员，是外围的，而且也配合我们工作了，对我们破案有帮助，所以就没对他采取刑事措施，教育一番算了。主要的几个都关进去了。"

我恍然大悟："哦，就是污点证人的意思咯。"

他呵呵笑道："具体不便透露。何经理，还有事吗？"

我想，警察都不处理他了，那么再说刀还有什么意思？就说没了。

然后，就搁了电话。说实话，我是极希望他出点什么事的，于是，这会儿真的有点失望。然后又想，警察这样做，倒是挺有人性的，经此教训，他应该不会再犯了吧，那么他留下刀来，是不是又有了金盘洗手的意思？唉，反正，这将会是一个永远的谜了。

## 5

真没想到，若干年后，我和裘峰又见了一面。那时我已辞了职，当年的女朋友，那位小学老师，已成了老婆，还有了一个可爱的女儿。那天和老婆逛街，走到第二农贸市场附近，老婆临时起意，说要给女儿买件衣服，就进了一家临街的童装店。挑了一会儿，买了一件，我拎着袋子，尾随着她走出来。刚出门，我眼光一溜，竟发现旁边那家店里，裘峰端坐着，再一看，他当年的女朋友就坐在柜台后面。

他也看到我了，站了起来，但没走过来。他胖了一些，气色不错。他女朋友，肯定也是老婆了吧，相反瘦了一点，也白了一点，总之洋气很多了。

我说："你的？"意思是指这家店，也是童装店。

他说："嗯。你们逛街？"他笑了笑，表情有些不自然。

我也笑了笑，说："嗯。哦，不知道你也开童装店，要不就到你这里买了。"

他微笑着，没说什么。

我摆摆手，又说："那我们走了，再见！"

"再见！"他也摆摆手。

居然碰到了，可真没想到。但我知道，下次若我和老婆一起来，也不会去他店里的。我又想起了那把刀，亮闪闪地在眼前晃动，锋利嗜血，可是究竟是什么用意？唉，这谜是解不了的，也就不必费劲了。不过，看起来他日子过得不错，我倒是欣慰的。但是那把刀，倒是永远戳在我心上了，就像鲁迅先生说的"榨出皮袍下面隐藏的'小'来"，有时候会让我反省自己：我到底算不算一个善良的人？

# 月光曲

## 1

我们往上，他往下，走到二楼的转角平台上，正好迎面相遇了。擦身而过的时候，他脚步迟疑了一下，说："你是赵莉吧？"

赵莉也收住了脚步，侧身看着他，愣了愣，说："你，你是……"

"郭晓军。"

"哦哦哦，想起来了，怪不得感觉有些面熟……你来这里干什么？"

"我住这里啊。你呢，干什么？"

赵莉有些脸红了，没回答。

郭晓军说："哦哦，我知道了！"

我就站在旁边，没吭声，听他们又聊了几句。话里听出来了，他们是初中同班同学，毕业后进了不同的高中。然后赵莉说她师专毕业后，分到哪个小学，目前在教几年级的语文。郭晓军说他科职院（三本大学）毕业后，先在一家网站干了一年多点，几个月前跳了槽，去了位于城北郊外的某某机电公司，目前在车间干活。两人都遗憾地表示，毕业这么多年了，竟没有开过一次同学会。然后就互留电话号码。然后，他要去亲戚家吃饭，赶时间，匆匆而去。

上了楼，我妈还在炒菜，我们就在客厅里坐下来。我打开电视机，笑着说："见了老同学，瞧你这个兴奋样！老实说，他当年有没有给你递过条子？"

赵莉放下包，嗔道："你这个人真是！同学嘛，说几句话不是很正常！读初中的时候，他个子很小的，成绩又不好，说实话，我都没怎么注意他……不过，总归还是有点印象的。不过，他要是不打招呼，我也不敢认。没想到他个子变这么高了，人也帅多了……初中毕业后，一直都没碰到过呢。倒是真没想到，他会住这里。"

我说："住了都有三年了吧，就在楼下，401……不过你说他帅，我可不觉得。"郭晓军个子瘦高，皮肤比较黑，五官长得还行，脸上有好多痘痘，就像是那种赤豆棒冰。眼珠子嘀里骨碌转得快，给人的感觉心思很活。头发很长，往一边耷拉，偶尔猛地一甩，把耷拉下来的甩上去，也许是觉得这个动作很帅吧，久而久之就成了习惯。还有，上下楼梯步幅很大，像个冲进冲出的纳粹冲锋队员，特别是早晨，从这里到他单位，可能是坐公交车吧，大概一刻钟路程，几乎每次见到，都是冲锋般的。

"哟，说人家帅，你嫉妒了？"赵莉乜我一眼。

"我是说客观事实嘛。"

"我是说比起以前嘛。"

沉默了一下，她又说："他怎么会住了有三年了呢？他跟我一样，都是前年才参加工作的。"

"很正常啊，那就是实习就来租房了，反正还是我妈管这些事的时候住进来的。"我说。

然后，赵莉又说了几句，大意是，郭晓军的父母亲婚姻不是很好，有没有离婚不知道，但那时候听同学说，他父亲有姘头，还经常不住在家里。他父亲是个泥水匠，比较能够赚钱。

说着话，我妈招呼我们吃饭了。吃好饭，我们去看了一场电影，九点多回家来。周末嘛，就得有个度周末的样子。不过，周末是于我而言，赵莉刚放了假，将有一个漫长的假期。渡过四月份的感情危机后，我们的关系迅速升温，学期一结束，她就从姑姑家搬了出来，住到我们家来了。

上了床，我想和她亲热，她也迎合。突然，面色潮红的她睁大了眼睛，说："你是说，郭晓军就住在下面？"

"是啊，"我说。我的卧室在五楼，正好在401的上方。

"那会不会被他听到？"她蹙起眉头。

"不会的，地板隔音很好的，听不到的。我妈睡楼上，你能听到什么？"刚才回来，留意到401亮着灯。

"你动起来床吱嘎吱嘎响，怎么会听不到？"

"那也没事，反正这几天他也不是没听过，晚上一次，早上一次。"兀地我想起了去年那起203投诉303的有趣事件，忍不住扑哧笑出声来。

"你笑什么？色鬼！"

"没笑什么。我觉得他说不定就爱听呢。"我压着赵莉，两个手肘子撑着身体。

"原来他不知道是我，现在知道了！"她脸上的红晕在消退。

"那我轻一点好了。"我温柔地请求。

"算了，今天没心情了。"她把我往下推。

"那他一直住着，我们就不做了？"我生气地说。

"反正今天不想做了，有点累。"白天她在学校里批试卷，写评语。

我也不能强迫，就愤愤然地浇灭了心中的欲念，颓声说好吧。躺到一边，让身体如一块烧红的铁冷下来，然后就关了灯，搂着她睡了。心里说，哼，这个郭晓军！对他的不满增加了一分。

## 2

我和郭晓军之间已经有点不愉快了。我说过，他是老住户了，刚住进来的时候，一则是淡季，二则我妈耳皮子软，经不住他阿姨长阿姨短的软磨硬泡，就答应下五百五的月租，除一楼外所有租客中最低的。去年初将房东大权移交给我时，我妈也交代过，那些老住户，合适的时候可以适当提点价。但去年我没有提，因为对我来说，这是一笔意外之财，多点少点也不是很在乎。可到了今年，意外之财变成了日常进账，算盘就打得精起来了，于是就逐步提了一些。反正老住户也不多，新租户自然就执行了新价，一番调整下来，基本上月租金都在八百左右，个别八百五。五月中旬，郭晓军房租到期，我就和他说了，下次要适当涨点了。我说大家都八百了，你是老住户，就七百五吧。他眼睛一瞪，说，啊？你这不是抢钱吗？我有合同的，涨一块都不行！我说，你自己看看合同，是不是写着"租客入住满一年后，房东可根据市场行情酌情调整房租"，本来去年我就想涨了，后来想想算了，可是总不能永远不涨吧，你已经占便宜了。他说，又不是只有你家有房子，涨价我就搬走。我就说，是啊，房子多得是，到时候想搬也行。一番争执后，我收了三个月的房租加前期的水电费，离开了，甩下一句话：反正，下次收房租，最低七百了，住不住随你！他没有马上答复，但当天晚上给我发了条短信：房东，六百五行吗？过了会儿，我回复：好吧。其实，这也是我的底线。

第二天，我休息，赵莉又去了学校，完成学期末老师们该做的那些事儿。在家吃好中饭，我给她打电话。聊了几句，她说："哎，跟你说个事儿，我同学的房租，你给他优惠一点嘛。他在厂里上班，工资不高的。"

"什么，他还想优惠？我已经给他很大优惠了！"那天的事儿，我还没跟她说过。

"可是他打电话给我了呀，我觉得有点难为情……"

于是，我就把那天的事儿说了。听完，她笑吟吟说："要不就六百吧，好不好？也涨了一点了，我呢也算帮了忙。"

"这事儿你就别参与了。再说，他也接受了，他自己知道比起别人还是便宜很多……你大概几点钟结束？我来接你。"

"哦，还不知道，再说吧。"她说。

听得出来，她有点不愉快，但这事儿我也不想让步，一个月少五十是小数，但一年就是六百了，他又不是只住几个月的。再说，一模一样的房间，凭什么他就要比别人便宜那么多？若是被别人知道，会起效仿作用的，这一点，我尤其不能不考虑。

到了四点半光景，我又给赵莉打电话了。通了，可是很长时间不接听，自动断开了。过了会儿又打，响了十几秒才接起来。

我说："事情做好了吗？那我过来接你了。"

电话那头沉默了一下，说："不用了。"

　　我略愣，问："为什么？"

　　"我已经到家了。"

　　"你走回来的？"我理解成我家了，走回来大约二十分钟。

　　"是我自己家，你家又不是我家！"

　　"啊，你回大青了？怎么回去的？"她老家在大青，离城大约十五公里的乡下。

　　"坐公交车呀。好了，我有事了，不跟你说话了，今天别给我打电话了！"说完她就搁了电话。

　　我有些郁闷，心里盘桓，肯定是不给她"面子"，让她恼火了，那就只好让她火一阵吧，应该不会太久的。

　　吃好晚饭，我去江边散步。夏日的傍晚，富春江边人头簇拥。江边暑气不易积聚，相对清凉。我来回走了可能有两千米，后来就到了我们单位建行前面的亲水平台上，看了一会儿奔流的江水，静泊的渔船，以及欢快地跳舞的大妈大姐们，找了个安静点的地方站下来。掏出手机一看，七点半了，心想，赵莉在干什么呢？打通了，又是过了十几秒才接起来。她开口就说："不是叫你今天别联系了嘛。"

　　"我在江边散步，看到人家成双成对，自己孑然一身，就忍不住想你了嘛。"我柔声说。

　　"鬼话连篇！谁相信！"语气中有点轻蔑的味道。

　　"可我说的都是事实嘛。"我纳闷，感觉到事情有了点变化，但猜不到原因。

　　电话那头沉默了一下，说："那我问你，前几年你是不是谈过一个女朋友，还经常带到家里去！"

　　噢，谜团终于揭晓！我忙说："是啊，有过，可是没正式确定关系，去我家也只是偶尔几次！"

　　"你别撒谎了！人家都告诉我了！没谈恋爱，会晚上去你家里？"

　　我眼前闪烁着郭晓军那丑恶的嘴脸，说："谈是谈了，可这事儿真的没你想的那么严重！"

　　"可你为什么和我说，这几年都没谈恋爱，上一个女朋友，还是六七年前的事了。现在叫我怎么相信你呢？唉，我真是有点后悔，没听我爸妈的话，四月份时没和你分开！"

　　"唉，反正是我不好，不过也是因为太在乎你嘛，所以才……"接下来，我就把那段短暂的情史老老实实地交代了。那女孩是我的同事，西北人，在杭州念的大学，毕业后被省分行录用，再分配到我们支行来。我是和她谈了一阵，接触了三四个月时间，后来，因为家庭原因，她回老家去了，所以不了了之。

　　"谁知道你是不是又在撒谎，反正我是不太相信你了！"赵莉继续发泄。

　　"反正事实就是如此，信不信由你……那你哪天回来？明天我来接你？"

　　"不来了，整个暑假都在这里！"说完她撂了电话。

　　我拿着手机，站着那里发了好一会儿愣。我想，这火可比丢面子大了，可能一时半会消不了，那就冷处理吧，反正急也没用。颓然地回家去。到了家，只见401一片墨黑，郭晓军这家伙，也不知道几点回来。他没有固定的女朋友，但偶尔会带女孩子过来，还不止一个，不知道有没有过夜，以前我不会特别关注。

　　他妈的，好像时光倒回去了，我和赵莉的关系，又退回到了几个月前。周一上班，偶尔会想她，心情有些郁郁。下午和晚上，我各发了一条问候短信给她，而她都不回。但我知道，毕竟不是那时候了，倒也不过分担心。

　　周二晚上，八点半左右，我应酬结束回家来，把郭晓军给逮住了。我开门见山，打他个措手不及，大声喝问："小郭，你这个人也太不地道了吧！为什么和赵莉说起我以前的事情？"我喝了酒，也有点趁着酒兴。

　　果然，他有些蒙了，但很快回击："没有啊，我说什么啦？"梗着脖子，一副受屈气粗的样子。

　　"你别狡辩了，她和我说了！是不是因为我加你房租，你就故意搞事？你自己也知道，我已经给你很大优惠了，没想到你还不知足！一个小伙子，比人家女孩子还精，人家我提点价，也没见像你这样讨价还价！"我连珠炮似的，在气势上压住他。

　　他不吭声了。不吭声就是承认了，没办法狡辩了。一会儿说："你有什么好神气的，不就是有一栋房子嘛。房子多得是，又不是只有你一个房东。"

　　"好，"我顺着他说，"那你搬出去好了，请便。下次到期，我就不租你了。"虽然喝了点酒，逻辑还是能理清的。

　　"怎么，你想赶我走？"他又梗起脖子。

　　"没赶啊，是你自己想搬嘛。"

　　"你就是想赶我！本来住不住我也无所谓，但你想赶我，没门！"

　　"我是房东，有权收回房子的，合同上有！"

　　"房东怎么了？房东就了不起啦？我按期交房租，凭什么赶我？哼，老子偏就不搬了！"

　　他黑着脸，瞪了我一眼，又眼神游移，落在墙上。我酒有点醒了，也不想激化，还有，毕竟他和赵莉是同学，真搞得不可收拾，也不好交代，何况她正在气头上，就黑着脸出去了。到了楼上，洗漱好，躺到床上，我又给赵莉发短信：睡了吗？不管她回不回复，我这么问候，是表达心意。没想到，一会儿她居然回复了：刚睡下。我马上又发：宝贝，那你睡吧，我也睡了。一下子心里很宽慰，竟有一种失而复得般的快乐。

　　到了周三下午，想见她的心情愈益迫切了。我还是给她发短信：宝贝，晚饭后我来看你。一会儿她回复：别来。我没再发过去。

　　五点半下班，我先回家吃饭。匆匆吃好，便开车出发了。因为单位离家很近，步行也就五分钟，我这辆银灰色的别克凯越，大概有一半多的日子就停在自己家的车库里。半来个小时后，到了她家。农村开饭早，他们家早已吃好。我先和她爸妈说了会儿话。他爸问，怎么不早点过来一起吃晚饭？可见赵莉没跟他们说些什么。四月份的风波过后，他们对我的态度好些了，反正也是木已成舟了。后来，我就和赵莉坐在客厅里，看着电视聊天。我想和她出去走走，她不乐意，还有点摆着脸色，所以话不多，主要是我在说，缓和气氛。我聊了一阵工作上的事儿，没提郭晓军，也没提他告密的那个事儿。她也没提起。没提起，就说明她正在慢慢熄灭内心的怒火。两个来小时后，八点左右，我起身告辞了。上了车，发动，掉好头，慢慢开出院门。她跟出来。我摇下车窗，微笑着说："要不今天跟我走吧。"

"才不呢。"她说。

"那什么时候回去？"

"再说吧。"

"好吧，那我先走了。"

我沿着来路返回。夏夜，天色尚不是很黑，呈现着一种瓦蓝的色泽。乡野铺展在田畴上，山坳里，河塘边，犹如一部盛大的牧歌，那些村庄就是华丽的乐章，那一栋栋村舍就是丰富的音符。我沿着一道河堤驱车，一会儿到了前面一个村落。看到路边一幢围着墙圈的建筑，将车速慢下来，在门口停下了。这是一所曾经的学校，废弃多年了，我听赵莉说过，初中三年她就在这里度过。废弃几年后，被一位老板租去，成了一家塑料制品工厂，再后来倒闭，重新闲置，但校舍和操场俱在，只是新建了几间附房。这会儿大门敞开，寂无声息。下了车，一股热浪迎面扑来，但我没止步，走了进去。月亮亮堂堂，大半个银盘样，皎皎清辉洒下来，给世间万物蒙上一层朦胧的神秘的色彩。那幢三层的校舍，墙壁反射着月华的幽光，近处的操场，呈现一种幽暗的淡白色，远处则是黑魆魆一片。四周虫声唧唧，空气里弥漫着农作物和动物排泄物混合而成的气息。跑道是塑胶的，早已严重老化，周长估计三百米，中间的空地上，杂草丛生。突然，有什么东西从我身边窜过，吓了我一跳，仔细一看，原来是一只猫。它跑到我前面不远处，站住了，弓着身子探来探去。应该是只小猫吧，颜色看不真切，好像是黄色的，也许是野猫，也许是周边人家的。我突然就来了劲，拔脚向它猛冲过去。猫也被我吓了一跳，"喵"的一声叫，夺路而逃。我追了有三四十米，直到它跳上围墙的一个豁口，不见了。然而我意犹未尽，就在操场上小跑起来。我一边跑，一边想，十来年前，一个女孩子也这样跑过，当年的她是什么模样？她在这里度过了怎样的学生时代？少女的初潮，如花绽放，有过怎样的欢笑哀愁？也许还有些和男孩子之间的什么事儿吧，但最终清如夏荷般地等到了我。命运真是神奇，又值得感恩。这样想着，心里竟泛起柔情万缕。然后，也想到了郭晓军，当年又是什么模样？好像是爱屋及乌吧，竟也对他宽容起来了。

到了家，我发短信给赵莉：宝贝，我到家了。

哦，她回。

我发：郭晓军的事儿，就听你的，你去跟他说吧。

她回：好的。

我发：不早了，好睡了。

她回：知道了。

## 3

很快到了周五。下午我跑客户，回到单位将近四点。到办公室坐下后，发短信给赵莉：宝贝，在干吗？

她马上回：我到姑妈家了。

有些突兀。我问：为什么出来？

她回：我妈叫我带点蔬菜出来。

怎么出来的？我又问。

公交车啊，她回。

今天是阴天，走在外面倒也不晒。我又发：那你晚上过来吧。

哦，她回。

我发：晚上我有应酬，可能会晚一点回来，你陪我妈看电视吧，等我。

哦，她说。

收起手机，心里很是甜蜜，想到家里有个女人等着我。

晚饭就是今天走访的客户安排的。汽车配件企业，规模不大，贷款也不多，老板平时和我来往不多，转贷时间到了，就请餐饭。我叫上了部门领导和两位同事，由同事开着车过去，耀都德悦大酒店，加上他们那边，一大桌人。菜挺高档，酒也喝了不少，不过我还是有点挡着喝的。饭毕，老板又邀请我们去唱歌或者足浴，但我们部门领导有事要回去，我也不是很想去，就谢绝了，又由同事开车把我们一路送回去。到家八点半刚过。我妈一个人在看电视。我问我妈，赵莉来过没有？她说，没来过，不是回老家了吗？我走进房间，掏出手机。打通了，我说："你在哪里啊？我到家了，怎么没见你？"

她支吾着，说："我……我在外面。"

"哪里？我过来。"

她又支吾，说："不……不用过来，我一会儿就回来了。"听声音，背景有点嘈杂。

"到底哪里啊？"我追问。

她就说："酒吧。"

我一愣，问："和谁？"

延滞了一下，她说："和郭晓军。"

忽地，我就气不打一处来了，心里极度不爽，包含着一种真正的嫉妒情绪，虽然我知道，他俩在一起，不会有什么事儿。

　　我说："哪个酒吧？我马上过来。"

　　她支吾了一下，跟我说了。

　　我马上出门去。酒劲已经完全过去，彻底恢复了清醒。那家酒吧在春秋北路，离我家不远，我也去过几次。我一路疾走，没花十分钟便到了。这家酒吧中等规模，有驻唱乐队，但人气不是很旺。很快我就锁定了目标。他们坐在大厅里，围着一张小圆桌，一男两女。小桌子上立着几个瓶子，有啤酒和饮料，还有一点吃食。我走过去，又从旁边拉过来一把椅子，在赵莉旁边坐下来，看着她说："我刚回到家里，还以为你在家呢。"灯光不太暗，朦朦胧胧能看清表情。

　　她脸色有点红了，说："晓军约我了，我想就来玩会儿……喏，这是她女朋友。"她指着另一个女孩子。乐队演唱着柔和的曲子，不影响我们聊天。

　　我就转头看那个女孩。她也立即脸红了，冲我笑了笑。有点胖乎乎的，应该说是丰满，皮肤比较白，相貌尚可。幸好有她在，否则我可能又会嫉情汹涌。

　　这时候，郭晓军看着我说："房东，你别有什么想法哦，我们就是同学关系，没其他的。"周二吵架后，还没见过他，此时相见，暗乎乎的，倒也能掩盖各自的尴尬。他故作姿态地笑了笑，看上去很不坦诚，有点阴阴的，但也可能只是我的感觉吧。我不知道，他们已经聊了些什么。

　　我也看着他说："我也没说什么啊，老同学在一起聊聊，很正常。"

　　"喝点什么？我给你要瓶啤酒？"

　　"我已经喝好多了，不要。来杯茶吧。"

　　他就叫了茶。服务员托着盘子过来，我抢在他之前，把钱付了。聊了会儿，我便得知，郭晓军是经常泡吧的，而这个女朋友，认识才两个星期，已经是第三次带她来这里了。我从话里面听出来，两个人的关系还不是十分亲密，可能还没到那种程度。女孩是新登人，某个村的，二十二岁，在东方茂里面的一家服装店上班，住那附近，和小姐妹合租的房子。

　　说到了租房，冷场片刻后，我就笑嘻嘻对着郭晓军说："小郭，这样吧，你的房租我就不涨了，还跟原来一样。以前不知道你们是同学，所以闹了点不愉快，别放在心上了。"我甚至超过了赵莉的期望值，直接回到了原点，这样她总有面子了吧。

　　郭晓军笑了笑，说："不用了。我本来打算过几天再告诉你的，我到期不租了。"

　　我的感觉，犹如一拳头打出去，打在了棉花包上。愣了愣，我问："搬哪里去？"

　　"我叔叔家。我叔叔家房子很大的，他早就叫我搬过去了，我是为了自由才没去。"他说。

　　这明显是胡编，住叔叔家，怎么可能自由？怎么泡女朋友？我说："哦，那随你吧。"

　　赵莉说："郭晓军，你这个人真是的，怎么不早点说？"她白了他一眼，表情明显不满。是啊，为这事儿，我们还闹了别扭，可结果白闹一场。不过内心，她可能也和我一样，松了一口气吧。

　　郭晓军"嘿嘿"一笑，又看着我说："哎，你这家伙还挺有本事的，把我们班花搞走了。那你们什么时候结婚？"不租我房子了，自然就不用对我这个房东客气了。

我说："可能下半年吧。"我想，到时候他会不会来？但这是后话了。

"别听他的，最早明年。我还不急呢。"赵莉说。

我笑道："可我急了，我年纪大了嘛。"其实我们商量过，今年下半年也未尝不可。

郭晓军说："我还真是羡慕你呢，找了个比你年轻十岁的漂亮老婆！"

赵莉问他了："那你什么时候结婚？"

"我还早着了，等到他这个年纪，我还能玩十年呢！"郭晓军说。

"哎，女朋友面前，怎么好说这种话！"赵莉叱他。

我默默地抿茶，看着那个女孩子，她倒是笑微微的，一句话不说。郭晓军老是提到我的年纪，是什么用意？反正不是好意。婚姻于我而言，即将成为现实了，结束单身，我当然希望，但此时此刻，内心竟突然地生出了一丝遗憾的情愫，对眼前这个油滑与朝气兼具的小伙子，有了几分羡慕，因为他的人生，那是真正的还虚度得起啊。

一会儿，郭晓军的女朋友要去洗手间，赵莉与她同行。等她们走远了，我看着郭晓军，说："小郭，听着，你以后不要叫赵莉来这种地方了。"

"你什么意思？"他也看着我。

"没什么意思，就是跟你说一下。"

　　"你管得她太严了吧。"他诡秘地一笑。

　　我也淡然一笑，说："她不太适合，我觉得。"

　　"你这是占有欲，不是爱情！"

　　"笑话，难道还要你来教我？"

　　我瞪了他一眼，他也瞪了我一眼。但事实上，从气势上来说我算是输了，因为他已经无所顾忌。

　　一会儿，两位女宾回来了。又一会儿，乐队开始演奏劲歌，为下一个高潮暖场，我们便起身了。到了外面，郭晓军说要送女朋友回去，便和我们分开。我和赵莉走回去。一开始她连手都不让我牵，后来终于让我搂着她的腰了。

　　到了家，我妈已经上楼，我们也匆匆洗漱好，进了房间。正要上床，我的手机突然响了。一看是郭晓军。接起来，他说："房东，不好意思，我在下面防盗门外面，刚才一摸口袋发现钥匙忘带了，麻烦你来帮我开一下门。"

　　我真不想去，但又有什么办法。我说好吧，就穿着睡衣拿着钥匙下去了。这种事儿，房客偶尔有，而他已经是第二次了。到了下面，透过防盗门栅栏，我发现不光他一个人，旁边还站着那个女孩子，有些羞涩地微笑着。我打开门，放他们进来。他笑嘻嘻说："和她同住的小姐妹，男朋友来了，所以她就不回去了。"女孩红着脸，跟在后面。这应该也是谎言吧，但我去管他干什么？到了四楼，我又给他开了门。郭晓军说声谢谢，和女孩进去了。我说没事，上楼去。

　　回到房间里，小声和赵莉说了，还说了些以前他带女孩子回来的事儿。她咔咔地笑，笑完后也小声说："这个郭晓军，想不到这么花的！这个女孩子是要吃亏的！"她的思想有点"保守"。

我说："也许她并不在乎呢……现在的女孩子，也是很开放的。"

"也说我吗？"她觑我一眼。

"不，你当然不是，所以我也会很珍惜。"我柔声说。我们是交往了三个月后，才牵手的。

她一撇嘴道："哼，谁知道你靠不靠得牢！"话这么说，可眼神里有了些妩媚。

上了床，我就抱住了她。前戏慢慢开演，可突然她又身体绷紧了，小声说："哎，他们在下面会不会听到？要不你熬几天吧，反正他快要搬了。"

我说："熬不住！他女朋友不是也在嘛，哪里还有心情听，说不定这会儿已经在做了呢！"

赵莉咔咔笑，说色鬼，身子又放松了。接下来我们都很投入，竟有一种小别似新婚的味道。

无意之中，我侧了一下头，目光飘向窗户，竟发现我刚才只是拉上了纱帘，没把布帘拉上，于是乳白色的月光，透过玻璃和纱帘照进来，铺满了整张床。

# 男人都有脾气

## 1

先是租住203的小蒋打电话给我："房东，你这里还有空房吗？我有个朋友想要租房。"

"好啊小蒋，正好空出来一间，"我热情地回应，"那他什么时候过来？"

"可能过几天吧。是个男孩子，这几天去上海玩了，要过几天来。"

"好的，房间是403，刚好前几天空出来。这事儿你确定吗？确定的话，我就不租给别人了。"

"房租多少？"

"跟你一样吧。"

"那好，我问他一下，再答复你。"

一会儿她便回复了，说确定。

放下电话，我脑子里还浮现着这个叫蒋明霞的女孩子的模样。她住进来快有两年了吧，那个江西女人搬出后，就住进来了，好像是二十四岁，河北人，个子中等稍高，身材苗条，长相一般，为人喜乐，平时见到不多，但每次见到都笑嘻嘻的，在娱乐场所上班。

403，上周退的房，周六我搞了下卫生，去路口广告板上张贴了租房广告，可因为是淡季，还没接到过电话。所以小蒋给我介绍租客，我自是十分欢迎。

接下来，下了那年冬天的第一场雪，不大，但也纷纷扬扬让人欢欣，一觉醒来，整个世界变得洁白。就在化雪的后一天，中午，新的租客上门了，大概是小蒋说后过了一个星期。

来的却是两人，一男一女。男的个子较高，短发，戴一副黑框眼镜，皮肤稍黑，五官周正。他穿了一件黑色的皮夹克，胸口处敞着，一条猪肝红色的围巾从脖子上挂下来，再在胸口打个结，这模样有点儿文艺范。女的中等个儿，脸稍圆，肤色白净，身材略显丰满，颇有几分姿色。她穿一件白色的羽绒大衣，长发披肩，略微卷曲，焗成淡淡的金色，发梢上还覆了一顶帽子，浅蓝色的卷边软呢帽，纯粹是装饰性的，足蹬褐黄色的保暖鞋，外表十分洋气。我想应该是一对恋人吧。开门，带他们进了房间。男的拎着一只铝合金外壳中等大小的拉杆箱，往角落处一放，然后打开电视机，在床上坐了下来，一副心不在焉的表情。倒是那个女孩子，东看看，西瞧瞧，对房间基本表示满意，然后就开始和我谈房租。我说房租不是说过了嘛。她微笑着说，房东，现在是淡季，你就优惠一点嘛，反正有人租总比空着好。我暗忖，这女人精明。是啊，农历的十一月份，差不多是一年中最淡的租房季，打工的很少这个时间出来，相反开始考虑返乡了，原先租住这间的那对安徽小年轻，就说是辞了工回老家结婚去了。小蒋的房租是七百五，本来我想咬定这个数的，但经不住她的一番纠缠，加上老婆有身孕了，一会儿要去她单位，接她去医院体检，就答应下七百。然后我说："你们两个人住，水费算两个。"为了省事儿，水费是按人头计的，一个人一个月十五块。

她笑着说："我不住，是他一个人住。"

我觉得有点儿奇怪，但也不便多问。接下来就是签订租房合同，格式固定，A4纸打印好的。女的拿过合同，花了大约两分钟，仔细看了一遍，问了我几个小问题，说可以。我先签字。然后那男的也唰唰两下签上大名：李凯。合同一人一份。接着就是交房租和押金了。又是女的掏出钱包来，数出一沓交给我。然后，男的继续看电视，女的开始搞卫生，非常仔细。

我愈加好奇，就禁不住问了一句："你是？"

她冲我腼腆一笑，说："我是他的前女友。"

然后我问男的："小李，那你的工作……"

他脸朝电视机，说："这个关你什么事？你只要房租不少就行！"

我说："这个上面有规定的，必须登记。"

他就扭头瞥我一眼，说："那你写白金汉宫吧。"

白金汉宫我知道，去过多次，位于迎宾路上，是一家比较高档也比较正规的娱乐会所。我想起来了，好像小蒋也在那里，那么他们就是同事了。签字的时候他出具了身份证，今年三十二岁，户籍所在地为浙江省绍兴市柯桥区湖塘街道某某村。而那个女的，个人信息方面我就无从得知了。她讲普通话，估计也不是本地人，年龄估摸着二十五岁。

我留下钥匙，拿着合同和钱走了，这个房间属于他们了，我不便再打扰。我只是略微还有点好奇，因为照常理，好像前女友不该是这样的吧。从医院出来，我又把老婆送回单位，然后自个儿也去上班了。下班回来，看到403的门开着，那对前恋人都在里面，女的在厨房拾掇，男的在卧室铺床。厨房里添了些东西，锅啊盆啊碗啊之类。我就站在门口，对着女的说："下午去买东西啦？"脸上带着微笑。

她侧过头来，边洗刷边笑着说："是啊，虽然在外面吃很方便，但有时候也想自己做做的嘛。"

我说是是，老是在外面吃也不卫生。

"对了，房东，"她又说，"煤气桶哪里买？我们买了个煤气灶，如果知道哪里买煤气桶的话，晚上就可以烧了。"

我告诉她，往前三排房子，就有一个煤气供应点。

她说谢谢，一会儿就去看看，不过今天是来不及了，外面吃点算了。

我说是吧，可能他们关门了，毕竟是冬天嘛。说完我就上楼去。登着楼梯，忽然想，这前女友，今晚该不会就住在这里了吧？那么他们之间的关系，实在是有点让人捉摸不透。但也只是稍微想了想，因为说到底，他们之间是什么关系，跟我又有什么关系呢？犯不着去操这份心。接下来的日子，我上班或休息，李凯也上班或休息，基本上时间错开，所以很少见面。

但后来，我发现，这女的经常来，不是隔三岔五，至少一个星期来一次。还有，她是开车来的，一辆红色的奥迪A4，有时候就停在我家楼下，有时候停在外面大马路边。第一次也应该是开车来的吧，只是我没注意。车牌浙A打头，那么应该是杭州市范围内的。来了就搞卫生，洗衣服，有时候我还看到她买菜做饭，李凯休息的日子，还有，有几次过夜了。

有个周末，下午一点多，我受老婆指使，下去买了点水果，回来走到楼下，和李凯碰上了，他刚好下楼来，手里拎着一只黑色的垃圾袋。他冲我点点头。我也点点头。擦身而过时，我突然站住了，说："哎，小李，问你个问题——"

"啊？什么问题？你说。"他也站住了，看着我。

"你前女友对你这么好，为什么分了？"虽然不关我事，但还是想解开谜团。

他怔了怔，拧着眉说："她爸妈不同意。"

"你们谈了几年？"

"三年多吧。"

我说："挺可惜的！看得出来她对你很好。那她现在有男朋友了吗？"

"有啊，在谈呢。"李凯淡然道。

"那你呢？"

"谈什么，空的，女人都是很现实的！"

他走几步，把垃圾袋往垃圾桶里一丢，往开源路口方向走了，应该是上班去吧。我一边登楼梯一边想，看来这个问题，他不愿意和我多谈。还有，他在娱乐会所干什么？我也有点好奇。他应该是和小蒋在一起的吧，因为有几次我看到他们一块儿站在路口等的士。小蒋是个女孩子，在会所做小姐吧，他一个男的，在那里干什么？虽然娱乐会所我也不陌生，知道有很多男性服务员，还有叫少爷的呢，但是一个大男人在娱乐场所做事，给人的感觉总归不是太好。也许是我的偏见吧。

　　过了一阵，203的房租快到期了。我先微信提醒了小蒋。去年结婚前，我和老婆都抛掉了旧手机，换上了新的智能手机，我的是黑色的三星S4，她的是金色的iPhone2，然后都玩起了微信，好几个租客都在玩微信呢，我们已经有点落伍了。到了那天就去收钱。拿到钱，我问："小蒋，小李和你在一起？"

　　"是啊。"她说。

　　"他做什么的？"

　　"他是主管。"

　　"主管又是管什么？"对于娱乐行业，我真的所知不多。

　　"管领班啊。"领班就是俗称的妈咪。

　　"那管你吗？"我笑道。

　　她也笑了，说："管倒是管得着，不过一般不会越级来管的。我们都是听领班的。"

　　我心想，倒是挺讲究管理层级的呢。又问："主管收入高吗？"

　　她说："还可以吧。具体不知道，可能没有我们小姐高，不过他是拿固定工资的，我们小姐要靠自己做出来。"

　　我又想，这一行倒是好，完全向一线倾斜。按现在的行情，小姐的小费是三百块，但也有大方的老板，比如上次一位钢构老板请我们去玩，叫了七八个小姐，每人五百，运气好点的小姐，有时一晚能接两台，反正除掉妈咪的抽头，收入还是可观的吧。顿了顿，我又问："他女朋友你认识吧？"我没说前，反正就是那个意思。

　　"不认识，还是在这里看到过。"

　　"那她是做什么的？"

"不知道。小李以前在临平上班，我也在临平上过班，所以才会认识，其他的知道不多。"

我说哦。

她又说："好像前几天她刚来过吧？"

"是的。这女人，分手了还恋恋不忘，对他这么好！"我说。

她笑道："房东你嫉妒了吧？"

我也笑："没有，只是有些不明白。"

"不明白的事儿多了呢。可能有些女人就是犯贱吧。"

"可是她看起来素质不差！"我的意思，除了外表和气质，还有经济条件。

"呵呵，女人贱起来，比男人贱多了！素质好又怎么样？"

"主要还是小李样子不错，对女孩子有杀伤力吧。"我笑道。

"唉，是啊，"小蒋叹口气说，"小李也是挺努力的，就是运气不太好。"

我不知道，她的意思是指爱恋方面还是工作方面，估计是工作吧。沉默了片刻，我问她，过年回不回去？她说去年回过，今年不回了，老板答应，春节上班的女孩子，过了春节带她们去千岛湖玩。我说，好，那就祝你在这里开心过年。其实，春节已经临近了。

就这么着，对李凯这个人，我了解到了一鳞半爪。

一开始，我认为他比较冷淡，见了人有点爱理不理的，但很快改变了看法。那次我上楼，他正好开门出来，碰到了。我还没做什么表示，他就笑嘻嘻说："房东，跟你说句话。"

我就站住了，笑道，好啊。

他先掏出烟来，红色的利群，抽出一根递给我，说："烟先来一根。"

我表示不抽。他就说了句好男人，给自己点上了，抽一口，说："是这样，我的名片你拿一张去，如果有弟兄朋友要唱歌，叫他们来找我，我有打折扣的权力，一定给他们最大的优惠！"

我接过名片，笑着说："好好，我留着，说不定是会找你。"

他说："好好，有需要打我电话。"

愣了愣，我又笑着问："哎，小李，在娱乐会场所上班，管那么多漂亮女孩子，好不好管？"

"很复杂的！"他蹙着眉说，"那些妈咪，都好像是帮派一样的，小姐们也不是省油的灯！反正不好管，你没经历过不知道。"

"那你还不是干了好几年，在这一行，为什么不换？"

"你以为那么容易换行？"他重重地吸了一口烟，又吐出，说，"反正对我来说，就是一只饭碗而已！"说完，便下楼去了。

我也上楼去，心想，今天他和我说这些，会不会是小蒋和他说了什么，让他对我有了些好感。当然，也可能纯粹是为了营销。不过，对他和前女友的那种"剪不断理还乱"的关系，我依然抱着几分好奇。

## 2

真没想到，正月刚过，我就逮着了一个机会，对他们之间的关系，得以更多的窥见。

那天下午，两点光景吧，我出去办了点事儿，很快回到单位，走向大门口的时候，忽然瞥见一张熟悉的面孔。我愣了愣，向她走过去。她也看到我了，走过来。天气变化多端，这天太阳高照，最高温度竟然达到二十多了，她穿了一件烟灰色的羊绒薄大衣，配黑色裙子，黑色靴子，看起来既丰盈又苗条，比初次印象显得略高些。她腼腆一笑，说："房东，你好。"

我问："你干什么？"

她说取点钱。我们站在路边，她斜后面就是ATM机房。又问："你干什么？"

我说，我就在这里上班啊。

她瞪大眼睛，说啊，这么巧。

略作迟疑，我说："哎，你是哪里人？"

她说临平。

我想起来，李凯不就在临平上过班嘛。她是当地人，那么在娱乐场所做事的可能性很小。

我又问："你做什么的？"

她说，在临平街上开了家服装店，专卖女装的。我想，怪不得她穿衣服比较有品位。

怔了怔，我说："听小李说，你们已经分手了，而且你又在谈了，是这样吗？"

她的脸红起来，有些难为情，目光低垂，一会儿说："是的，差不多是这样吧。"

"那你还来看他，对他这么好，你们这种关系，我实在有点搞不清楚！"我似笑非笑，也将疑惑写在脸上。

她的表情有点僵硬，一会儿也笑了一下，看着我说："说真的，我自己也搞不清楚……"

"到底怎么回事？如果你愿意讲的话，我倒是想听听，或许也可以给你提点建议。"我看着她说。

她呆立着，不说话，脸色阴下来，如一朵花，枯萎了，当然这是个糟糕的比喻。然后，眼眶发红，一会儿有了一点湿润，睫毛扑簌一下，两颗清泪滚了下来。我兀然对她充满了同情。女人的眼泪，尤其是年轻美丽的女人的眼泪，总是很容易击中男人心中柔软的东西。

好在她拭去了眼泪，然后就和我说开了。我想，其实她也有倾诉的欲望吧。她说，小李是大学毕业的，在上海念的书（我没问什么大学），也在上海工作过，后来辞了职，到杭州和朋友一起创业，互联网方面的公司，失败了，再后来就去了娱乐业。他们是经朋友介绍认识的，认识三年多了，在一起两年多。她二十六岁，是独女，父母亲很是宠爱，父亲办个小企业，家境不错，但是对于她和小李的恋爱，父母亲坚决反对，最后就不得不放弃。俩人能处这么久，还是靠她的执着。父母亲不接受小李，一方面是因为他的工作，另一方面是他不太会讨好别人。父母亲希望她找个工作稳定的，比如机关事业单位的，要么就是家底好的。前不久亲戚介绍了一个，正在谈，三十四岁，家族企业，不大，但殷实，在老爸手下当副总，她自己也没太大感觉，但父母亲很是中意。

我默默听完。她背后是一个小花坛，里面种着一大丛我叫不出名字的植物，叶片肥厚，颜色深绿。我注意到在叶片的罅隙间，有一张小小的蛛网，一只小飞虫被粘在了上面，翅膀乱舞，跌跌撞撞。沉吟片刻，我说："那你这么经常过来，万一被他知道呢？"这个他，指的是现男友。

她不响，过会儿说，他很忙的，不太管她。

我慢悠悠说："如果要好，两个人就在一起；如果要分，那就干脆一点。现在这样，对你还有对小李，有什么好处呢？尤其是对你，万一被另一个知道了，那么也完了。"

她愣怔，突然眼眶里又汹湿了，说："我也想不好啊，觉得不该来，可是又觉得对不起他。"

我又说："你们有感情，分手确实是很难的，但这事儿老是这样也不成啊，你得有个决断。"说实话，我本来是想劝和她和小李的，可是见了她的眼泪，立场竟发生了一点变化，站在了客观的角度，也许是更偏向她一点吧。

她拭去眼泪，说，房东，谢谢你！然后，转过身，往我家方向走了。

目送她走远后，我进了银行。到办公室坐下来，忽然觉得，自己是不是多管闲事了？房客的事儿，我何必管那么多呢，于是自嘲地一笑。

这不，多管闲事果然没什么好处。大约过了十天，那天傍晚，我下了班刚要进家门，看见临平女孩走下来，就站住了，主动向她打招呼："你好！今天又来了？"

我以为她会和我说句什么，至少点个头笑一笑，再至少点个头总应该的吧，可完全没有想到，她竟然什么表示都没有，冷着脸一声不吭地走过去了，完全视我为空气！我笑容僵硬地站了两秒钟，上楼去。

然后，又过了两天。那天我和客户一起吃晚饭，饭后也没活动，他开车把我送到开源路口。下了车，我看了看时间，才七点多，犹豫着要不要给老婆打个电话，叫她下来，一起去江边走走，我们经常这样饭后散步。就在这时，一辆出租车驶过来，到我身边停下了，后排的门打开，竟然是小蒋钻了出来。我还没开口，她就说："房东，正好你在呢，帮帮忙，我们一起把小李搀上去吧。"

凑近一看，果然小李也在出租车上，头仰着，靠着座位。

我问："小蒋，怎么了？"

她说："喝多了呗。"

我们联手合作，把小李弄了出来，然后搀着他回家去。他脸色绯红，脚步踉跄，好在也不是大醉，由我们搀扶着，步子还能迈动。他呼吸很重，嘴巴里咕哝着。

我问小蒋："喝了多少呀？他酒量怎么样？"

小蒋说："没喝多少……他酒量还行，我在临平，和他喝过的……主要是心情不好！"

一会儿弄到楼上。让小李斜靠在床上，小蒋又去拿了条毛巾，倒点热水，给小李擦了把脸。小李摇晃着脑袋，说，做人没意思啊，做人一点意思都没有。小蒋就呵斥他，你一个大男人，振作起来！那个女人不爱你的，你还在乎她干什么呢！小李咕哝，你不知道的……

然后，小蒋叫我走，说，她会照顾的。怔了怔，我告辞了。而小李似乎也有点清醒过来了，看着我说："房东，谢……谢谢你。"我笑笑，说没什么。

我和老婆去散步了。散步的时候，我想，会不会是那天在银行门口，我对临平女孩说的那番话，奏了效？于是，不由得对小李生出了一点愧疚。但愧疚归愧疚，我终究也不存在恶意，于是就不多想了。

然而，又过了大约一个星期，多管闲事的后果，还是来了。那天上午，我在上班，做贷款申报材料，冷不丁手机响铃了。一看，是李凯打来的，他还是第一次打给我呢，不知何事。抓起来，问："小李，有事？"

没想到，听到的是劈头盖脑的呵斥声："喂，你是不是和我女朋友说过什么了？啊，关你什么屁事啊？你这个人多管闲事，脑子是不是有病啊？"

我不响，听完，也不辩解。那边摁掉了，我也放下手机。我愣着，觉得很无聊，也怀疑自己是不是脑子有病。还有，我原以为，不管我是出于好心或者好奇心，和临平女孩的那一番谈话，小李是不会知道的，于是心里面对她充满了怨愤。

这是小李和我的第一次冲突。

冲突归冲突，也没进一步。之后，去收房租，有点冷脸而已。而那个临平女孩，应该是不来了吧，反正我再没见过。

## 3

时光荏苒，春去夏来。大约是六月初，无意之中，我发现了一点新情况。那天我下班回来，看见403的门开着，听到一阵锅铲的声音，闻到一股油烟的味道。我还以为是临平女孩又来了，上前两步探身一看，原来是小蒋，她穿着睡衣，正在炒菜。

我说："小蒋，你怎么在这里？"

她说："串门啊。房东，不可以吗？"

"可以可以。不过，你这样子可不是串门，是来搭伙吧。"我笑道。

"两个人吃，菜比较好买一点嘛。"她也笑道。

我说，也是。

我瞥了一眼，看见小李在里面看电视。然后我就上去了。自从上次冲突后，我决定不再多管闲事了，然而作为房东，对租客们的异常举动，保持适当的敏感还是必要的。小蒋房间里，也有炉灶，不过很少见她做饭，那么，会不会是两个人好上了？小蒋给我的印象，是既喜乐又精明，最早有个小伙子进出过一阵，后来就一直没见，目前应该没有男朋友吧。可是她知道小李的情史，怎么会如此轻易地投怀送抱？然而，再回想小蒋的种种表现，似乎也确实对小李心存好感。过了几天我又见到一次，小蒋在403做饭。房间里有了烟火味，也就有了一些暧昧。不过他们做饭也不多，单位里有供餐，休息日子才自己做一下。

然而，不久后的一天，我的猜测被证实了。我经办的一笔大额贷款，出现了一点风险，被系统划为关注类，那天要去杭州，接受省分行有关人员的当面质询。分管领导也一起去，其他也有几位同事去办事，行里就派了一辆别克商务车，为了避开早高峰，就得早点出门。六点多，我下楼来，快走到二楼时，忽听到开门声，然后就看到小李从203跑了出来，只穿一条黑色的三角短裤，一件白色的圆领套衫，趿着拖鞋，手里还抱着个枕头。看到我，他先一愣，马上笑了笑，弓腰往上跑。我没啥反应，和他错身而过，然后又听到开门关门的声音。我就知道他在203过夜了。一起吃饭，现在又一起睡觉，那真的就是好上了。刹那间，我竟有些嫉妒的情绪，这家伙，真是有女人缘！桃花运不断！当时也就这么想了想，后来想法复杂了些，产生了一点警觉心理，因为这样一来，他们就没必要租着两间房了，就会退掉一间，虽然这也没什么，但总归会给我增加一些麻烦。但这事儿只能顺其发展（睡在一起也不定是谈恋爱啊），我也做不了主，况且我也没有心思了，我老婆的肚子越来越大，五月份请了假，预产期在八月。

六月中旬的一天，小李打电话给我，说："房东，天热了，你给我配一只冰箱吧。"

因为要做饭，冰箱确实很需要，尤其是到了夏天。但冰箱不属于标配，是高配，只少数几个房间有，有的还配了洗衣机呢，反正只要租金合理，房东都可以考虑。我想，他的房租本来就偏低，正好趁此机会，略为涨一点。迟疑了一下，说："小李，冰箱可以配，但我手头没有，要去买新的，这样你的房租要涨一点，加个五十块吧，好不好？"他说可以。于是，过了两天我就去国美电器买了一台双门小冰箱，不是名牌，活动价，八百块不到，搬进了他的房间。

六月底，房租到期前几天，我发短信提醒了他，我们没加微信。那天中午，敲开了他的房门。他刚起床，还在洗漱，光着上身，下面是短裤。

我说小李，我算好了，前面水电费是多少，加后面一期房租两千两百五，一共是多少。

他盯着我，问："你说房租多少？"

我又说了一遍。

他说："房租不是七百吗，怎么变七百五十了？"

我说："我不是短信告诉你了吗，这个月开始涨点房租。你可能没看到吧。"

"我看到了！我觉得你很荒唐哎！哪有住进来不久就涨房租的？"他大声说。

"我不是给你配冰箱了吗，我跟你电话里说过，加五十，你也同意的！"我也大着声说。

"加房租，我不可能同意的！"他眼睛瞪大。

"但你确实同意的，可能你忘了！"

"我说过不会忘的！"他居然要无赖了。

顿了顿，我说："反正给你配了冰箱，不可能不加房租的！你本来就便宜，你和203比一下，现在才和她一样！"我曾经担心小蒋要我减房租呢，还好，她比较大度。

他沉默一下，说："一个破冰箱，值几个钱？"

我说："九百多！难道我不是花钱买来的？"我说的是原价。

"那不还是你的嘛，放在我这里又不会少掉，你以后租给别人可以加钱嘛。"这家伙简直有点无赖透顶。

我说："反正就是七百五了，你要租就租，不租搬走！我给你一个星期，你自己考虑！"我气冲冲地走出去，对他曾有的一点好感，一丝愧疚，烟消云散。

他在后面嚷嚷："哼，我为什么要搬？"

我去上班了。碰到这种无赖，有点烦，但最终我怕什么呢，我是合法出租户，受法律保护，邪不胜正！

大约过了三天，半夜十二点多了，我刚睡下不久，迷迷糊糊中，放在床头柜上的手机刺耳地响铃了，拿过来一看，是小李。

我说："什么事？"

"给我开门！"他说。

"你自己没有钥匙？都几点了，人家都睡了！"我发着牢骚，但也打算起来了。估计是钥匙忘在房间里了，这种事儿情有可原，但半夜三更来叫门，而且态度这么不好，实在让人讨厌！

他说："你废话少说，快点给我开门！"

我摁掉了电话。老婆已经被吵醒了，很生气，咕哝着，谁啊。我告诉了她。她说，烦死了，那你快去！其实我已经起来了，因为生气，有点磨蹭。

他却在外面踢门了，"嘭嘭""嘭嘭"，非常震耳。两分钟后，我到了下面，透过栅栏，看到一张通红的脸，分明又是喝多了酒。我从里面开门。他一进来，就一把掐住了我的脖子，把我按在墙上，嘴里嚷着："你妈逼的，故意不给我开门！你这个黑心房东！"

我用力挣开了，闻到一股浓烈的酒味。我说："半夜三更不跟你吵，明天再说！"我想明天必须叫他搬走！

他吵吵嚷嚷，到了楼上，在我给他开门之前，又踢了几脚房门。这时候我老婆在上面平台闪出身来了，穿着睡衣，挺着大肚子，说："半夜里踢什么门！什么素质！"

李凯就突然往上冲，一边说："你这个泼妇，骂什么骂！信不信我上来揍你！"

我老婆惊叫一声，往上躲去。我也冲上去，抓住他，扭在一起。我大声说你关门。"砰"的一声，我老婆关上了楼道里的防盗门。这天家里就我们两人，我妈去长江三峡旅游了。我又喊，你报警！我还在楼道里和李凯抓扭着。一会儿，老婆说报警了。有个房客开了门，探出头来问，房东，什么事？我说，他发酒疯，要流氓！

后来他放开我了，我也松开了手。他悻悻地说，好啊，你报警好了，报警我就怕？他进了房间。我一言不发，跑到楼下去，等了大约十分钟，警察来了。我带着两位警察上楼去。我也没敲门，直接拿钥匙开了，进去发现，他已经躺在床上了，不过灯还亮着。房间里有点乱，也有点脏。因为开着空调，窗户紧闭，弥漫着一股难闻的气味，有酒味，还有脏衣服的气味。一位警察说："起来起来，把事情说说清楚！"

可能他酒有点醒了，认怂了，说，我没怎么啦，就叫他开了下门。一会儿又说，喝多了，忘了自己说过什么了。警察问我意见，我说，第一必须当面道歉，第二五天内搬出。他道了歉，又说好的，到时候会搬。警察做完笔录，叫两个人签了字，便离开了。我也上楼去。

第二天下午，我在客户单位谈事儿，接到了小蒋的电话。几句闲话后，她切入正题，说昨晚那事儿，她知道了，是小李不好，但也事出有因，女朋友和别人谈了，工作又出了点事儿，被领导扣了钱，心情不好，昨晚和同事喝了不少酒，所以才会这样。

我说："心情不好，就可以这样？我已经告诉他了，叫他搬走！"说实话，我心情也不好呢！前不久，我们行长换人了，老领导跟我是同学关系，走得很近，临走前还把我提拔了，去做新成立的个贷中心的主任，可是新领导到任后，却没有认账，所以我现在的处境有些不妙。可是，我上哪儿发泄去？

小蒋又说："他已经认错了，你就原谅他一次嘛。男人嘛，喝了酒就不知道干什么了！"

我说："不行，这事儿没得商量！"

小蒋说："房东，你就看在我的面子上嘛。我这个人怎么样？还行吧，住了这么久了，也没给你添过一点麻烦吧。"

我说："你当然不错，但你是你，他是他！"

说完我就挂了电话。傍晚，刚吃好饭，就听到了敲门声。下去打开一看，又是小蒋。她面带微笑说："房东，你算一下，403水电加上房租一共多少。他不好意思来找你，叫我代劳。"

我不响。老婆在上面说，那就算了吧。

我就说了数字，反正前几天算过，虽然电表度数已变，不过没关系，可以算在下期。我拿了钱，给她开收据。

我说："小蒋，不过这次他确实过分了！"

"是啊是啊，房东，我也这样说他！"小蒋说，"不过，他确实也有点惨的，谈了几年的女朋友跑了，工作又不顺心，所以才会这样。"

"这些都不是理由。我现在就是看你的面子！"

"我知道！那就谢谢房东了！"她嫣然一笑，下去了。

这事儿就算过去了。

之后，我和李凯难免碰到，互相都有些尴尬，但这也没什么。有一回他甚至和我说话了，说房东，你这个人个子不大，力气还挺大的嘛。我说，那是你把我逼急了！他说，可以理解，男人都有脾气！我说，是啊，可是你的脾气有点大！我本来想说，有点臭！

# 4

很快两个多月过去了。八月初，我老婆生了，在医院待了一个星期。那天下午，两点多吧，我在医院里，接到了小李的电话，说要退房。我有些意外，说，你还有十来天才到期，现在退房，后面的房租不退的。他说可以，你快点。赶到家，发现他已收拾好了，衣物什么的都塞进了那个铝合金的拉杆箱里。卫生没怎么搞，锅盘瓢碗这些估计也不要了。我发现他的脸上贴着胶布，还有一块淤青，神情恒恒的。一开始我也没问什么，去查了电表，而他一直在打电话，好像和一个外地朋友。等他打完电话，我问："这里的工作不干了？"

他说嗯。

"去哪里？"

"先去朋友那里住一阵。"

愣了愣，我问："小蒋知道吗？"

他皱了一下眉头，说："别问了，算钱吧。"

于是，我就算好水电费，押金扣除水电费，多余部分退还给他，本来卫生必须搞好的，但对他就不追究了。退给他钱时，我又问了一句："小李，那你以后还在娱乐行业干吗？"说实话，我是出于关心。

可没想到，他一脚踢飞一只空的农夫山泉水瓶子，大声说："你他妈烦不烦？我做什么，关你什么事？你们他妈都是想看笑话吧！"黑着脸接过钱，一言不发，下去了。

我想，是啊，关我什么事儿？而你这个可恶的家伙，终究也改变不了臭脾气！一会儿，走到窗口探望，只见他已站在路口，估计是要打车吧。

又过了两三天，老婆出了院，回到家里，请了一个保姆，和我妈一起照顾娘儿俩，家里一下子热闹了很多。那天傍晚我下来买东西，看见203开着门，好奇心又突发，就走到门口去，冲着里面喊："小蒋！"

帘子掀起，露出小蒋的脸来，不过是一张贴着面膜的脸。小蒋容貌一般，不过化妆一下，还是很好看的，反正没一点姿色，也没法在娱乐场所混吧。

她说："房东，什么事？"

我笑笑，说："小李前几天退房了，你不知道？"

"关我什么事？"她居然也这样说。因为真脸隐藏着，看不到表情。

"你们不是在一起了吗？"

"房东你瞎说！"

"呵呵，别以为我不知道。"

她就呵呵笑了，不说话，那就是默认了。

"哎，你既然喜欢他，又为什么让他走？"我又问。

"谁说我喜欢他了？我是看他可怜，才和他在一起的！"小蒋说，一边用手拍打着"假脸"。

我说："所以我就搞不懂了！他怎么就走了呢？难道对你一点不在乎？"

小蒋突然朗声说："房东，你别说了，再说我就生气了！"

可我偏要说："为什么？"

　　她先不理我，拍了一阵脸，突然停下来，叹了一口气，向我倾吐了。原来是小李背着她，和会所里别的女孩子调情，而且十分露骨，而这事儿被她知道了，于是："我也不是这么好惹的，就叫了两个外面黑道上的人，把他教训了一下。"

　　我默默听着，暗暗唏嘘。

　　小蒋又说："妈了个逼，老娘给他介绍工作，又对他这么好，他却吃着碗里惦着锅里，把自己当成什么了！"

　　当成什么了？我默默地想，却没有说出来，但反正，有这结果，他也是活该。愣怔片刻，我竖起大拇指，说："小蒋，你真厉害！真的，没想到你做事这么干脆利落！果真是有燕赵女侠的风范！"对这个平时笑呵呵的女孩子，我从此刮目相看。我看着她的那张"假脸"，然后想起来，觉得她喜乐，那是一种大致的印象，刚来那会儿，也曾看到过一次，好像是在默默流泪。

　　小蒋呵呵笑着，突然又说："房东，你老婆生了？"

　　我说是啊。

　　"生了个什么？"

　　"女儿。"我笑着说。

　　"那要祝贺你！女儿是老爸的小棉袄！"

　　我说谢谢，就下去了。我忽然想笑，因为觉得好笑，我想起小李说过，男人都有脾气，可事实却给他，也给我，以及所有的大老爷们，提了个醒——千万别忘了，女人也有脾气！

# 微笑达人

## 1

"房东，这一栋楼都是你的？"男的微笑着问。

"是啊。"

"那你可有钱了，现在房价这么高！"

"这是集体土地，又不能卖的，房价高不高跟我没什么关系。"

"怎么没关系？房价高房租也高啊。有这么一栋楼，你就是不上班也够吃了！"

"呵呵，能吃饱不能吃好。"我一边说，一边看着身份证登记。男的叫阎永军，三十二岁，安徽省亳州市焦城区沙土镇某某村人。女的叫冯丽，二十四岁，河南省商丘市柘城县张集镇某某村人。

"可你轻松啊，啥事不用干，到时候收收房租就行。"小阎笑道。

"十来万总有的吧，那也不少了。"一直沉默的小冯，这时候插了一句。

我笑而不语。合上本子，将身份证还给他们，说："小阎，其实亳州我是去过的，有一个很大的药材市场，一条古色古香的老街，还有曹操庙、华佗庙这些景点。"

"哇房东，你对我老家很熟嘛。"小阎表情有些夸张。

我继续微笑着说下去："我一开始还念成毫州了呢……对了，有件事情也记忆如新，就是大街上那些卖皮蛋的，都是一串一串用绳子扎着卖的，一拿起来，就成了赵本山小品里的扯蛋了……还有，其实那一次我也到了商丘，只是在城里转了一圈就返回了。反正说起来是两个省，其实你们两个的老家挨得很近。"那是好几年前，因为要对一个贷款客户做尽责调查，和他一起去了趟亳州，查看了他在那边的产业。

"是的房东，离得不远。"小冯难得地笑了一下。

我说："好，那我上去了，不打扰你们了。有事打我电话。"租房合同已经签好，钱我也拿了，这个房间设施比较好，有冰箱、洗衣机，属于高配，月租金八百五十元。前不久微信开通了转账功能，小阎还挺新潮的，用了微信转账。科技改变生活，已经有租客用微信交房租了，也有用支付宝的。

"好的，谢谢房东！有事我会找你的。"小阎微笑着，送我到门口。

301这间房，九月初前面的租客搬走，空置了大半个月，总算又有人入住。刚才看房时，我了解了一下，两位并非初来乍到，在别处租过房，嫌那房子冬天没太阳，太阴冷，才找到这里。我一边登楼梯，一边在脑子里回放着这俩人。怎么说呢，这男的，个子中等，肤色也还白净，但五官长得真不怎么好看，甚至可以说很丑，小眼睛、塌鼻梁、颧骨有点下陷，反正就是让人看着不怎么舒服。

但是，他有一张迷人的笑脸。我知道，把"迷人"这个词儿用在男人身上，有点儿腻味，但我实在又找不到合适的词儿。一般人的笑，尤其是微笑，动用的只是脸上一小部分肌肉吧，可是我感觉他的笑，似乎是脸上所有的肌肉都参与了。因为力量强大，当然效果就好，这就使得面对着他的笑脸的人，如同冬天里沐浴着阳光，如同夏日里吹佛着凉风，心情愉悦，浑身舒坦。这笑容，甚至可以用灿烂来形容了。我不知道，他笑得那么灿烂，是不是和女朋友（也许是老婆，现在有些人结了婚不迁户口）有关，反正那女的长得不差，一米六略高一点，短发瘦脸，麦色皮肤，身材匀称，也许严格地说，这姿色也就中等，但是有了他作为陪衬，我就不得不说是美女了。因为要登记，我刚才问了职业，小阎说自己开公司，专做环保工程，小冯在服装店打工。小阎来我们这里好几年了，对本地风情多有了解。对了，他是开车来的，一辆黑色的朗逸，不太新，上本地牌照，应该就是他的吧。于是我想，他能得到她，应该是得益于事业的小有成就吧。

很快我就知道了，这个笑容迷人的丑男，不仅是一个潮男，还是一枚擅长厨艺的暖男。我经常看到他们做饭，主要是晚饭，而且都是小阎掌勺，而且他们还有个习惯，那就是做饭时不关门，于是我上下楼梯，就经常能闻到一股掺杂在油烟味中的饭菜的香味。有一次我下班回来，闻到了一种不同往常的异香，就好奇地走过去，倚着门框说："这么香啊！你在烧什么？"

小阎立马侧过身来，说："房东你好！请进请进！"腰系一条黄色细格子围裙，乳白色的灯光照着一张灿烂笑脸。

"我在一楼就闻到了，忍不住过来看看。"我笑着说。

"哈哈，房东你看！"说完，他揭起锅盖，拿着铲子往一个大瓷盆里盛，于是我就看到了一盆红通通油汪汪的香辣蟹，闻到了更加浓烈的香气。他端起盘子，又道："房东，你还没吃饭吧？要不一起吃点！"厨房和卧室之间，用一道竹编的帘子隔断，小阎把它拉到一边，走进去，里面亮着灯，电视机开着。小餐桌本来放在厨房里，被他们挪进去了。

我说，谢谢你的邀请，不过我还是回家吃吧。其实这玩意儿颇对我的胃口，早已忍不住咽了一下口水。正欲转身，里面传出来小冯的声音："房东，进来一下，我有事和你说。"

走进卧室发现，小冯穿着蓝色花点的棉布睡衣，正盘腿坐在床上。我问："小冯，什么事儿？"

她指着那个米色的三门衣柜，说："这面镜子有点摇，我怕万一掉下来碎了，就先跟你说一下，免得你怪罪我们。要不，你给我们修一下吧。"

我上前几步，打开柜门，看了看，镜子是有点松动，就说："没事儿，小问题，要不明后天，我找几个螺丝来固定一下。"说完关上柜门。柜子里挂了好些衣服，下面也松松地堆着一些。我想万一割了你的手，说不定还要找我茬呢，那就尽早弄好吧，反正作为房东，这种事儿我常做，还真是小事一桩。

没想到，小阎一边解着围裙，一边看着小冯说："你干吗不跟我说呢？我还以为是什么事儿呢，就这么点小事情，用得着麻烦房东大哥吗？我自己弄一下就行。"

我说好好，无形中增加了几分对小阎的好感。

我又瞄了一眼房间。明黄色的窗帘拉向两边，小方桌挨着窗放，这会儿桌上摆了四个菜，除了香辣蟹，还有两个炒菜，一个蔬菜，一瓶千岛湖啤酒，一只玻璃小酒杯，下面墙角边，立着好几个空酒瓶。窗外的不锈钢晾衣杆上，挂着几件衣服。床靠着墙放，那只床头柜上，摆着很多精致的瓶瓶罐罐，肯定是小冯的化妆品了。床头上方的白墙上，贴了一张卡通图片，是一只蓝色的小海豚，于是这个逼仄又俗常的空间里，似乎就拥有了一点大海的空旷和海浪的气息。电视里正在播放一档热门的娱乐节目，东方卫视《中国达人秀》，好像是第三季了，我也看过一点。总体来说，这房间还算整洁干净，而对于卫生搞得好的租客，我也心生好感。

这时候小冯下了床，趿着拖鞋去厨房，一边说："房东，难得的，就在这里吃点嘛，要不我给你盛饭了？"

小阎已在小圆凳上坐下来，笑道："是啊房东，要不一起搞点酒，尝尝我的手艺！"

我说："不搞不搞，我妈做好饭了，不吃她要骂的！不过小阎，就光看这几个菜的品相，我就绝对相信你的手艺！"拿我妈做了借口，其实呢是我不想和租客关系过于密切。

"是啊，"小阎说，一边开酒，"虽然我长得丑，可是我很会生活。"这话引申自赵传的歌。赵传也很丑，可说句老实话，小阎比赵传还丑。

我笑道："你不光很会生活，还很会赚钱，而且还很有特点！"

"啊？房东，那你说我有什么特点？"他往杯子里倒满酒，抬起头来看着我，目光炯炯，满脸笑容，一副很感兴趣的样子。

愣了愣，我说："怎么说呢，你的笑很有特点，特别具有亲和力！"

小冯盛了饭进来，刚坐下，扑哧一声笑了出来，看着我说："哇房东，原来你也看出来了！我早就跟他说过，他这个人嘛，就是笑容可爱！"

小阎端起杯子，喝了一口，脸微微红了，不说话。

小冯又道："房东，他还说他的笑容很性感呢！"

我也扑哧一声，没忍住笑了。不过，用性感这个词儿，来形容他的笑，也许正贴切呢。我说："那小冯，你是不是被他性感的笑容吸引的？"

"就算是吧，"小冯说，"前几天我还跟他开玩笑呢，叫他去参加电视上那种节目，达人秀，说不定他的笑也能得奖呢！"

"哈哈哈，微笑达人！那小阎你就出名了！"我也开起玩笑来。

"不去不去，我就笑给你看！"小阎冲着小冯，亮出他招牌式的笑容。不知是因酒还是因羞，脸已着色，白里透红，十分生动。而小冯呢，也是一脸幸福的表情。

这恩爱秀得有点让人肉麻了，我就赶紧告退。登楼梯时，我心想，这一对儿，还蛮有意思的，日子过得有滋有味。男人不可貌相，有情趣就不缺爱情。而小冯呢，我原以为她很内向，也改变了印象。

后来就没进去过，包括三个月一次的收房租，小阎都用微信转账。他的微信名，叫"一条淹死在海里的鱼"，我也不知道有啥寓意。我的微信名就是笔名，马克。那些租客的微信名，五花八门的，我不做备注根本搞不清。

很快春节临近，电视里开始渲染一种叫作"春运"的活动，它如同一只怪兽，平时沉睡，每年的年关醒过来了，伸伸手，蹬蹬腿，弄出很大的动静，然后饕餮一阵。我家的租客们，很多也扮演了这场大戏中的一个小角色。当然并非所有的租客，都回家过年，而回家的，我也不全知道，但是小阎他们回家过年，我是知道的。

那天上午，我请了一会儿假，和老婆一起带着小孩去打防疫针，回到家里，刚好看到他们即将启程。他们开车回去，车上堆了好多东西，肯定是提前买好的，因为此刻才九点半左右。小阎好像穿了新衣服，气色不错。小冯坐在副驾驶位置上，也是一身簇新，喜气洋洋。

我笑着问小阎："是先回自己家呢，还是先去拜见丈母娘？"

"当然是丈母娘要紧喽。"他也笑道。

然后，我们互相提前拜了年。

## 2

好像是过了元宵节，他们才回来。我说好像，就是不确定，那么多房客，他们的行踪我哪能一一知晓？这之后，我也不太了解他们的情况，说实话也并不关心，我忙于自己的工作和生活，有了小孩，人生更充实了。

直到五月份，再次和小阎有了交集。那天晚上我在银行开会，九点左右才回来，走到三楼，发现他站在门口。一看到我，他就说："哦房东，你回来了，正好帮我开一下门。"

我问："你自己的钥匙呢？"

他一怔，说："忘在公司了。"

"小冯不在里面？"我闻到一股酒气。

他又一怔，说嗯。

我说："那我上去拿钥匙。"

他说谢谢。

一会儿我拿着大串钥匙下来了，找到301的，对着钥匙孔插进去，可是开不了。换一个方向，还是不行。我又对着楼道灯仔细瞅了一眼，确实是这把钥匙。我自言自语："怎么会开不了呢？"

这时候小阎说："哦房东，忘了告诉你了，她把锁换了！"

我心里一咯噔，问："你们吵架了？"

他说嗯。

"为什么吵架？"

他低着头，没说话。站了一分钟样子，说，那我走了。

我又上楼去，心里稍稍有些恼火。家里就我一个人。女儿出生后，请过一个保姆，但不甚满意，没多久就被我老婆辞了。接下来我妈照顾了一阵，但时间不长，也和我老婆心生龃龉，于是三四个月后，老婆带着女儿去了乡下丈母娘家，而我妈也搬走了，多年前父母亲买下一套小户型，就在附近，住过几年，后来一直出租，这会儿她执意要去独住。老婆还在休产假，算上暑寒假以及剖腹产因素，要到五六月份才上班。一般情况，我下了班即赶过去，反正开车也就半来个小时，偶尔情况特殊，就一个人住城里。

因为时间不晚，我就给小冯打电话了。我问："你把锁换了？"

她说嗯。

"刚才小阎回来，忘了带钥匙，叫我给他开门，我这才知道你换了。要不是这样，我还不知道呢！"租客换锁偶尔也有，但一般都会和我说起。

"我就在里面，我都听到了。"她说。

"那你为什么不开？"我愈加恼火，但只是情绪，语气没有表露。

"不想给他开！"

"你们吵架了？"

"嗯。"

"为什么吵？"

"这个是私人问题。"意思就是可以拒答吧。

我想，小年轻，吵吵架也正常，意气用事换掉锁，也可以理解，于是火也就消了。我说："换锁我不怪你，可为什么不和我说呢？"

"忘了。对不起，房东。"她说。

"那你最好给我一把钥匙，以防万一。"有时候社区民警会来检查，消防设施之类的，要求房东开门配合。

"再说吧。"小冯说。说完就搁了电话。

恋人之间吵架的事儿，我自然不管，哪怕他们是我的租客，过几天气消了，也就和好了，我和老婆不也偶尔这样？过了几天，周六，一大早我进城来，到家里取点衣物，去超市买点食品，然后回乡下。九点半左右，正欲下楼，接到了小阎的电话："房东，你在哪？"

我说，刚好在家。

"那你帮我看看，小冯在不在。"

　　我说好的，一会儿打给你。拿着东西下楼去，到了三楼，敲了几下门，没有一点反应。我就站在那里，回拨小阎的电话。通了，我说不在。

　　他说哦，语气里有一丝失落。

　　"你们还没和好？"

　　"嗯，她脾气挺倔的。"

　　"那你为什么不在电话里解释？女孩子嘛总是心软的。"

　　"可是我打过去她不接，还把我微信拉黑了，没法联系。"

　　我说哦。顿了顿又笑着说："看来你麻烦大了，她是真生气了，你得赔礼道歉，好好哄哄她！"

　　小阎也笑了笑，说："房东，这几天我出差在外，你帮我留意一下，回来我请你吃饭！"

　　我说好的，搁了电话。下楼梯时，我想，我能帮他留意什么呢，我自己都不住这里，几乎不会碰到，再说这也不是我的义务。坐进车里，又想，小阎这人还不错，如果这几天见到小冯，那就帮他劝劝吧。

　　两三天后，还真的让我碰到了小冯。十二点稍过，我在单位食堂吃好饭，回家午休，刚走到楼下，就看见小冯下来。

　　我叫住她："小冯。"

　　"房东，什么事？"她眼神诧异地看着我，停下脚步。

　　"你还在生小阎的气？哎，你们为什么吵架？我觉得他这个人其实挺好的！"我面带微笑，开始劝说。

　　"房东，你不知道的！"小冯板着脸说。

　　"那你说说，他哪里不好？"

"他家里有老婆孩子的！"

啊？我吃了一惊，原来如此！

沉默片刻，我说："那我还真的不知道。"

小冯面带愠色，不说话。我又说："那你为什么和他在一起？"我也收起了笑容，换上严肃的表情。

"不懂事呗，被他的笑骗了呗。"

"那他一直骗你？"

"那倒也不是……不过，他说会离婚的，离了和我在一起……可是一直不离，我就不想和他在一起了！"

我说哦，有些蒙，一下子也不知道该说什么了，然后就互道再见。她应该是去上班吧。原以为是暖人的爱情，却不料剧情有些狗血！我想，这事儿会怎么收场呢？

大约五六天后，下午四点多，我在办公室里干活，收到了小阎的微信：房东，今天晚上有空吗？

我说：你回来了？

他说：嗯，有空的话一起吃晚饭。

我说：算了，我要去乡下的。

他说：那你就是看不起我了！

这话有点冲。愣了一会儿，我说：那好吧，我五点半下班。

是啊，犯不着去得罪他，再说是他请我，又不是我请他。还有，我对他们之间的事情也有些好奇，不正好可以了解一下嘛。还有，因为个人境遇发生了改变，已经好久没有应酬了，所以难得有人请客，也勾起了某种口腹之欲。我和老婆通报一声，晚上又要培训，会很迟，就不过去了。

　　饭店是他定的，离我家不远，体育场路上的一家烤鱼馆。我先到，找了个小包厢坐下来，几分钟后，他也来了，没开车。坐下来后，他告诉我，是去金华出差了，待了一个多星期。然后点菜，征求我的意见，我也没啥意见，就点了一份烤鱼，两个炒菜。

　　菜还没上来，我就基本了解了他的人生经历。他也是大学毕业的，本省的一所三本院校。毕业后在合肥找过工作，不太顺当，一年后就跟着一个开公司的堂叔来到这里。堂叔的公司是做环保工程的，通俗点说，主要就是给造纸厂清理浆池，因为我们这里造纸厂众多，生意还不错。三年前，堂叔在一次干活时弄伤了脚，没能完全恢复，再加上竞争激烈，生意难做，就萌生了退意，很便宜地把公司转让给了他。他接手后，虽然使出浑身解数，但也只是在维持而已。因为环保越抓越紧，造纸厂继续在关停，业务越来越萎缩。公司就开在造纸园区那边，租了一间门面房和一间仓库，再加上四五个人手，都是老乡。这次去金华，就是想去看看，那边有没有业务可做。

　　说完这些，菜也上来了。又要了啤酒，开始吃喝。喝下半杯啤酒，他说："房东，你这几天有没有看到小冯？"终于说到正事儿了。

　　我也喝下半杯，说："看到了，大概五六天前。"

　　他叹了一口气，不说话。我觉得他瘦一点了，脸色也有些憔悴，看来是用情很深啊。对了，他的微信名也改了，现在叫"明天你是否依然爱我"。偶尔看到他在朋友圈里发照片，几句感慨，大多与心情有关。租客的朋友圈，我一般只浏览，不点赞或评论。

　　沉默片刻，我说："她说你有老婆孩子的。"我还是忍不住，早早把底牌亮了出来。

"啊？她都告诉你了？"他眼睛圆瞪，表情有些惊诧。

我说嗯。

他低头，猛喝酒。

我问："你们怎么认识的？"

他说，前年去一个老乡那儿玩，认识的，感觉挺好，就追了。后来给她买了衣服，买了手机，就在一起了。

我笑道："谈恋爱，肯定要花钱的，你这是包二奶，更要花钱。"

他低头不语，也没笑。一会儿抬起头来问："房东，最近几天你都没看到过她？"

我说是的。

"那可能住小姐妹那儿了。"

"你想见她，可以去她店里啊。"吃了口烤鱼，我说。

他不响，喝闷酒。

"那你打算怎么办？"我问。

"唉，不知道，"他叹口气说，"房东，我可是真心喜欢她！"

这个我也看出来了。顿了顿，我说："那你爱不爱你老婆？打不打算离婚？小孩怎么办？这些都要想好！"

他猛喝一口酒，说："其实对老婆，也说不上有多少感情，就是小孩子难办。"

我说可以理解。因为自己有了小孩，就有了切身感受。

他又猛喝一口酒，说："其实我提过一次离婚，可她寻死觅活的……再说，我父母亲也反对。"

我说这就难办了，如果你老婆死活不离，这事儿很累。

是啊，他叹了一口气说，目光呆滞，神情沮丧。一会儿，我说："那怎么办？放弃吧！"意思是放弃小冯。

小阎低头沉默，过会儿抬起头来，看着我说："房东，你知道我为什么追求小冯？"

我说："不知道。你说。"

"因为我长得丑嘛，一直很不自信，追她是为了证明我自己！让自己多一点自信！"

我靠，狗血的剧情背后，居然还有着励志的人生！我喝了一口酒，说："那么，小阎，小冯她爱不爱你呢？"

"不爱她会跟我在一起的？"小阎白了我一眼，迅速回答。

我低头沉默，回想起进他房间去的那一次，小冯看他的那种眼神，提到他的那种语气，一会儿抬起头来说："是的，这话我也相信。"

接着，小阎又说，他和小冯有共同语言，在一起真的很开心，反正和老婆在一起绝对没有这种感觉。有一次他还偷偷地带小冯回家过，当然没进家门，在远处看了一会儿，然后就去了她家，她父母亲知道自己，小冯谎称他还没结婚。他的理想是，争取在三年之内赚到足够的钱，第一目标是在我们这里买房子（够首付），做不到的话，至少也要在老家那边城里买房子，然后和小冯结婚，老婆那边，也不想太亏待她，会给点钱补偿。

我笑道："你还挺有上进心的嘛！"我们这边，新房的价格都在一万两三千了吧，我也不是很清楚，反正不便宜。

"可是，压力太大了啊！"小阎苦着一张脸说。

我说："有压力才有动力。"

"那倒是。"他说，点点头。

接下来，他又絮絮叨叨说了一些：老婆比他小一岁，隔壁村的，媒人介绍，在他二十六岁那年结的婚，长得也不好看，虽然和小冯一样都是高中毕业，但一点情调都没有，加上又长年不生活在一起，两人之间真的没多少情感。儿子五岁了，很可爱，每次回去，主要就是为了看看儿子。父母亲都健朗，有大哥照料，前几年他出钱给父母亲翻修了老房子，生活还不错。然后，话题又回到现实中来，叹事业艰辛，而这份爱情又是他奋斗的动力，所以无论如何不想失去。最后，他说："房东，你帮我想想看，这事儿还有没有得救？"

面对着他的愁眉苦脸，我慢吞吞说："既然她爱过你，分手也是不忍心的吧，所以和好也不是不可能！还是一个态度问题。那就好好表现吧，用你那迷人灿烂性感的笑容，去感化她！重新吸引她！"说完我笑了一下。

他也笑了笑，说但愿吧。这笑动用的肌肉比较少吧，效果就大打折扣，反正和迷人灿烂性感都无关了。

吃喝了一阵，他突然看着我说："房东，你喜欢女人胖一点的，还是瘦一点的？"脸上又微微笑着，这回就不是愁苦了，而是普遍性的男人们在谈论这类话题时的暧昧。

"哈，这个，应该是丰满一点好吧，胖也不好。"我也笑着。

"哈哈哈，其实小冯身材很不错的，不胖又不瘦，这里还很丰满！"他提起双手，比画了一下，又说，"我老婆就是太胖了！"

这回他笑得明显有些色情了。我略感遗憾，因为我老婆太瘦了，就也"哈哈"笑了几声。

我们边吃边聊，各自开了第三瓶啤酒。他又说起自己的工作，说业务再这样萎缩下去，可能就得把公司转掉。我问，转掉后干什么？他说，生意不好，做老板还不如打工呢，打工至少不会亏钱。然后，他问起我的工作、家庭，我也简单回答了。我甚至把自己想辞职的想法，都和他透露了。他颇惊讶，问，为什么？我就吐了一番苦水：因为是同学关系，我是原来行长的亲信。老领导半年前调走了。背景强大的新领导一到，就拿我开铡，撤了我的职务，又调离信贷部门，去了一个无关紧要的后台岗位。所以，这半年我非常憋屈。他又问，辞了去干什么？因为我也还没想好，就敷衍了几句。

我们从六点左右开始，到快八点钟才结束。完了，小阎去结账，一百六十多块。出了小饭店，他先跟我回去，到家一看，小冯没在，于是失望地离去，又嘱托我有情况就告诉他。问他晚上住哪？他说去公司睡吧。

上了楼，我给老婆打了个电话，洗漱之后，进了书房，打开电脑，找了部电影，看到十一点多，上床睡觉。我觉得，小阎这人真的还不错，虽然论外表，是丑了点，但人能干，又对小冯绝对真心，而外表这东西看多了也就麻木了，无所谓了，希望她能回心转意吧。说真的，我还从未和租客一起吃饭，何况还是他请的，何况我们还互相酒后吐了真言，这就让我们之间有了一点类似于友谊的东西。出于友谊，下次碰到小冯，我再帮他做做工作。

# 3

几天后，机会就来了。又是周末，下午三点光景，我到家里拿东西，刚上楼梯，就迎面撞见了小冯。她背着一只双肩包，兴冲冲地下楼来。

我又叫住她："小冯，去哪里？"

"哎，房东，你好！有事出去。"她看我一眼，面带喜色。

想到小阎那张愁苦憔悴的脸，我心里兀然就有些不爽。我说："小阎找过我了，他在找你，可是找不着！你这几天住哪里？"

"叫他别找了！我这几天住小姐妹那里，他找不到的！"她停下脚步，收起笑脸。她穿了一件淡蓝色的衬衫，下面是牛仔裙，运动鞋，身材确实不错，还有，胸脯似乎也真的很丰满。

"前几天他请我吃饭了。他很难过！真的，我看得出来。他还是希望和你在一起！他很在乎你！"

"狗屁！"小冯一撇嘴，表情轻蔑地说，"那他怎么不离婚？骗了我两年了！还想骗下去？"

"离婚这种事情，也不是说离就能离的，你也要体谅他嘛！你们都已经好了两年了，就这么分了，难道就不可惜？"

"不可惜！我已经被他耽误两年了，我可耽误不起了！"

"再给他一点时间嘛，我相信他会处理好的！"

"好了房东，你就别说了，我再也不会相信他的鬼话了！看到他那张丑脸，我都想吐了！哦对了，过几天我就搬了，这几天正在找房子。"

话已至此，我还能说什么呢，就说好吧。

　　她向我摆摆手，匆匆离去。粉红色的双肩包上，有一个小小的铁做的饰片，阳光下熠熠闪耀，随着她脚步的走动，光点变幻不定，如同一把刺向虚空的乱砍乱劈的剑。到了四楼，我站下来，往窗外探出脑袋，刚好就看见，她钻进了一辆停在路口的小车，驾驶员是一位小伙子。我想，要不要和小阎联系？似乎也没必要了吧！但到了楼上，想到他的嘱托，掏出手机。

　　打通了，我说："小阎，刚才看到小冯了。你还是放弃吧。"

　　"怎么说？"他问。

　　"应该不可能了吧，我感觉。"

　　他不吱声。

　　我又说："我看到她和一个小伙子在一起。"

　　"是不是黑黑瘦瘦的？"他马上问。

　　"没看清，好像是。"

　　"这小子是你们当地人，正缠着她！妈的，不就是想白玩玩嘛，可这傻丫头还不知道！妈的，老子真想去揍他一顿！"电话里，小阎恶狠狠地出声。

　　我说："小阎，凭我的直觉，劝你还是放弃吧，其他事情也不要去管了。"

　　他马上说："房东，你不知道的，本来好好的，就是因为我现在生意不好了，她才变心的！本来都说好了嘛，慢慢来，房子我会买的，婚也会离的。可她，唉——"他长叹一口气。

　　我说："反正我认为，这事儿你肯定没戏了，人家比你年轻，长得也比你帅，又是本地人，哪一样你占优势？所以想开点，放弃吧。"

他咕哝着说，哦，谢谢。

收起手机，我想，还是这样直接一点好，虽然对他打击有点大，但长痛不如短痛，再说他也有点年纪了，应该会理智战胜情感。

可没想到，第二天上午，十点左右，突然收到他的微信：房东，忙吗？

我实事求是说：不忙。

能不能帮个忙？

说吧。

我在你单位楼下了，你下来一趟。

稍愣了愣，我下去了。到了门口的停车场，果然看到他的车。等我走近了，他下了车，和我说了事由。原来，他是想和我一起去冯丽上班的服装店，他站在外面，我去把她叫出来，然后他和她说上几句。其实这主意我上次就提过，他当时没吭声。看着他恳求的眼神，又想也不耽误我多少时间，便答应了。

十来分钟后，我们就接近了那家服装店。还有五六十米，他靠边停车，然后我笑了笑下车，他表情复杂地待在车上。我继续往前走。两间门面，黑底白字的招牌，一家专卖年轻人服装的时尚品牌店。马上就要到门口了，看得见里面有两三位顾客，两名营业员在介绍，不知道哪个是冯丽？小阎和我说，一般店里会有三名营业员，老板娘则偶尔在场。我正想着，待会儿怎么开口，手机突兀地响了，一看是小阎。我忙接起来，问他，干什么？

"回头吧，房东，别进去了。"他说。

问为什么，又不说。我有些纳闷，但还是听从了，本来就是帮人嘛，何必自作主张。回到车上，他皱着眉头说："我觉得这样做欠妥，这样一来，她同事和老板娘都知道了，对她影响不好，就更不会理我了。"

我说："那就随你吧。"而心里想，也许她们早就知道了呢。

回去的路上，我又劝了他几句，放弃为理智。我还笑道，其实，你本来应该赔偿她青春损失费的，她没问你要，你已经占便宜了，还不赶紧分手，免得她想明白了问你要。为了不过分刺激他，有些话我就没说，只是在心里想，其实冯丽做得没错，明明可以正大光明谈恋爱，为什么苟且偷欢做二奶？我甚至对她快刀斩乱麻的果决感到佩服。一开始，小阎阴着脸不吭声，到了银行门口，终于脸色开朗一点了，说："嗯，我想明白了，那就放弃吧，强扭的瓜不甜……谢谢你，兄弟！"

我一愣，从房东变成了兄弟，这可没想到。其实我比他大不少，叫兄弟有点勉强，但兄弟这称呼听起来温暖。下了车，我又回头看着他，笑了笑说："好，小阎，男人嘛，就要拿得起放得下！"

他也笑了笑，笑得有些无奈。目送他离开，我回办公室去，心想，过阵子，要不要回请他一次？

这天晚上，六点半左右，我正推着婴儿车，和老婆一起走在乡村的河堤上，又接到了小阎的电话。他说："房东，你在哪里？"

我说："丈母娘家啊。"

"帮我个忙。不是那事儿。"他说。

稍怔，我说："说吧，什么事？"

他就说了：××公司（比较大的造纸企业）要停工检修了，包

140

括清理浆池，他想去包这个活，但不认识人，那天听我说起，给他们贷过款，肯定和老板熟悉，就想请我帮他疏通一下关系。

我忘了那天酒桌上有没有说，也许说了吧，酒后话多嘛。但我真的不想卷入此事，一是人走茶凉，说话未必有效，二是这些大老板早就和新行长打成一片，搞不好还会传到他耳朵里，对我更加厌恶。于是，我就断然地说："小阎，这个我帮不上忙！没熟悉到那个份上！"

那边沉默了一下，说："那行，就这样吧，房东。"

听得出来，他有点失望，但我又能怎么办，何必去丢那个脸？本来还想再说句什么，他已经搁了电话。我想，还好，他又叫我房东了，如果还叫兄弟，会更尴尬。

## 4

又过了四五天。上午十点光景，我正在上班，接到了小冯的电话："房东，我要搬家了，你现在过来结账吧。"

"我在上班啊，现在过来不方便。"领导叫我赶点活儿，确实跑不开，于是就约定中午见面。

吃好中饭，我过去了。小冯在等我。看了一下房间，设施完好，卫生也搞过了，属于他们的东西，基本也搬空了。又查电表，算好水电费，告诉她能退多少，也就是押金扣除水电的部分。退房自由，无论提前或者到期，但余下房租不退，这是行规，也在合同上写明了，对她来说，损失大半个月房租，差不多五百块钱吧。当然严格按照合同，小阎签的字，押金也应该退给小阎，但这一次权当特殊处理了。

小冯说："那剩下的房租呢？"

我说："那个不退的。"

"为什么不退？"她脸色突变。

我说："这是租房的规矩。"

"哪里来的规矩？我又不是没租过房，我以前的房东就退给我的！"她嗓音粗起来。

我说："合同上有，你自己看一下。"其实她说的情况，我也不是没做过，那是房客态度好，大家好好商量，如果她态度好点，说不定我也会多退一点。

刚才我看到，合同就放在床头柜里。但她没有去看合同，反而还和我争执起来。她走过来，我一转身，不小心手臂就蹭到了她的胸，一种软软的感觉。她马上跳开去，大声说："你干吗碰我？"

我说："我没碰啊，不小心擦到了。"脸颊微烫。

"你就是故意碰的！"她用手指戳着我，一脸怒容。

这下我也恼了，也大着声说："好吧，反正按照合同，租房的人是小阎，退钱也是退给他！我不跟你说了！你走吧，把钥匙留下！你还不跟我说，就把锁私自换了！"

她冷冷地睃我一看，口气轻蔑地说："那好，我也不跟你说了！今天这房也不退了！"说完，怒冲冲地出去了。

我关上门，上楼去，心里气咻咻的。原来对这个女孩子印象还不错，想不到如此蛮不讲理！那就耗着吧，谁怕谁啊，耗到到期日，你还想退什么房租？午休到一点四十分，起床，上班去。

五点多，快下班了，收到小阎的微信：你在哪？

我说：在单位。还没下班呢。

他说：下班见面，你家楼下。

我说：好。

也不知道他找我有什么事儿，但正好可以把中午的事情告诉他，让他来评评理，然后回乡下去。到了点我过去了。到那竟发现，小阎和小冯，两个人都在。那辆黑色的朗逸，也停在旁边。我朝他们走过去。小阎看着我，表情木然，几天不见，他的模样更憔悴了，本来脸还算白净，现在有些黑黄。而小冯目光凛冽，脸色紧绷。

我走近他了，还没开口，他突然就冲过来了，先是一把推搡，接着就揪住了我的胸口。我穿白衬衫行服，胸口被他揉成一团。

我愣了，问："你什么意思？"用力推他。可他力气挺大，一时难以挣脱。我完全蒙了，这个前几天还叫我兄弟的人，这会儿眼睛里都是刀子。

他说："你他妈的是不是对她动手动脚了？"

我豁然明白了，大喊："没有！"

"你他妈的摸她的胸！还不老实！那天就见你笑得很淫荡，果然不是个好东西！"他怒目。

我说："你听我解释！"

"谁要听你的狗屁解释！你以为自己有啥了不起？你不就是有这么一栋楼吗，没有这栋楼，你就是个屁！"他手臂往前一推，我就更加感到气闷。

我身子动弹不得，就把头扭向小冯，大声喊："小冯，我到底有没有对你动手动脚，你凭着良心说话！"

她不响，板着脸。

　　我就把过程简单说了一下。慢慢地小阎松了手，表情似信非信，然后说："别跟我废话了！你把钱退给她，一分都不能少！"

　　我说："没有这个规矩的！你自己去看合同！"因为气愤，我愈加不肯让步。

　　"那是你自己定的狗屁规矩！你退不退？不退，信不信我找人弄死你！"小阎用手指戳着我，一脸威吓的表情。

　　我迅速地给自己的脑子降温，沉默三秒钟，说："好，我退！不说了！"又转向小冯，说："你现在就去搬东西，然后把钥匙留下，我一分不少退给你！"因为我已经意识到了，和异性间的关系相比，同性间的那种脆弱的友谊，是多么不堪一击！

　　小冯冷着脸，上去了。小阎又恶狠狠地瞪我一眼，说："少一分，你敢？"说完他坐进汽车去，关上门，那张丑脸硬邦邦的，没有一丝表情。

　　很快小冯就下来了。我立即和她交接，还我钥匙，退她钱，只多不少，因为给了整数。

　　然后她也坐进车子，昂着头，板着脸，一副胜利者的姿态。

　　小阎点火，启动，踩下油门的一刹那，突然转过头来，对着我笑了一下……虽然只是一瞬间，但我还是记住了这个笑，有些僵硬，有些虚浮，又有些不可捉摸，好像就是为我们滑稽的友谊，画上了一个讽刺的句号。

# 后会无期

## 1

　　这个女孩子，我几次催讨房租，都无果，实在是把我惹恼了。

　　说到底，房东和租客的关系，就是一种基于契约的互利关系。如果按期交租，一般关系都还好，偶尔拖欠几天，那也没啥，但经常拖欠或者拖欠日久，房东肯定不爽。

　　女孩子叫孙娇丽，租住103，二十六岁，身份证上地址是安徽省蚌埠市固镇县某某镇某某村，个不高，有点黑，有点瘦，不过有一对丰满的乳房，相对于她的个子来说，是今年三月中旬入住的。因为是个女孩子嘛，看房时我也不太有把握，当时就直说，房间不是很理想，一楼，朝北，比较阴暗潮湿，而且面积又小，需要慎重考虑。因为有过先例，一个三十来岁的少妇，合同签了一年，可是住了三个月就搬走了，就是嫌潮湿。作为房东，我自然希望租客稳定一点，这样我就少操心嘛。没想到她说，没关系的，她很少在这里住，主要是放点东西，所以想找个便宜点的房间。如此，双方就好谈了，毕竟我家房子还是比较新的嘛，租金又不贵。前一个租客，五百五一个月，给她一顿磨，我答应了五百。后来，我发现她确实经常不在，至于在做什么，不太清楚，看到她骑一辆红色的电瓶车进出，有一次问过，她说给一个老乡打工。再问，又语焉不详。租客玩微信的挺多了，加过一次她的微信，也不理我，总之搞得有点神秘。到六月中旬，房租到期了，我就打电话给她，她说回老家了，要一周后才来，来了就给我。过完一周，我又联系，她说还得过几天，老家有事耽搁，我还是没说什么。到第三次，我就恼火了，问，你到底在哪里？她说，我在诸暨，过几天回来见面。我说，你加我微信吧，微信可以转账了，一千多块钱，你总不会没有吧，转账给我好了，不想加我微信，那我银行卡告诉你，你打我卡上，反正不一定要见面！她说，我过几天一定回来的，现金给你。然后就是第四次，我火气有点大了，大声问，你到底在哪里？她说，我在桐庐呢，明后天一定一定回来！我问，你在做什么呢？神出鬼没的！她就哧哧笑，笑完了说，做点小生意啊。我说好，这是我最后一次催你了，给你三天时间，如果还不回来，我就要清理房间了！说完搁了电话。我是威胁了，但也不是无理由的，她已经过期二十多天了，押金相当于一个月房租，算上前面的水电费，也差不多了，对我来说，越拖下去风险越大，因为不知道，也许哪天她就突然搬走了。对于此类纠纷，虽然合同里没有明确的规定（只有一句比较模糊的话，双方友好协商，协商不成可上诉法律），但事实上房东是可以这样做的，当然我会把社区民警叫来做证人，开门进去，将她的东西搬进仓库，然后换一把锁重新出租。我妈不够果断，就上过这种当，那是几年前的事，租客不见面，欠着房租，说过一阵会来付，然后拖了两个多月，最后不了了之，开门进去，就剩几件脏衣服，害得我妈亏了上千的房租。

然而，第二天晚上，八点钟左右，我的手机响了，一看是她打来的。我接起来，说："回来了？"

"是的。不好意思。"她说。

"总算回来了！回来就好。那你现在在哪里？"

"就在你楼下啊。一到就给你打电话。"

"那我下来拿钱。"

她说好的。

到了楼下，看到她就站在103门口，好久不见，人晒得更黑了，笑盈盈地看着我。想起来，租进来快四个月了，也就看到过两三回。上次看到，她好像是穿着灰蓝色的羽绒衣和牛仔裤，现在是玉白色的衬衫和牛仔裤。不知不觉中，夏天到来了嘛。

等我走近点，她说："房东大哥，不好意思，拖太久了。那，这是三个月的房租加前面的水电费。"她拿着一沓钱，递给我。具体数字，我早就在电话里告诉她了。

我说："是太久了！哪里还有三个月，两个多月后就又到期了。"我接过钱，气也就基本消了，给了好脸色。再说，她都叫我大哥了，可没几个租客叫我哥的。

点了下钱，我把收据给她，又说："这么长时间，你都在外面？你去诸暨、桐庐，干什么？"

"就是做点小生意嘛。"她笑着，笑容有点含蓄。

"什么生意？"

"啊呀房东大哥，你就别问了，就是混口饭吃嘛。"这回笑容有些俏皮了，还做了个辅助的手势。因为穿得少了，胸脯的丰满就更加凸显出来了，皮肤虽黑，但五官长得不差，一头利索的短发，把人衬托得很干练。虽然没有名字里的娇和丽，但还是有几分魅力的，毕竟年轻嘛。

既然她不想说，我也就不问了。愣了愣，又说："晚上睡哪里？"

"当然是这里啦。"她笑道。

这个房间，自从租给了她，我就没进去过。我看了一眼隙开一条缝的房门，心想，这么长时间没住了，也不通风，那床还能睡？而她好像猜到了我的心思，说："没事的，我用热水擦一下，可以睡。"

我说哦，那好吧。说完就上楼去了。我一边走楼梯，一边想，这个女孩子，也挺不容易的!

<h2 style="text-align:center">2</h2>

第二天上午，我在修改一个中篇小说，断断续续，两个多月才把初稿写完，又放了一个多月，这几天打开文档开始修改，也是懒懒散散的，改一会儿就去看看股市，反正写作的兴趣越来越淡了。到了十一点半，肚子饿了，就打算去楼下吃快餐，就在这当儿，手机响了，一看又是孙娇丽。

我问："小孙，什么事？"

"房东大哥，我房间里有东西被偷了！"声音有点大。

我立马有点紧张起来，急问："少了什么？"

"一箱洗发水。"

"门有没有被撬？"

"没有。"

"那怎么会？"因为103，爬窗的可能性绝对没有，只有开向楼梯间的一个小窗，还用铁栅栏封了。

"可是真的少了呀！你在家吗？在的话下来看看！"

我马上下去。门开着，门口停着她那辆电瓶车，她不在的日子，应该是放在房间里的吧。我走进去，首先经过厨房，厨房倒是挺干净，没怎么做饭嘛，再走进卧室，赫然见到了一副乱象：地上堆了很多纸箱，有大有小，好几种花色，靠墙码成一堆，落地面积起码占了房间的三分之一。所以床、衣柜和电视柜挨得很近，显得很拥挤，床上倒是很干净，空调被叠得整整齐齐，枕头放在被子上面。床头柜上，摆着好多小瓶子，应该是化妆品。床头柜边，立着一只红色的拉杆箱。另外，还有一台电风扇，放在电视机柜上。这会儿她就站在那堆纸箱旁边，有点愁眉苦脸的表情。敢情她是把房间当成仓库了，怪不得昨天她就站在外面，不让我进来。

我指着那些纸箱问："什么东西？"

"洗发水什么的。"她说。

"这就是你的生意？"

"是的。"

"卖给谁？"

"理发店啊，美容院啊。"

我仔细看了一眼纸箱子，哈，有两个还是著名品牌呢，还有不太听到的杂牌子。还有几个箱子，装的似乎不是洗发水。问她，说也是理发店用的小东西。哈，不知道是真货还是假货？但，这个我不管。

我又问："这些东西哪来的？"

"我老板批来的。"她说。

"哦，你就负责销售？除了这里，还卖到桐庐、诸暨？"

"是的，那边也租了房子，我管好几个县。"

"都是你租的？"

"房租是老板出的，就是给的很低……我拿工资加提成。"

"怪不得很少见到你……那你怎么知道少了？"

"我刚才点数了，和上次差一箱，上次三十四，今天送出去六箱，应该还有二十八，可是现在只剩下二十七箱了，少了一箱！"她看着我说。

我嘟哝着说："这种东西谁会要？"

"那也要几百块一箱了！"

"那你昨天为什么不说？"

"我昨天刚到，人很累嘛，就没心思数。"她表情沮丧。

我说："可是门又没撬，怎么可能会少？如果少了也不可能只少一箱，你自己想想！"除了她，就是我有钥匙了，那么少了东西，从逻辑上推论，我是可以被列为怀疑对象的，所以我最不喜欢听到这种事情。

"但是，绝对少了！"她信誓旦旦。

"那怎么办？要不你报警吧！"说完我就阴着脸出去了。这种事，我多说无益，只会更烦。

下午一点半左右，我刚午休起来一会儿，听到了敲门声。开门一看，正是孙娇丽，她笑微微的，手拿一瓶洗发水。

我说："什么事？你报过警了？"

"报警没用的，才这么点钱，人家不会管的。我想起来了，上午送货多给了一箱。"

"哦，那就好。"洗清了我的嫌疑，我感到轻松。

"房东大哥，这个送你。"她擎起手臂，要把洗发水塞给我，是那种不太有名的品牌。

我忙说："不要不要！"

"拿着吧。"

"不要，家里很多！"家里真的还有好几瓶没用过的呢，老婆单位发福利，经常发这些，都是大牌子，再说我也不相信她这种货色的质量。

她好像又窥到了我的心思，笑嘻嘻说："这个质量很好的，别看牌子不响亮，效果不比那些大牌子差。"

我就只好拿着了，说了声谢谢。

然后我以为她该下去了，可是没见她转身，怔了怔，就问："小孙，还有事？"

她笑着说："房东大哥，那家理发店的老板，不太好说话的，我一个女孩子，又是外地人，就这么上门去，怕人家不承认，我想了想，还是请你帮忙吧，和我一块儿过去。"

我手拿洗发水，心里感叹，真不该收什么礼！再一想，人家一个女孩子，又是我房客，能帮忙还是帮吧，再说又不是什么很麻烦的事儿，就心软了。

一会儿我们出发了。就骑着她的电瓶车过去，我带她。其实电瓶车也是老板的，上一个销售员用过，那人去了别的地方，就把车子移交给她。一路上我们聊着天。真是没想到，小孙读过大学，郑州一所三本学校，前年毕业的，工作干过好几份，都不长久。她说，现在的老板是她老乡，同个县的，做这行好几年了，她是今年春节后跟他的，四个多月了，也是一个老乡介绍的。东西都是老板不知从哪批来的，价格便宜，质量还行。老板平时住在杭州，汽车东站那边，隔段时间出来跑一趟，送货收钱，下面有四五个销售员，分布在杭州的周边。我问她，收入怎么样？她说还行，具体多少不肯说。过会儿又说，家里父母亲打算造房子，弟弟明年要上大学，都得花钱，她赚了钱得给家里。我说，挺孝顺的。问她，有没有男朋友？她说，有，可是没在一起。接着就告诉我，男朋友是她的前同事，上一份工作，是在合肥的一家婚庆公司做事，他是摄影师，但还在跟师傅学习。我问，隔这么远，那你们怎么谈呢？她说，怎么不可以？我们微信上天天联系啊。又说，他也很忙的，不过，说好了过一阵子过来看她。我说，好的，谈恋爱不能老是不在一起，光是精神恋爱会出问题的，到时候肉体会不满。她在后面咔咔笑，然后又问，房东大哥，你多大？想想她叫我大哥，我就不忍心破坏形象了，狠狠心少报了五岁（反正我看起来就是偏年轻一点的），说三十二。她说，那我叫你大哥没错吧。我说，难不成叫我大叔？她又咔咔笑，笑完了问，你除了收房租，还做什么？我说，不做什么。我当然不好意思告诉她，以前在银行上班，半年前辞了职在家炒股写作。那你老婆做什么？她又问。我说，老师。她问，怎么没见到？我说，放假了，带着两岁的女儿住在乡下丈母娘家。

说着话，我们到了理发店门口，是在妇保那边，一条小弄堂里。理发店的名字叫××造型设计，想想也没错，理发师不就是头型设计师嘛，感觉这样高大上了很多。店堂不大，此刻里面有三个男人，一个三十来岁，中等个子，在给一位四十左右的顾客剪头，第三个二十五六岁样子，有点胖乎乎的，坐在椅子上看手机，不知道是顾客还是理发师。

小孙进去了，我就跟在后面。她走到那位三十来岁的理发师旁边，带着点笑容说："老板，我上午送货过来，应该是多给了你一箱洗发水，这会儿才想起来了。"

老板说："没有啊，我就拿了一箱啊，还有一点小东西。"老板短头发，有点染黄了，长得不错，带了一个银色的耳钉。

"我就跑了四家，你这边是第二家，不会记错的。"小孙还是微笑着，但笑容有点僵硬了。

"那你怎么不去问问另外三家？"老板眼锋一挑，斜乜了她一眼，又专注于手上的活儿，咔嚓咔嚓剪了两刀。

小孙说："另外三家，总共给了四箱货，你这边给了两箱，拿了一箱的钱。"笑容已经没有了。

老板就转向那个胖乎乎的小伙子："阿军，东西是你拿的，你有没有多拿？"

"没有啊。"小伙子抬起头来，懒洋洋地说。他额头上的一绺头发也挑染了，有点淡蓝色。

小孙拉下了脸说："那让我进去看看。"说着就往里面闯。里面是用砖墙或者其他装修材料隔开的，有条短短的通道，进去有个储物间，还有个卫生间。

老板脸色忽变，跨过来一步想要拦截她，可是没拦住，就挥舞着剪子大声说："人家的东西不要乱翻！你还不相信我？"

但是小孙已经站在了储物间的门口，也大着声说："这不是有两箱吗！"

"上次拿的还没用！"老板脸色有点发青。

小孙说："上次拿都一个多月了，不可能还没用！"

"我又不是只从你一家拿，这个月我就没用你的货！"说完，老板又去剪头发了。徒弟刚才站起来过，似乎也是想拦截，这时候又坐下来，低着头玩手机，是在打游戏。

我站在旁边，仔细观察，心里有数了，这时候开口道："老板，就一箱洗发水，也值不了几个钱，你就不要捉弄人家女孩子了嘛。"我说本地话，故意用捉弄这个词，能缓和气氛。

老板盯着我，问："你是谁？"

我说："是谁都不要紧，讲句公道话。"

老板说："我干吗要骗你们？一两百块钱我眼不开！"

这时候小孙已经走出来了，站在我身边，红着脸说："我也不想赖你啊，可是后来我想起来了，就是他先搬了一箱，我后来又搬了一箱，所以就多给了。"她指了一下徒弟。

老板黑着脸说："我在做生意，你别影响我！要不就走，要不就报警好了。你这个人弄不灵清的，以后不和你做生意了！"

小孙气鼓鼓的，拿出手机，马上要报警。我叫住了她，把她拉到外面，说，这事儿你确定？她说，确定！我又说，那你一定要和他较真？较了真，这家以后就不会和你做生意了。她想了想，咬着嘴唇说，不做就不做！我说，那好吧，等那个理发的男人走了，没客人时我们再进去。

等了大约一刻钟，中年男人出来了。我们又进去。老板坐在沙发上，也在玩手机，抬头看了看我们，没说话，又低下头去。

我说："老板，一两百的小钱，你就不要捉弄人家了，玩笑开过头不好玩，真到报警的地步，没意思了。"

他抬起头来，脸色有点红了，有点难堪状，看着我说："好了好了，不跟她开玩笑了，东西是在这里，是她自己搬进去的，那就拿回去吧。"

小孙也不多说，马上进去搬了一箱洗发水出来。我说："好，老板，那就没事了，不打扰了。"尾随小孙走出去。

老板在后面喊："喂，以后你就别来了！"

小孙叽咕着说："谁稀罕！"

回来后，她进自己的房间，我也上楼去。看看股市，收了盘，看了会儿书。四点左右，她打我电话，说为了感谢我，想请我吃晚饭。我笑着说，不用的，晚饭我都是去乡下吃的，一会儿就走了。她说，哦。其实我是想，就帮她争回来一两百块钱，哪好意思让她请客嘛。

## 3

过了大约一个星期。

那天上午，我去外面买了点东西，一小桶补墙用的涂料，回到家，正要上楼梯，发觉不对劲儿，好像听到了"嘤嘤"的哭声，而且应该就是从103传出来的，因为它就在楼梯旁边嘛，再过去就是车库了。我马上止步，走到103门口，听了听，果然哭声是从这里面传出来的。愣了愣，我敲门了，一边敲一边说："小孙，怎么回事啊？有什么不开心？"

哭声停了，她说："没事，房东大哥。"

"没事你干吗哭？"

"真的没事，一会儿就好了。"

"哦，那就好……"我犹豫着要不要走开，别多管闲事了。可是，哭声又响起来了，看来是压抑不住。我又敲了下门，说："小孙，能让我进来吗？你这样可不好，作为房东我心里也不安的。"我这是实话，作为房东，我确实害怕租客出事，但同时又想，如果她一定不要我管，那就算了。

没想到，脚步声由远而近，她走过来了。一会儿，门开了，露出一张悲伤的脸，眼睛还红肿着，说："房东大哥，不好意思。"

她把门打开了大半，显然是同意我进去了，我就走了进去。她穿着圆领短袖的白色T恤衫，下面还是那条浅蓝色牛仔裤，也许是换了一条。我们没进卧室，就站在厨房里。我问了几句，她先不回答，擦着眼睛，眼泪汪汪，一会儿终于向我袒露了，原来是男朋友和她掰了，说好的要来看她，一次次拖延，终于被她发觉了真相，从一个前同事那里知道，原来是和另一个前同事好上了，刚才她在微信上质问男朋友，他抵赖不掉，索性承认了。

我说："这有什么好哭的？我早就说过，你们不在一起，不现实的！"

她不说话，我又说："谈恋爱，分分合合也正常，又不是结了婚，多少还受点法律保护。他有权力和别人谈，你也一样。所以，想开点，别太难过了。"

她基本恢复常态了，沉默了片刻，说："其实，我也早就有点感觉了，但是今天听他亲口承认，还是有点受不了。"

"受不了也得受，否则还能怎么办？"我微微一笑，看了看手机，十点五十多了，想了想，又说，"要不中午我请你吃饭吧，再安慰你一下。"

小孙愣了愣，说："那怎么好意思？"

"没事，我反正中午都是吃快餐的，你就当陪我吧。"

"好吧。"她说。

"那我先上去，过十分钟下来。"我要去上面放东西，她也需要点时间准备一下。

一会儿我下来了。她开着门在等我。她上面还是那件白色的T恤衫，下面换了一条裙子，浅蓝色的，脸也洗了，还化了一点淡妆，这样看上去女性味多了点。

我说："走，去找个小饭店。"

"吃快餐就行了。"她关上门说。

"请女孩子吃饭，吃快餐怎么好意思？"

我们去了西堤路上的一家小餐馆，走过去几分钟。点了三个菜，一个汤，一人一瓶冰啤酒。她情绪好多了，话也就多了，边吃边聊，告诉我好多事情。比如小时候在农村的一些趣事儿，上大学时候的一些趣事儿。又告诉我，她曾经还进过传销窝，那是在南京，大学毕业头一年，因为也没什么钱，所以损失不大，后来醒悟了就跑了出来。又说现在的生意，业务量还行，可是老板很精明，提成太低，不太舒服。她叫我大哥了，省去了房东两字。我就给她提了些建议，比如先熟悉这一行，慢慢把网络抓到自己手上了，以后就有机会单干，因为进货没什么大问题的。

一个来小时，吃好饭。我付了钱（一百五六十块），和她走出来。到了外面，她一笑说："大哥，你请我吃饭了，那我请你去看电影吧，到这里后我还没看过电影呢。"

去看电影？似乎有点儿了那个了吧。我感到脸颊有点发烫，脑子里莫名地有些兴奋，想了想说："行。那么现在就去，晚上我不住城里的。"我很少去电影院看电影了，也不知道今天放映什么，但下午场肯定有，关键是和年轻女孩一起看电影，这种机会不太有了。

我们马上打的，赶到一家电影院。下午有好几场，有动画片、爱情片以及别的，我们挑了开场时间最近的1：20的《后会无期》，韩寒导演的，号称中国第一部公路片，以前在网络上我就有关注过，但没有这个契机，也是不会进电影院的。

她买票，我买了点零食，等了几分钟，便进去了。一个小厅，人不多，十几个吧。说实话，电影让我有点失望，情节混乱松散，爱讲大道理，虽然有些地方也挺幽默。其实，我也没怎么看进去，心思没法集中在电影上。开始那会儿，我们一边吃零食一边看电影，后来，我就把零食袋塞旁边，腾出一只手来，握住了她的一只手，她抗拒了一下，没缩回去，我就一直握着。而且我感觉到，她的身子主动倾过来了。于是后来，我胆子又了一点，换了一只手握住她的手，而腾出来的手就提了起来，搂着她的肩膀了。虽然是在电影院里，我依然听到了自己的心跳，以及她的呼吸声。直到电影结束，我们都保持着这个姿势。我脑子里乱糟糟的，根本没心思看电影，在想，下一步怎么办？

等灯光亮起，我迅速放开她，站了起来。她也站起来，脸红红的，不敢看我。到了大厅里，我说，回去吧。她说，好的。眼神有些妩媚。

出来，我们又打的回去。在车上，我拉着她的手，没说话，身体很兴奋，心里依然乱糟糟的。到了我家附近的路口，下了车，并排着走回去。热浪阵阵，脑子里更热。

我看了她一眼，说："那你下午干什么？"

她说："就待在房间里，太热，不想出去了。"

走了两步，我说："那我去你那里坐坐？"

她不吭声，脸色红红的。

我激动地浮想联翩着。走过路口，离我家只剩三四十米远了。突然，我看见我妈正朝着我们走过来，手提一只黑色的塑料袋，不知道装的是什么。她从哪里来？应该是从我家出来的吧。

躲不开了，走近点，我叫了一声妈。她问："你干什么去了？"我说："出去办了点事。"我妈也没再说什么，擦身而过了，回她自己住的房子去，就在不远处。又往前走了几步，就到了我家楼下了。小孙稍稍落在我后面。我回头看了她一眼。她说："你妈去你家了？"

愣了愣，我说："是我丈母娘！完了，我老婆肯定也在家。"

"啊，这么巧？"她小声说，脸色有异。

"那我得上去了。"我突然清醒了。

她什么都不说，开门进去了。

## 4

再次和小孙联系，已经是一个多月后了。

那是九月初的一天，上午，十点钟还不到，因为股市刚开盘不久，我突然接到她的电话，对我说："房东大哥，你在家吗？"我说在。她又说："那你下来一趟，我要走了。"

我马上下去，心里说，怎么也不事先打个招呼。

到了下面，门开着，径直进去，只见里面还有一个男人，四十来岁，皮肤黑黑，敦实矮壮。我正要开口，小孙说："这位就是我老板。我家里有事，这边工作不干了，老板今天过来交接。"

我问："什么事？"

她愣了愣，说："我妈摔了一跤，一只脚骨折了，得住一阵院，我得回去照顾她了。"

我说哦，又转向她老板，问怎么交接，房子退了吗？他说，先不退，反正还有十几天才到期，他会另外安排一个人过来，到时候再看。这样，就没我的事了，听他们在盘点库存，我就走了出去，站在门外面。门口停着一辆白色的现代，杭州牌照，不知道是不是老板的。

一会儿，他们出来了。小孙已经收拾好东西，全部放进那只红色的拉杆箱。果然那是老板的车，他把拉杆箱拖出来，打开车子后备箱，放进去。然后，他们就上了车。小孙告诉我，还要去桐庐和诸暨，全部交接好，就回家去。和她挥挥手，我上楼去，心情有些复杂。

下午四点多，我给她发了条短信：在哪里？全部交接好了吗？

很快她回过来：交接好了。和老板回杭州的路上，去东站坐火车。

我又发：还会来吗？下次来，我请你看电影。

过了一分多钟，她回过来：后会无期。

# 你以为我傻啊

## 1

哈，现在想来，这个女孩子的登场，就有些与众不同。

六月初，403腾空了，我就去附近的体育场路上，找了家小中介挂牌。以前也找过中介，可效果不好，那为什么又要找呢？不得已呗。市里正在搞创卫验收，过了"五一"就禁止张贴各类小广告了，哪怕在社区设立的正规的广告板上也不行，据说一直要狠抓至七月份。连续多年的国家级卫生城市，几年一评，这点觉悟咱还是有的，所以真心理解，毫无怨言。可房子又不能不租，特别是去年年底我从银行辞了职，这房租就关系到了我的生计，不吃喝，谁来？

这回还挺好，过了大约一个星期，中介打来电话，说有人要看房。中介带过来，一个女孩子，中等个儿，短发，皮肤较白，脸颊有些丰满，就是俗话说的婴儿肥吧，二十多岁，衣着挺时髦。我带她看房，一样一样地说房子的好，恨不得像孔雀一样开屏。中介人，一个四十来岁的妇女，也说了不少好话。女孩微笑着，不时点一下头，问了房租、水电，以及缴费方式。见她有诚意，我也就很诚心了，报了七百的月租金。她又点点头。说实话，这租金是有竞争力的，比我去年的报价还低，原因一是淡季，二是近年外来人口似乎在减少，而房源又增加，反应到租赁市场上，那就是租金稳中有降。

我以为这票生意能成了。中介也这样认为，说："房东，那你去拿合同吧。"事先说好了，她只拿中介费，双方各出半个月的租金。

我说哦。正欲上楼，女孩却说："等一等，让我考虑一下。"

考虑一下也正常。我不急，因为这条件确实很吸引人嘛。一会儿她说："我还是不租了。"

"啊，为什么？"中介忙问。我意外到不想问了。

"房子还可以，就是楼层太高，每天跑上跑下吃不消。"女孩微笑着说。

我看着她，现身说法了："四楼也算高？我自己住五楼呢，每天跑上跑下，也没觉得高啊。你看我身体倍儿好吧，爬楼梯也是锻炼啊。你又不是老太太，这点高怕什么！再说，这么好的房间，你去周边找找看，找不到的！"

可她还是礼貌地拒绝了。

中介和我都无可奈何。一会儿，两人下去了，中介还不死心，走在楼梯上就在说，房子有的，回去翻翻本子再安排她看，上午没时间下午也行。此时是上午九点光景。

我回到楼上。过了大约半个小时，手机响了，一看是个陌生电话，福建三明的移动号码。也许是租房的吧，希望是租房的，我马上接起来。也有老客户介绍新客户的情况。

我说："喂，你好，是租房的吗？"

电话里咯咯笑，年轻女人的笑声，有点清脆，然后说："房东，你没听出来？我就是刚才看房的那个呀。"

"哦，是你啊。什么意思？还想租？"一般是这样吧，可她怎么会有我的电话号码？

"是的，那房子我想租。我已经过来了，就在楼下。"

我说好的，马上下来。虽然纳闷，但依然欢迎。我从电脑前面站起来，刚才是在看股市行情，每天开盘收盘各半小时，雷打不动要去关注。虽然是以写作的名义辞了职，但事实上却成了半个职业股民加半个业余作家，而因为炒股常常弄得心情郁闷，搞得写作也没啥劲。

下去后，只见她站在防盗门外面，拖着一只红色的拉杆箱。然后，房也不用看了，细节也免谈了，直接签约，交钱。她考虑蛮多，租期签了半年，原则上也是我的最低要求。她叫林岚，果然是福建三明的，下面的清流县龙津镇某某村人，二十六岁。问她做什么，说开店，但还没找好地方。拿好钱和合同，我问："那你刚才怎么说不要？"

她又咯咯笑，笑完了说："刚才我若租了，不就要给中介几百块了嘛。现在这样，你不也省下了几百块嘛。"

想了想，还真是这样。但我还是有好些疑惑，又问："那中介白带你看房？"

"我就给了她一百块，带我来之前。"

"那我的电话号码你怎么会有？"

"刚才来的时候，我看到车库门上贴着一张纸，上面有电话号码，估计是你的吧。"

哦，原来如此。外面不让贴，自己家房子上，小小地贴一张，总还是可以的吧。我哈哈笑了，说："真没想到，你这个女孩子这么精明！"

她也笑了，睨我一眼，说："你以为我傻啊？叫她这么带一下，就要给好几百！"

我笑着出去了。心中略有不安，因为认真说来，这算是跳单行为，我虽然不主动，终究也得了益，感觉不太道德吧。

## 2

"房东，我房间里有蟑螂！快快，你快下来帮我把它打死！"林岚在电话里喊，伴随着一声惊叫。这是她住进来几天后的事情，晚上七点左右。

我皱着眉头，说好好，我下来。老婆看我一眼，没说什么。我们刚刚散步回来，在客厅里坐下，电话里说什么她肯定听到了，但是帮房客解困纾难，不也是我房东的责任嘛。

到了下面，只见她正在洗碗，手拿抹布，湿漉漉的，身穿睡衣，藕白色的棉质睡衣，脸上带着一种受到惊吓而产生的表情。

我问："蟑螂在哪里？"

"刚才从厨板下面钻出来的，很大一只哎，吓死我了！这会儿又躲进去了。"表情也太夸张了些。

我说："蟑螂有什么好奇怪的！厨房嘛，总有蟑螂的。看你怕成什么了，又不是老鼠！"

"啊？有老鼠？房东你别吓我哎！"她的表情更夸张了。其实，她五官不差，假如两边腮帮子的肉减少一点，还挺耐看的。还有，胸脯蛮丰满的。

"没有！我只是打个比方！"其实，出租房里到底有没有老鼠，我也不敢绝对保证，因为我们楼上，还出现过呢，估计是从下水管道里爬上去的，我费了好大的劲儿才把它抓住。好在目前为止，没有租客反映有老鼠。

"可是我怕，你帮我把它打死！"她用手指尖，戳戳我的肩膀，好像要把我推向战场。

我说试试吧。怎么说呢，租客合理的要求，我一般都会满足，而对于女孩子，这要求也不算过分吧。能不能打死，我不敢保证，但至少要有所行动。

于是我蹲下身来，把厨板上的杂物一样样挪开，要消灭蟑螂，得先找到蟑螂吧。突然，它一下子窜出来了，果然是硕大的一只！我拿着她的拖鞋猛打，居然没打着，还让它逃进卧室去了。这下她就更加大声地尖叫了。好不容易，我总算把蟑螂打死了。

回到楼上，老婆在给她妈打电话，问女儿的情况，小东西才二十来个月，不得已养在乡下，虽然路程并不太远，但为了断奶，我们平时也不过去。挂了电话，她问："下去一趟要这么长时间？"看我的眼神，有点像审问。

我就说了一下过程。

"这女人！一只蟑螂，有什么好大惊小怪的！"

"人家女孩子嘛，胆子小也正常。"

"呵呵，还挺怜香惜玉的！是不是对你有想法？"老婆白了我一眼，又顽皮地一笑。

"你想哪里去了！长得又不好看。"我笑着说，进了书房。

没过几天，下午两三点钟样子，我又接到了林岚的电话："房东，我空调对着吹，冷死了，你能不能下来帮我弄一下？"

我说："可以用空调板调整的呀。"

"啊？可是我不会啊，你来帮我弄一下吧。"

弄一下弄一下，弄什么呢，我虽然有些厌烦，却也站了起来，离开书房下楼去。

她穿着睡衣坐在床上。这几天温度上三十了，是有点热了，好几个租客开了空调，我楼上倒是还没用，拿一个电扇先对付着。根据我的经验，好像租客更不在乎电费，也许是因为租金里包含了电器的使用费，就有种不用吃亏的想法吧。这房间里的，是一台美的壁挂，正1.5匹，效果挺不错，这会儿对着床吹，睡在床上是有些冷瑟瑟的。我说，遥控板呢。她一指床头柜。我俯身去拿，转过身来，差一点擦着了她，余光闪射，看见一条深深的乳沟。我在遥控板上弄了几下，空调的风就不对着床吹了。我让它向上，冷风因为重力会自动下沉，更容易在房间里形成气流，使温度更均匀。

我说："这样可以了吧。"

她说好的，谢谢你房东。

我说没事儿。正欲离开，她又说："房东，你不坐会儿？要不要我给你泡杯咖啡？茶也可以。"脸上满是热情的笑容。

我略作迟疑，她已开始行动，撕开一条雀巢三合一咖啡，倒入一次性纸杯，冲上开水，递给我。我就只好端着了。轻轻抿了一口，因为开水不太烫，可以入嘴。说实话咖啡我也常喝，但品位不高，更主要是贪图方便，一直就喝速溶的，但这款15g一条的雀巢口感偏淡，不太喜欢，我喜欢味道更浓郁的，比如越南G7三合一，

25g一条的，或者马来西亚白咖啡，经常在淘宝上买。

喝了口咖啡，我说："你上次说开店，那具体是开什么店呢？"

"美甲店啊。"她笑嘻嘻说。她自己没泡，依然坐在床上。床上铺了一张竹丝凉席，一条白底红案的空调被叠在上面。我站着，和她隔了一米多远，旁边有张凳子，可上面放着一只红色的脸盆，里面是一只白色的用洗衣液浸泡着的胸罩，另一张凳子，塞在餐桌下面。

"店开在哪里？"我问。

"还在找地方呢。可不好找，地段好的租金太贵，地段差的又没人气。"

我说："那是，开这种店房租是大头，得找个合适的。"对于美甲店，我略有印象，反正在街上看到过，好像装修和设施投入不大，主要是人力，和足浴店类似，但规模没足浴店大。

"所以也不急，慢慢找呗。"她慢悠悠说。

"那就你一个人？"

"那怎么可能？开起来了，有个小姐妹会过来。"

我说哦。然后，瞥了一眼那条乳沟，心里面突然就有点躁动起来了。愣了一下，我说："林岚，那我上去了，有什么事儿再找我好了。"咖啡才喝了两口，我就端着走了。

她站起来，脸上有些挽留的表情，送我到门口。

到了楼上，我重新在电脑前坐下来，将躁动的心慢慢平复。然后，我有点自我感动，觉得自己定力还蛮强的。看了一会儿股市，又想，也许就是自作多情吧，她压根儿没那个意思，有些女人，天生热情，对谁都是一副嗲相，所以容易令人想入非非吧。

## 3

又过了几天，下午四点光景，我出门去，走到楼下迎面碰到了林岚。她脸色红扑扑的，刚从外面回来。

我问："你干什么去了？"

"找开店的门面啊。哎呀，真是累死了！"

"这么久还没找好？"我估摸着好像半个月都不止了。

"有一处我觉得挺合适的，可是房东要价太高，谈不下来。"她皱着眉头，突然又说："哎，房东，你有没有这方面的熟人，有合适的门面房，又等着出租的？"

蓦然我想到了一个，说："有，而且很适合你开美甲店！"

"位置在哪里？"她像秃鹫看到腐肉，眼睛放光。

我说了地方。

她说："好，你帮我介绍。"

我说好，回头到家里，跟房东联系一下，再和你说。

其实呢，那房子就是我家的，当然房产证上写的是我妈的名字，再往上推溯，是我父亲的名字。好多年前了，准确地说是在上个世纪八十年代末尾，当年我们家倾尽全力，花了一万元左右买下的，但后来的收益，证明这项投资十分成功。整个九十年代，以及新世纪的头十来年，租金几乎年年上涨，从几千涨到了最高点的八万五千。然后就不行了，随着淘宝京东双十一营业额的节节攀爬，我家那间店面房的租金，就如同一条抛物线般掉头向下，而且下得迅猛，也就三四年时间，完全腰斩！好像是四月份房租到了期，那个开饰品店的女孩子又要压价，只肯出三万了，我妈不同意，就不续租了，一直空在那里。这是一种时代趋势，人只能被裹挟其中，是无可奈何的，我妈心理上也认同，或者说被迫接受，但倔强的性格，让她作出一些不理智的决策。而招租广告贴出一个月，还没有招到新的租客，又让她产生了后悔的情绪。晚上，我打电话给我妈，问她有没有租掉。她说没有，有个人来看过，又没回音了！我说，那好，说不定明天有人来看房。然后，我又跑下去，告诉林岚，可以谈谈。

翌日上午，我就带着她去看房了。其实走过去也不算远，但我们还是坐了7路车，到青少年宫下，再步行百来米。这地方，叫幸福路口，当年买下店面时也算闹市区，但后来城市扩张中心移位，就有点沉寂了，再后来旁边入住了物美超市，又恢复了一些人气。但临街店面依然不热俏，我们家那房子的对面，也关着一间。在车上她跟我说，店面租下来后就去买辆电动车，所以交通完全不是问题。我还跟她开玩笑，说她不是典型的福建人，普通话说得不错，不会把飞机说成"灰机"。她笑得花枝乱颤。

我妈已经在了，老远看到我们，就热情而腼腆地笑着。走到近边，我对林岚说："这位就是房东阿姨。"

然后我对着我妈说："王阿姨好！"

林岚也对着我妈说："王阿姨好！"

我妈说好好，表情有些不太自然。

好了，我还是明说吧，我这也算是耍了一点点滑头吧。我想，如果告诉林岚房东就是我妈，她会不会觉得太巧了？会不会是我在坑她？虽然我绝无此意，但难保她没有这个想法。所以昨晚上，我就和我妈说好了，装作我们不是母子。反正以后的事儿，以后再说吧。

然后我又对林岚说："那你先看房，觉得合适再和房东阿姨谈。"

她点点头，仔细地东瞧西瞅了。我妈陪在旁边，随时应答。我妈衣着朴素，而林岚穿红戴绿，所以就像一只灰鼠领着一只鹦鹉。店面不大，大约二十五个平方，因为楼层高，当年自己做了个阁楼，所以实用性很强。反正我觉得挺适合开美甲店的。她们看房的时候，我看手机，目光偶尔开了个小差，和我妈对视了一下，她赶紧避开了，表情有些羞愧。

一会儿，林岚说："王阿姨，说实话，这房子我不是很满意，但也可以用，那么房租是多少？怎么个付法？你跟我说一下，我回去好好考虑。"

我有点小失望。再一想，又毫不奇怪，不就是那套把戏嘛，如果事先说好我要拿佣金，估摸着她会把我也撇了。

我妈看我一眼。我说："王阿姨，你自己定，反正怎么个行情，你也是有数的。"

我妈考虑片刻，说："房租三万五，可以半年一付。"

"那有点高了，三万还差不多。"林岚说。

我妈说，不高的，不信你去旁边问问。

林岚不响，我妈又不肯让步，陷入了小小的僵局。我妈这个人就是这样，房子空着的时候，就说便宜点租掉算了，可当真有人上门，又不肯轻易让步。于是我说："要不这样吧，今天先谈到这里。林岚你回去考虑，这个价格能不能接受。王阿姨呢，你也回去想想，能不能便宜点。"

我的话，因为公正，自然得到双方的拥护。然后我们和房东阿姨道别，离开了。我又乘公交车回去。她说去逛街，但我估计还是去找房。还没到家，我妈的电话就打来了，说，三万五不能再低了！已经空了几个月，再租三万，今年不就白白损失了好几千！我说，三万能租掉也好的！一直空在那里，不是损失更大？于是我妈脑子转过来了，不响了。我说，她要不要还不一定呢。她就说，那你做做工作，三万也好的！

晚上，我下去问林岚："怎么样，那房子打不打算租？"

她说，房子是想要的，就是价格高了点，三万的话可以接受。

我暗忖，这事儿好办了！我几乎就想帮我妈答应下来了，但林岚又说："唉，前两天看过一间，也要三万五，地段还没这间好呢，所以我在想，要不就定下来算了，也不能老拖着啊。"

于是我立马打消了念头，说："是啊，你不能老拖着啊。房租贵一点就贵一点嘛，只要地段好，早开一天就是早点赚钱啊。"不管怎么说，胳膊肘往里拐，这是与生俱来的人性嘛。

她说，我再想想。

我就上去了，让她想想。大约过了半个小时，她打电话给我了，说：房东，你和王阿姨熟一点，能不能帮我讲到三万二，可以的话我就要了。

我说："好的，我试试。"然后就向我妈报喜了。

说好了，第二天去谈细节。我本来不想去的，可林岚非要我陪着，就只好答应。她心情不错，在公交车上和我聊得挺热乎，主动说起一些经历，比如职高毕业，在厦门那边打过一年工，在温州待过好几年，美甲手艺就是在那边学的，然后又在金华待了两年，其中一年和小姐妹合伙开店，因为脾气不投散了伙，还被小姐妹坑了一点钱去，非常气愤。我笑着问她，有没有男朋友？她就有些脸红起来，扭捏了一下，叹口气，说，像我们这样，很难找的，老家不想回去了，当地的又不熟悉，找不好了。我说，那更要抓紧找，要不到时候只好嫁个老男人了。她笑道，只要有钱又谈得来，老男人有什么不好？小伙子要用你钱，还不会疼人。我也笑道，那是，好像也有道理。

到了那儿，她和我妈就深入谈开了，敲定了所有的条款：年租金三万二，合同签下当天即付一半，余款半年后支付，提前十天；同等条件下，林岚拥有优先续租权；从今天开始算起，免十天房租，即十天后正式签约。这最后一条，我妈开始不同意，是我说服她的。条款谈好，林岚又开始东瞅西望，一方面带着对房子挑剔的目光，另一方面又在考虑怎么布置了，反正租客们大多这样，这情状我太熟悉了。

后来她说："最近的厕所在哪里？"

我妈走到门口，指了一下，说："喏，那边。"大概有五六十米远。

"那太不方便了！另外我都满意，就是这个。"林岚说。

我妈说："他们旁边开店的，都没这个要求。"

"那不一样，"林岚说，"服装店买了就走，我是美甲店，人家要坐好长时间的，如果上个厕所得跑这么远，太不方便了！"

我妈不响，以静制动。

林岚说："王阿姨，可不可以在里面做个厕所？"说完，她就自己转到里面去了，看了一会儿，指着一个角落，说："我觉得可以的，就在这个地方做个厕所。"

我妈为难地说："可以是可以，就是很麻烦的，污水管在后面楼道里，要在墙上打洞的。"

"麻烦怕什么，叫专业人士来做嘛。"林岚说。

于是我妈说："其实旁边过去第三家，里面也是做了厕所的，那我带你过去看看吧。"

看完，两人回来。林岚笑着说："王阿姨，厕所归你做，做好了我们就签合同。没有厕所，我真的还要考虑考虑了。"

我妈也笑着说："那要好多钱的。要不小林你自己做吧，人家也是租下来后自己做的。"

林岚说："那现在行情不一样了，毕竟门面房也不太俏了。再说做好了还不是你的，以后这房子就更好租了。"

我妈支支吾吾，我就出面了："这样吧，一家一半，反正也没多少钱！而林岚呢，厕所做好，你就签合同！"

双方又都同意。然后我妈说，干活的师傅她来叫，叫好了，再三个人到现场谈，包工包料。林岚说好。

然而到了晚上，林岚打电话给我，说："刚才王阿姨打来电话，说她后天要去旅游，明天也有事情，没工夫找师傅，叫我自己去找。可是我到哪里去找呢？房东你好人做到底，帮帮我。"

我猛然想起来，我妈是说过后天要去江苏旅游，好像是两三天的短线，保健品公司组织的，而明天她要去趟乡下，看亲戚。我考虑了一下，便说好的。马上打电话给我姐姐。听我讲完，我姐姐笑着说："没问题，那我给你找一个。"

第二天下午，我们又过去了。一个四十几岁、瘦高个的男人，站在那里等我们。我对林岚说："这位是陈师傅，我给你找的泥水工。"

她就说陈师傅好。陈师傅憨厚地笑了笑。

然后我打开门，让他们进去，钥匙是早晨去我妈那里拿的。里外看了一下，陈师傅说："包工包料，两千块钱搞定。"

林岚说好吧。当场打电话给我妈。我妈也同意。接着林岚问："什么时候动工？"

陈师傅说："你这么急，那明天就动工吧，下午去买材料。"

"工期几天？"林岚又问。

"三天。"陈师傅答。

林岚说好。

然后我对林岚说："你先付一点，让师傅好去买材料。"

想了想，她说："好吧，反正说好了我出一半，那就先给吧。"掏出钱包，点了一千现金，交给陈师傅。

预付材料款完全是应该的，当然我还另有深意，这一千就相当于是定金了，对她这么精明的人，有必要有一点约束。然后我们就回去了。

到了家，我马上打电话给我姐："姐夫报了这个价格，他有的赚吗？叫他白干也是难为情的！"

哈，我又必须坦白了，那个陈师傅其实就是我的姐夫。昨晚叫姐姐找人，她笑呵呵地推荐了姐夫。我犹豫着说，不太好吧，都是自己人。她说，临时撇脚，到哪里去找人？再说，平时出租房里修修补补，还不都是他干的？做个厕所，没问题！我想想也是，就没了异议。然后说好，别暴露身份。我唯一担忧的是，我姐夫这个人思想有点保守，对那些穿着妖艳、举止轻浮的女人，不太感冒，而林岚呢，估计是职业影响了她的审美观吧，在家里倒是很朴素，出门就花里花哨的，好像是把自己当作指甲来涂抹了，所以我怕姐夫对她会有偏见，影响到工作。但今天的表现看来，他倒是很有大局观。但是，我还是希望让他赚点钱的，这样他心里会好受一点，不那么憋屈。

我姐姐说："赚什么钱！早点把厕所弄好，帮老妈把房子租掉！不能老是想着干什么都赚钱的，天下没有这样的好事！"

我唯唯诺诺，说对对。想不到，她比姐夫更有大局观。

## 4

然而，很遗憾，这事儿最后还是没成。施工第二天，林岚又去了现场。她先和姐夫交谈几句，就去了旁边的店面，目的又是去参观人家的厕所，想尽量让这边做得更好。人家和她聊了几句，于是一切便露馅了。那家店开了好几年了，老板娘认识我妈和我姐夫，也看到过我，就搞砸了事情，虽然我相信她也不是故意。

林岚当场就发飙，打电话给我："你什么意思啊？全你们自己家人，演戏一样！还把我蒙得团团转！"

我窘极了，讷讷说："我是怕你误会……"可结果呢，还真的误会了。我单方面解释清楚了，问她，还租不租？

她愤怒地说："你以为我傻啊？不租了！这么有心计的一家人，被你们玩死了都不知道！"

我说，好好，随你。心里退一步想，反正做个厕所也好的。

那一千定金，我和我妈沟通了，退还给她，但被我妈狠狠地说了一顿。而幸好，又过了大约半个月，店面还是租掉了，租金三万五，不然，我会被我妈一直责怪。

事情暴露后没过几天，她在别的地方找到了店面。我想，等到九月份我这边房租到期，她应该会搬走吧。

## 5

然而，事情的结局，虽大体如此，但中间还是发生了意想不到的插曲。八月中旬，有天上午，七八点钟，我姐姐突然赶了过来，敲开林岚的房门，和她大吵了一场。听到声音，我和老婆赶紧下去了，把气咻咻的姐姐弄到楼上。老婆暑假即将结束，这几天开始师德培训，就从乡下回城了，整个暑假她差不多就住在乡下陪女儿。

一问缘由，我姐姐就痛痛快快地倒出来了，原来昨晚上她偶然翻看我姐夫的手机，竟发现他和一个叫"红尘滚滚"的人，在微信上聊得有点热乎，有点那个。再翻看朋友圈，都是一些炫彩的美甲照。再一琢磨，这阵子姐夫有时候似乎在偷偷地乐着，有时候在家里似乎躲着她干些什么勾当，就豁然明白，气不打一处来！当场就摔了姐夫的手机。姐夫支支吾吾，承认了，是林岚先加他的微信。还有，只是聊聊，还没有见面。

我姐姐气愤地说："他居然在微信里，跟那个女人说，自己有一幢房子，还有好几间店面。还说，只有一个女儿，看到人家有儿子的，有点羡慕。啊，什么意思？"

"姐夫没这么花吧，是那个女人在勾引他！"我说。虽然那天在车上，我也算是鼓励她找老男人的，但这事儿牵涉到我自己家里人了，我当然和姐姐同仇敌忾。

过了两天，林岚退房了，距离到期还有半来个月。综合起来，这事儿差不多双方都有了过错，于是她没问我要余下的房租，我也没扣她的押金，当然水电费除外。

手续办讫，我突然来了点兴致，笑着问："哎，林岚，你那个店开在哪里？像你这么精明的人，生意应该不错吧？"

她带着一点落寞的表情，答非所问地说："我傻啊，哪里精明！"然后，带着最后收拾的一点东西，下楼去，骑上一辆红色的电动车，走了。说实话，看着她远去的背影，我忽然有点同情她了。

# 重庆妹子

1

她叫江婕，又是重庆人（身份证地址，重庆市江津区鼎山街道某某路几号），所以每一次叫她的名字，我都会忍不住地联想到那个大名鼎鼎的"江姐"。她是七月中旬住进来的，天气最热的时候，到了八月份，我和她有点熟悉了，有一次在楼道里碰到，就说："哎，我叫你江姐吧。"

她睫毛扑闪地看着我，说："你什么意思？我本来就叫江婕嘛。"

"我是说姐姐的姐。"我想她肯定能够领会。

"我靠，你妈的房东，我才二十几，谁要你叫姐？妹还差不多！"话很泼辣，脸带笑容。

"开个玩笑嘛……哎，不过，你爸妈给你取这个名字，估计和那个江姐还是有点关系的吧。"

"谁知道呢。不过，反正从小，就有人这样开玩笑。"说完，她冲我狐媚地一笑，下楼去了。

真是火辣辣的重庆性格，和江姐有得一比吧。不过，她可比江姐漂亮多了。我这样说，丝毫没有贬损烈士的意思，我看过照片，真实的江姐相貌普通，而这个名字谐音的重庆妹子，绝对是个美女。

她二十三岁，中等个儿，稍稍偏瘦，皮肤非常白皙，就是肤如凝脂的那种，五官十分精致。她的头发，披散了长及肩，直发，黑色，但她似乎总是喜欢玩一些小花样，我就常常见到她扎成许多的小辫子，又或者在后脑勺盘成一个髻。平时表情比较严肃，拘于言笑，但有时候开心起来，也会哈哈大笑，露出两颗小小的虎牙。她在娱乐场所上班，每天妆容讲究，这也是职业需要吧。反正她房间里的小茶几上，摆满了各种精致的小瓶子，睫毛眼线粉底口红，琳琅满目。而每次看到那些瓶子，我就会感叹，女人的钱真是好骗！

但其他方面，她却是极节约的，比如说吃，一般都是自己做（主要是中饭，晚饭可能单位供餐），而且经常就是一个菜。我家楼里，在娱乐场所上班的女孩子有好几个，叫外卖很普遍，自己做也比她排场多了。有一次我问她为什么，她说外面吃不惯，重庆人喜欢吃辣嘛。川渝吃辣，天下闻名，也许是吃辣才造成了性子的烈？因为不久，我就感受到了她的烈。

那天下午，大约两点来钟，住402的女孩子来敲门，说："房东，我衣服掉下面了，挂在302的杆子上，你帮我拿一下。"

我说好。这种事情做过好几次了。

此时，江婕应该上班去了吧，照平常推论。我犹豫了一下，要不要给她打个电话，可是402女孩马上又催促："房东，请你快点，我拿好衣服就出去了，赶着上班呢。"402女孩，准确地说是少妇，好像是离异的吧，在一家企业做财务。

于是我就拿着钥匙串下去了。到了302门口，找到钥匙，径直开进去。刚推开一条门缝，里面传出来声音："谁？"

我一愣，马上说："房东。"

"谁叫你进来的？"

"我以为你不在呢。"

"我不在你就可以随便进来？"

"不是的，是楼上掉了衣服，挂在你的杆子上了，叫我进来拿一下。我刚才是想给你打个电话的……"

"那你为什么不打？就是房东，也不能随便进来啊！那要是我少了东西，怎么办？"

我讷讷不能言，真是尴尬极了。亏得402赶紧替我解围了，说："小姑娘，是我叫房东开门的，催得他有点急了。"

我就说："不好意思，向你道歉！"

她这才态度缓和了些，说："那就进来吧……人家正睡着呢，刚要起来，莫名其妙听到开门声，吓了一跳！"

我示意402进去，又表态："以后不会了！万一要进来，一定先征得你同意！"

"对，没我同意不许进来！"

我说好好，僵在门口，尴尬地挠着头。一忽儿，402拿着一件橘黄色的线衫走出来，冲我吐一下舌头，轻声说："对不起！"

我说没事，带上门，苦笑着上楼去了。

## 2

"擅自开门事件"，让她对我产生了很坏的印象吧，反正自那以后，偶尔在楼道里碰到，她都不拿正眼瞧我了，更不用说交谈。

说句玩笑话，好在碰到的次数很少，否则，经常承受美女鄙视的目光，恐怕会让我产生心理阴影呢。

转眼两个来月过去了，又到了收房租的日子。下午一点半光景，我发短信给她（她没加我微信）：在吗？她回：在，你下来拿钱吧。于是我就拿上笔和收据，下去了。到了门口，站定，笃笃敲了两下。她说，门开着，进来吧。我这就大胆地进去了。先经过厨房，看到一片狼藉的样子：小方桌上放着半盘剩菜，好像是大蒜炒肉片，加了很多红红的辣椒丝；碗和筷子丢在水槽里，还没有清洗；地上有一些菜叶之类的垃圾，散落着。

门帘半开，我就一头闯进去。进去发现，她正躺在床上，露出个脑袋，身上盖着一条淡蓝色的薄被。窗帘拢着，电视机没开，头顶上的节能灯亮着。她说："钱在茶几上。"昨天我短信告诉她数字，房租一期是两千四百元，水电费她很省，几乎是不用空调的吧。

我说哦。玻璃台面的小茶几，就摆在门口位置，一边靠墙，一边挨床，瓶瓶罐罐占了大块面积，一小块空地上，放着那沓钱。我拿起来，点了一下，塞进裤兜。她把几块零钱抹掉了，这个我也不计较。

她说："那你给我开收据。"

我笑一笑说："别急。"开好收据，把红字的那页撕下来，放在小茶几上。直起身子，我看着她说："好了，放这儿了。"

她轻声说哦。

我想出去了，可是又迟疑了一下，问："怎么，你还不准备起床？"

她说嗯。咳嗽了两声。

然后我就感到有些不对劲儿了。我凝神细看，发现她脸颊有些红通通的，而额头黯淡无光，虽然卸了妆依然是个美女，但这会儿缺了让人眼睛一亮的神采。还有，床头柜上用过的纸巾，有些多得异常。再还有，感觉她的喉咙，有点沙哑吧。

于是我又问："你是不是发烧了？"

她说嗯。

"那你不吃药？"

"不要紧的，感冒引起的，多喝开水就行。以前也这样的。"

"那样好得慢！还有，感冒房间里要通风，这样闷着不好。"说完我就上前两步，扯开窗帘，又把窗打开一半，顿时房间里明亮起来，一股清新的风窜进来。今天是阴天，有点入秋的寒凉。

她说谢谢。又咳嗽了两声。

我说："那你今天不上班了？"她上班的地方离我家不远，走过去也就五六分钟，国贸一楼的会所。

"嗯，今天休息。"她说。拉了一下被子，盖住眼睛以下的部分。

我说，那你自己注意。又看她一眼，缓步出去了。

到了楼上，我换上睡衣，泡好一杯龙井绿茶，走进书房面对电脑坐下来。自从去年辞职后，我就成了个居家男人，以及专职房东，对一个极小圈子里的人宣布，我要做作家了，而在更多的人包括亲朋好友们看来，只是堕落成了一个想靠房租吃饭的懒惰男人。好在我也不太在乎别人的眼光，只要老婆勉强能够接受。一晃一年多过去了，写了一些中短篇小说，在杂志上发表了几个，反正自得其乐。其实呢，真的成了"专业作家"，时间大把的富裕，写作的欲望反而不那么强烈了，炒股成了日常生活的重头戏，以及偶尔的出游。反正，我挺享受目前的状态。老婆产假结束正常上班，女儿养在乡下丈母娘家，周末我们必去，平时大多住在城里。

在电脑上敲了几行字，我就停下了，因为心里不踏实。一会儿站起来，搬出小药箱翻看了一阵，找到半盒感冒药。思忖片刻，我又换了衣服，空着手下楼了。去了西堤路上的药店，离我家四五十米远，买了一盒感冒冲剂、一瓶止咳糖浆，临了想了想，又买了一支体温计。就用医保卡刷了，我卡上还有六千多余额，那是以前工作时攒下的。

回去。到了302门口，我敲敲门，说："江婕，你开下门，我给你买了点药。"

她来开了，穿着粉色的睡衣，一脸惊讶。

我微笑着说："这些药你拿去吃吧，怎么吃，上面都写着。"

她愣了愣，说："那我给你钱。多少？"

我说不必，我用医保卡配的。见她愣着，又说："吃点药好得快！还有，里面有支体温计，你放嘴巴里，压舌头底下，过三分钟拿出来……嗨，我也不知道你会不会看，这样吧，一会儿我再下来。"

她接过袋子，脸上还是迷茫的神情，一会儿笑了一下，说："好的，谢谢你房东！那我不关门了。"

她把门轻轻合拢，进卧室去。我也上楼去。忐忑地坐了一会儿，又下去了，只见她又躺在床上了，而体温计已放在床头柜上。

她冲我笑了笑，脸色红通通的，说："房东，这玩意儿我还真的不会看呢。"

我也笑着说，所以我又下来了嘛。

我拿起体温计，走到窗边，仔细看了一下，连忙大声地说："你都40.2℃了！不行，已经是高烧了，得去医院！高烧不退，时间长了会烧坏脑子的！"

她一听，有点害怕了，脸几乎变色，眼神里流露出一丝恐惧，说："房东，你没吓人吧？"

"没有！你起来吧，我送你去医院，挂个盐水，把高烧压下去，用不了多少钱的！"我果断地说。

她虚虚地看了我一眼，表情颇为复杂，终于恐慌占了上风，说："好吧，那我起床了。"

我说，我先上去，过五分钟下来。

她冲我点点头。我大步走出去，把门轻轻关上。到书房坐了五分钟，下来了。在门口站了一会儿，门开了，她走出来，穿了一件白色的半高领线衫，配牛仔裤，斜挎一只橘黄色的小包，素颜，披发。

她问："去哪里？"声音软软的。

我说："人民医院。我开车送你去。"

我的车就停在下面车库。去年，原来那辆旧别克开腻了，有心换车，在网上看了好几天，又找人问了，可最后还是爱国主义情绪占了上风，就去买了一辆比亚迪S6，白色的，2.4L5座越野型，开一年多了，感觉还不错。

开出一段路，我侧了一下脑袋，说："要是医保卡能全国通用就好了。"

亲爱的租客们

　　她坐在后排，说："没事，也花不了多少钱吧。"

　　而其实，我心里是在盘桓：一会儿我要不要陪她呢？说真的，去医院也挺麻烦的，挂号，就诊，付费，配药，流程一大套，挺耗时间，还有应该会打点滴，搞不好要几个小时呢，我要不要陪她？陪她，待会儿老婆找我怎么交代？还有，毕竟我只是房东，合适吗？钱倒是小事，我替她付了也行。脑子里纠结着，十分钟左右，到了人民医院。我说："江婕，我先停好车，然后陪你进去。"我想既然做了好事，哪有半路不管的，待会儿老婆问我，就找个借口。停车场在右侧，一眼望去满是车子，找个空位得费点时间。

　　没想到她说："不用了房东，我和小姐妹说了，她一会儿就到。"

　　我说哦，倒也纠结散了，觉得这样更好。在路边停了大约两分钟，一辆出租车驶近，就在我前面停下了，门打开，一个一身黑衣个子高挑长发披肩的女孩子走下来。江婕说："房东，我小姐妹到了。"

　　我说："那我也放心了。那你下车吧，我走了。"

　　她说谢谢房东，下去了。我沿原路返回，从后视镜里看到，那个黑衣女孩朝我的车子张了几眼，然后陪着江婕进医院去了。

　　回到家里，两点半左右。接下来，看了一阵股市行情，写了几百个字，心不在焉。四点半样子，我给江婕发短信：在干吗？她回：打点滴。我说：好，这样会很快压下去。她说：谢谢房东！一会儿，老婆回来了，然后就是做饭吃饭，简单对付，她烧菜，我洗碗。饭后，去了江边散步，大约一小时后回家，她进卧室备课，我到书房上网。备完课，她又看了一会儿电视，洗漱，上床。我比她迟大约一个小时。

次日上午，我猜江婕还在睡觉，就没打扰。中午去楼下吃快餐，回来，走到三楼，怔了怔，轻轻敲了敲302的门。她问，谁？我说，今天还去医院吗？她说，去的，一会儿小姐妹过来，一起去。我就说好。上去了。这个下午，后来的时间和我妈在一起了。她在一个老年人关爱中心投了资，两万多块，每个月返还利息和一些实物。等我们知道已经晚了，只好明知是骗也由着她了，让她保证下不为例。她倒是实在，实物尽挑最实惠的，本月返了三袋米，以及一些鸡蛋，叫我去就是拿回来，我家、姐姐家和她那边，分掉。

晚上，和老婆散步回来，发现302亮着灯，我就说你先上去，我想起来还要跟租客谈个事。我在二楼滞留片刻，听到楼上防盗门的开关声，慢慢走上来。到了三楼，正想敲门，听到了说话声，就停住了。是江婕在打电话，声音不算太响，但我还是能够听见。应该是和老家的人吧，因为说的是重庆话。我就竖起耳朵，听她说下去："你叫我爸去医院，别再拖了嘛，又不用花多少钱的，再说，钱你们又不用担心，我会打给你们的嘛……妈，你放心！我在这边好得很，你们没啥子好担心的嘛！……好了好了，我不说了，有啥子事情就打电话给我！"突然地，我感到鼻子有点发酸。然后听到了脚步声，似乎正朝门口方向而来，就赶紧转过身，蹑手蹑脚地上去了。

第三天是周六，我和老婆都在乡下丈母娘家，陪着女儿，很是开心。下午，我登录微信，竟发现她主动加我了，她的微信名叫"那年夏天"（我猜一定有故事吧）。我就在微信上问她：好点了吗？一会儿她回过来：好多了，在上班呢。谢谢你房东！

## 3

　　转眼就到了十一月中旬。有天下午，我在出租房里搞卫生，前面的租客退房了，得稍微打扫整理一下，碰到个别邋遢的，活儿还不轻。突然，放裤兜里的手机响铃了。掏出来一看，是江婕。有什么事儿吗？难道是钥匙又忘了，先和我打个招呼？前不久她就有过一次，还是半夜回来才发现。我虽和颜悦色地给她开了门，但也委婉地表达了不满，说，你再迟点来，我就关机了。接起来，只听她说："房东，待会儿如果有人来找我，你就说不认识我这个人，千万别说我住那儿！"

　　"什么？"我一时没整明白。

　　"我是说，如果有人来找我，你千万别把我暴露了，就说你那里没我这个人！"语气有点急促。

　　"为什么？"我继续问。

　　可她已经撂了电话。

　　我想，肯定是遇到了什么麻烦事儿吧。揣摩了一阵，也揣摩不出什么，就放开不想了，继续干活。反正下面有防盗门，陌生人进不了，即使进来了，也进不了房间，难道还敢破门不成？

　　实际上是到了晚饭后，不速之客才找上门来。大约是七点半，我和老婆散步回来不久。老婆听到敲门声，叫我下去开门。

　　走在楼梯上，我问："谁？"

　　"是房东吗？想跟你打听一个人。"男人的声音，本地话。其实，我已经有所预感了。

打开防盗门，面对着一位三十来岁的男人，脸色红润，头发油亮，留一撮小胡子，衣着光鲜，样子体面，站在低两档的楼梯上。再一看，后面还有一位，男士，高个子，年纪相仿，站在转角平台上。

我问："你们是谁？怎么上来的？"声音和表情都有点严肃。

小胡子笑一笑道："我们是本地人。下面的门开着，所以就上来了。"那就是有人出去，忘记带上门了。

"找我有什么事儿？"

"打听一个人，是不是住在这里。"

"那你说吧，叫什么？"

"江婕，重庆妹子。"小胡子说。

我装作想了一下，说："没有，这里没有这个人！"

小胡子面露疑色，回头看高个子，目光交流了一下，又转向我，说："你再想想看。"

我问："她是做什么的？"

"KTV里的小姐。"

"你们为什么要找她？"

"一点私事。"小胡子又笑了笑。

我沉吟了几秒钟，问："你刚才说的那个，是真名还是假名？"

"应该是真名吧，"小胡子说，"中等个儿，皮肤很白，扎很多小辫子，人很漂亮的！"

"那就没有！"我果断地答复。然后又说："我这里倒也有在KTV上班的，有好几个，但没有叫江婕的！"

他们又互看一眼。小胡子自言自语般说："那会不会是我们搞错了？"

高个子说："有可能吧。"

我说："说老实话，娱乐场所里的小姐，好多是用假名的。反正住我这里的，有的就是用假名的！"我这是以防万一留下伏笔，他们是本地人，我又不知道他们和江婕之间到底有何干系，万一事情很大，我也不好交代。

小胡子道："不好意思，那打扰了！"

我说没事。小胡子转过身，下去了。我正欲关门，高个子突然发问："你是不是何经理啊？建行的何经理？"

我一愣，说是啊。

"哈哈，怪不得感觉有点面熟。我跟你吃过饭的，我们老总和你很熟，你去过我们公司好几次呢。"

哈，有点意外！其实他这么一说，我再仔细辨认，也觉得对他有点印象了。于是我就走下去了，站在转角平台上和他聊了几句。他叫羊建荣，是一家造纸企业的销售人员，我还确实和那家企业的老板很熟，也和他一起吃过饭。然后他介绍，小胡子是他的弟兄，也是一家造纸企业的老板，姓汪，叫什么名字。我约略知道，只是没打过交道。

聊了会儿，羊建荣突然说："哎，何经理，听说你辞职了呀，那你现在干什么？"

我讷讷。辞职以后，肯定碰到过有人这样问，不太熟悉的，我就敷衍几句，反正总不能告诉他们，我在家写作！虚虚实实，回答了他的提问。

　　末了，又回归正题，羊建荣对汪老板说："好了，明强，那我们走吧，何经理说没有就一定没有，他的为人我是知道的！"

　　他们和我道别，下楼去。回到楼上，老婆问了几句，我简单作答，对付过去，反正也没必要让她知晓。走到窗口，往下一探，正好看到他们上了一辆白色的宝马730。

　　一会儿进了书房，我给江婕发微信：刚才有人来过了，我说没你这个人！

　　她秒回：谢谢！

　　我问：什么事？

　　她回：到时候再告诉你。

　　我问：要紧吗？

　　她回：没事的！

　　怔了怔，我就不说什么了。其实我心里还是没底，很没底！万一牵涉到金钱问题，那就是有事了！弄不好她会被人抓到，而我也会受牵连（毕竟做了伪证）。倘若只是普通的男女关系，男的纠缠，女的躲避，这样反而更简单！还有，我又有些隐忧，怕她可能住不长了。

　　然而过了好几天，也没见什么动静，也没见到江婕。看她微信的朋友圈，也没见什么更新。可我心里，还是有些牵挂着。我犹豫了两次，要不要主动联系一下？然后，那天中午，我就在楼下碰到她了。这是不速之客上门后过了大约一个星期。

　　我问："这几天你都没住这儿？"

　　她一笑道："嗯，住小姐妹那儿了，昨天才回来。"

　　"那两个人为什么找你？"

她先脸红起来，不开口。我又问一遍，她才说："那个男的，说让我做他的情人……"

这个谜底，我也曾揣摩过，还好，情况比我想象的乐观。我又笑着问："那你是什么态度？"

"我才不愿意呢！他去我们那里好多次了，还请我吃过夜宵……没想到后来提出这样的要求，我就躲着他了，他就到处找我。"

"这不挺好的嘛，那人长得不错，看上去也挺有钱的！"

"房东你妈的把我当什么人了！"她笑着，露出两颗小虎牙，又伸出一只脚来踢我。我躲开了。

"好好，不开玩笑了。哎，你再跟我详细点说说，说不定我也好帮你想想办法。"

她迟疑了一下，然后就说了：那个人是办厂的，好像是造纸厂，开的是宝马，自己吹嘘资产有几千万，跟她说每个月给她两万，包她做情人，房租生活费什么的也归他……

听完，我又笑着说："这条件还挺不错的！我觉得，好多女孩子会同意的吧。"

她白了我一眼，说："人家同不同意我不知道，反正我不稀罕！"

暗暗地，我胸腔里升腾起一股久违了的暖心的气流，也许就叫正气吧。我说："那他还会来找你吗？"

"我明确拒绝他了，应该不会了。"她说。

然后，我们交错而过，我下去，她上来，我回头望一眼，看到许多条不停甩动的小辫子。

那天下午，我在书房翻翻杂志，看看股票，偶尔想一想江婕的遭遇。后来，实在按捺不住了，就打了一个熟人的电话，问到了羊建荣的号码。熟人就是那家公司的财务经理，辞职后我把手机号码换了，好在还保存着他的电话号码。

我马上打给羊建荣。他有些意外。寒暄了几句，我问："建荣，你们上次来找那个重庆妹子，后来找到了没有？"

他先哈哈笑了，然后说，那天后来也不找了，去泡脚吃夜宵了。这几天他出差在外，也不知道汪明强在干什么。

我又引导着提了几个问题，了解到更多情况：汪明强是靠丈人老头起家的，他自己原先也是个销售人员，公司是丈人老头移交给他的，因为丈人老头只有两个女儿，不过他经营得还行。他老婆其实也蛮漂亮的，而且还很强势，可以说，他有点怕老婆的。

我叹口气说："靠丈人老头发的家，老婆又很强势，他怎么还敢在外面花来花去？"

羊建荣说："何经理，有钱人嘛，钱多得花不完了，当然就想找点刺激了吧，玩小姑娘就很刺激啊。那个重庆佬很难弄的，好像搞不定！汪老板嘛，兴头过了，也就算了，又不是没有其他小姑娘。"

我附和着说对对。突然他话锋一转，问："你这么关心干什么？"

我顿时有所警觉，说："哎，你们都找到我家里来了，我就不能问一下？"

他又哈哈大笑，说是是，结束了通话。我想，这事儿也就过去了吧，为江婕，也为我自己，感到心安。

这之后，我和她在微信上有了些联系。有一次我问她：那些去唱歌的男人，你觉得是当官的好打交道，还是老板好打交道？她说：一般当官的态度好一点，老板大部分素质也可以，但有些不行！她问我：那你在家干什么？我说：炒股。她又问：赚钱吗？我说：一言难尽！唉，其实呢，是亏得一塌糊涂！

过了几天，她上来敲门，送给我两颗红心火龙果，说是单位发的，有一小箱。我接受了，心里明白，她是用这样的方式，表达谢意和回馈。

4

又过了大约半个月。那天下午，我正在超市购物，突然手机响铃了，一看居然是羊建荣。

接通了，他先哈哈大笑。我被他弄得莫名其妙，问："你笑什么？"

他止住了笑，说："何经理，你这个人也不老实的！"

"什么意思？"

"那个重庆妹子，你说不住在你家……"

我支吾，其实刚才有些预料到，但怎么会……

他又笑着说："你是不是自己想上？说真话，这女孩子样子是不错的，我看了也要流口水呢！"

"你别乱说！"我说。

他说："你近水楼台先得月！"

我说："我兔子不吃窝边草！"说完，愣了愣，又问："你怎么知道的？"

"因为她又跟汪老板在一起了呀，前几天我们还一起吃夜宵了，搞过了也说不定呢。"羊建荣说。

我有些失望，又有一点被出卖的愤怒。沉默了一下，说："她开始不是躲着汪老板的吗，怎么又搞在一起了？"

"哈哈哈，汪老板是什么水平？可以说没几个小姑娘逃得出他的魔爪！"羊建荣说。

搁了电话，我在货架边呆立着，心想，要不要立即打电话或发微信责问她？在朋友圈里，是看到过她晒夜宵的照片，可谁知道背后的事情？愣了一会儿，想想还是算了。

过了一阵，羊建荣倒是又找过我一次，一个亲戚买房，在建行办按揭，因为什么原因手续不顺当，托我了解、通融。我联系了前同事，问清楚情况，说了情，再回复他。两通电话就事论事，没提到汪老板和江婕。

然后又过了大半个月吧，第三次接到了他的电话。寒暄几句，他说："何经理，住你家的那个重庆妹子，可能要吃生活了！"

"什么意思？"我忙问。

"好像明强老婆有点察觉了。她这个人你不晓得，样子看看蛮温柔，可实际上脾气很躁的，以前就有女的被她叫人打过。"

我问："怎么会知道？"

"明强太麻痹大意，带出去玩，被人家看到了。"

"那他老婆会怎么对付他？"

"反正离婚是不会的，要离就离好几次了。他老婆很在乎他的，还有两个小孩，只会以后管得更严吧。还有，就是拿小姑娘出气了。"

又说了几句，搁了电话。我困惑地想，他为什么要告诉我这个？不太想得明白，又似乎有点明白。但我得赶紧通报江婕，不管怎么说，她是我租客，我不希望她出事。

我立即发微信：在哪？

她回：街上。有事吗？

我说：说话方便吗？

她说：没事，说吧。

我说：那我打电话给你。

我马上打过去。还没正式开口，她就问，你到底想跟我说什么？怔了怔，我就全说了。她开始还不承认（和汪老板又搞在一起的事实），后来承认了。至于出卖我的话，我没说出口。我说，你要小心点！好自为之！她说，谢谢！

这是下午两点光景，我在写东西。写了几百个字，再没心思。后来，就看看股票。三点钟，股市收盘，我还是没能静下心来。忽然，脑子里起了个念头，就站了起来。一会儿我下了楼，沿着江边走去。大约一刻钟后，看到了那家服装店的门面，也就是汪明强老婆的服装店。我是有一次和羊建荣通话，有意无意地打听到的，这会儿就想来见识一下，汪明强的老婆，到底是个怎么样的女人？走到半路也想过，万一她不在呢，老板娘未必会在店里，但既然出来了，那就碰碰运气吧。

一会儿我就走到了门口。外表看起来就知是精品店，三个门面，招牌做得很漂亮，还有好看的花饰。我走进去，眼光一扫，捕捉到三个女人，两个是营业员，年轻，二十上下，穿同样的服装，一个马上过来迎接我，另一个在整理衣服。第三个女人，坐在收银台后面，表情严肃，眼睛盯着电脑屏幕，看上去三十出头。三个女人都很漂亮，年轻的水嫩，年长的有气质。店里没有顾客，显得有些空荡，冷清。

营业员面带笑容，问："先生，想买什么衣服？"

我说："怎么都是女装啊。"墙上以及中间的货架上，挂满了衣服，都是女装，冬装为主，也有少量秋装，看起来质地都很不错。

"是的，我们专卖女装。"小姑娘说。

这时候收银台后面那位，站了起来，冲我微微一笑，说："可以给你老婆买啊。冬装都是新款，挑挑看。"声音温软。个子中等，身材也不错。

我说："你是老板娘？"

她笑着点点头。

我说："可是我今天想看看男装。"

她说："那你可以去旁边看看，过去一点就有男装店。"依然笑意盈盈。

我说哦，谢谢。她便又坐下了，恢复刚才的神态。我往外走。营业员道一声，先生慢走。

出来，走到江边，我掏出手机，打给江婕。我说："你见过他老婆吗？"

她说："没见过。什么意思？"

"我刚才见过了，就在她店里。"

"叫什么店名？开在哪里？"

"放心，我不会告诉你的。但我可以告诉你，他老婆很漂亮，气质更好！"

沉默了片刻，江婕说："我靠，他骗我说，他老婆是个黄脸婆，比他大一岁，以前家里穷，有个女人对他好就娶了。"

我呵呵冷笑，笑完了说："不但不是黄脸婆，还是富家女，汪明强就是靠他丈人老头起家的！"

电话那头又是沉默。我继续说："现在知道了吧，千万不要相信有钱的已婚男人！他花点钱无所谓，你却赔了青春！如果你想玩真的，被他怎么玩死都不知道！"

她继续沉默。顿了顿，我说："江婕，说老实话，你有没有和他在一起过？"

"没有！"她马上回答。

我似信非信，但这也无关紧要。又问："那你打算怎么办？"

她说："这阵子我还住小姐妹那儿去，没事了再回来……房东，你这么好，如果能住你这儿，我也不想搬。"

我说好。

过了几天，我微信问她：有事吗？她说：没事儿，这几天还住小姐妹那儿。我又问：汪老板那边怎么答复？她说：我就实话说，你肯离婚我就嫁给你，做情人没门！我说好。一旦清醒了，以她重庆人的性格，不会优柔寡断，那么，我也放心了。

果然，接下来没出什么岔子，这事情就这么平息了。她又搬了回来，恢复了原来的生活。倒是和我之间出现了一点点小岔子。我因为好开玩笑，一方面也是关心，搬回来后过了几天，微信问她：哎，有没有新的男人缠你？她简短回复：哪会呢。隔几天，我们在楼下碰到，聊了几句，我又笑着问了类似的问题。没想到她收起笑脸，蹙眉道，房东大哥，你别问这些无聊的问题好不好？弄得我好不尴尬。脸颊有些发烫，不说话了。她又笑了笑说，你老婆挺漂亮的，我看到过。我含糊地应了声，离开了。之后，感觉发微信有点懒得理我了，我也就知趣地不理她了。

年前个把月，我在楼道里碰到了她。我问："春节回老家吗？"

她说："不回。"

"怎么，不想父母亲？"

"谁说不想啊，可是春节回去，机票好贵哦。"她笑着，妆容精致地出门去。

<h1 style="text-align:center">5</h1>

那天下午，两点光景，我在书房里看书，突然手机响铃了，抓起来一看，是江婕。我问："什么事？"

她说："房东你在家吗？我要退房了。"

我一愣，说："那我下来吧。"

到了下面，只见门开着。走进去，只见她坐在床上，穿着大红色的羽绒衣，下面是牛仔裤、白靴子，黑色的拉杆箱立在旁边。头发直披，又用一只玉白的发髻压在上面，宛若停着一只蝴蝶。房间显然整理过了，棉被还蜷卧在床上，那些瓶瓶罐罐都不见了，地上也比较干净。

她一笑说："房东，不好意思，你给我算一下，我想马上退房。"

"那，你不是说过年都不走吗？"过年只剩下十来天了。

"本来是不走的，可是……反正没办法才走的！"她眉头微皱，有种轻微的焦躁感。

"为什么？难道又有人——"我脸上带着点笑容，话说了一半，反正意思她明白。

"这次不是的，"她说，"有个家伙，前两天得罪他了，他要找我的麻烦。领班叫我避一避，我想想，还是走了算了！"

"怎么回事？"我问。

"前几天，有个家伙要带我出去陪酒，我不去，就说我不给他面子！说，要不乖乖地听话，要不就滚蛋！我不认识他，领班认识，说这家伙是个黑道，跟老板又是朋友，惹不起！领班叫我道歉。可是，我凭什么要给他道歉？我就是不道歉！昨天他又发话了，说不道歉，就不让我在这里做！"

"哦，是这样啊，"我有些愤然，又说，"其实你也不用太害怕，他如果真要欺负你，你可以报警！"

江婕一撇嘴说："报警有个屁用！说不定警察还和他是朋友呢。"

是啊，他也不一定会动用暴力，只是让她待不下去，报警又有何用？我在心里面叹了一口气，漫起一缕近似于悲凉的情绪。汪老板那边，凭我的社交关系，或许还能帮上忙，而这种黑道人物，我就完全无能为力了。

我问："那你去哪里，回老家吗？"

"不回。我有个小姐妹在台州的临海，叫我去那边。这样我也不需要马上租房子。"

我出去查了电表。进来后，用手机算好水电费，报给她。她一笑说："大概还有十来天的房租吧。反正你看着办，退最好，不退也没事。"

我说："退你十天的房租吧。对别人，我不会这样的！"

"谢谢你房东，我就知道你人好！"她又狐媚地一笑，站了起来。红衣服衬得她皮肤更白，加上五官精致，宛若一个白亮的瓷娃娃。

我微信上退钱给她。她交还钥匙，说："有些东西我送人了，剩下的也不要了，不好意思，要你处理一下了。"

我说："没事。哦，那你怎么过去？"

"先坐公交车到杭州，再坐长途汽车。"

"这里到公交车站呢？"

"打个的吧。"

我果断地说："这样吧，我送你去车站。"其实，我本来就快要出门了，老婆中午打电话给我，单位发水果，叫我开车去拿。虽说有点顺便，但还是第一次，我送租客离开。

她表情有些狐疑。我马上又笑着说："你别想太多！我要去老婆单位拿东西，是顺便送你！"

她转而喜形于色，说："房东，那你真是太好了！"

一会儿我们就出发了。拉杆箱放在后排，她坐在我旁边。去杭州的车站有两个，她到东站，就去老站，开车过去大约十分钟。

聊了几句，开到江边，我侧头看她一眼，笑着说："江婕，你又让我想起那个江姐来了，不光名字像，性格也像，但好在时代毕竟不同了！"

她咯咯发笑，笑完了说："是啊，惹不起，我还躲不起吗？"

　　沉默了一会儿，车子开到迎宾路上。天气不错，温度低，车外只有5℃，但有太阳，街上的人们就显得精神不错，也许是快到过年的缘故吧。隔着玻璃窗，我看了一眼偏西的太阳，那个红色火球的下面，有两朵金色的彩云，于是这就让太阳，看上去仿佛是一个流着口水的乐呵呵的傻小子。突然我打破了沉默，说："江婕，你是个好姑娘！真的！这是我真实的想法。你配得上更好的生活！"

　　她微微笑着，没有回应。

　　车站临近了。我又笑着问："江婕，以后你还会来吗？"

　　"不知道，"她一笑道，"不过，来了我还住你家！"

　　我说好，权当是个虚妄的约定。

　　一会儿，我靠边停车，说："车站到了。那么，江婕，我们要说再见了。"

　　她看我一眼，说："谢谢你，房东！真的！"

　　我下车，把行李取下来，交给她，并祝她一路顺风。车站在路的对面，但车子调头比较麻烦，一会儿就直接去老婆的学校。我又上了车，目送她踩着斑马线走过去，到了路那边，又回头冲我一笑，招了招手。

　　我也招了招手，然后踩下油门，车子缓缓前行，忽然一股情绪猛然袭来，仿佛有一点不舍的感觉。

# 嚎　叫

## 1

　　我又听到她的嚎叫声了，尖锐的，高昂的，声嘶力竭的，像极了小时候过年看到的杀猪场面，可怜的猪被几个孔武有力的大汉压在案板上时发出的声音。把人比作猪，很不礼貌，但我实在找不出恰当的比喻，来形容这声音了。因为声源就在四楼，而我的书房位于五楼，而且就在正上方，所以这声音对我的干扰实在是太大了，一旦她嚎叫起来，我压根儿就没法看书写作。但有一点很奇怪，她都是白天嚎叫的，隔一个星期左右叫一次，夜里倒是挺安静。也幸好如此。去年有一对租住二楼的河南小夫妻，三天两头晚上吵架，搞得好几个租客来向我投诉，最后我就只好下了逐客令。

　　这是上午十点光景，我在写东西，一个短篇小说。可这嚎叫之声就像机器轰鸣，于是书房就成了车间，而文字又不能流水线生产，所以后来我就实在忍受不住了，起身跑下去。到了402门口，却又愣住了。门关着，女人继续在嚎叫，又听到男人的声音，好像是在呵斥。一会儿听到女的发出讨饶声，但还是在叫，只是声音低了点。我敲敲门，大声说："好了好了，别吵了！有什么事情不能好好说嘛！"

　　然后里面就没了动静。呆立了三秒钟，我又上楼去了。

　　唉，这两个人，我真是后悔租给他们。他们是三月份入住的，快两个月了。男的姓包，个子稍高，身体壮实，国字脸，皮肤比较黑。女的姓叶，中等身量，身材和脸都很瘦，皮肤很白，短头发，胸和屁股平平，乍一看像个男孩子，气质上也缺少女人的味道。因为要登记，都向我出示了身份证。年龄上看，可以做父女了，一个四十三，一个二十一，可是又不同姓，身份证上地址也不同。男的是本地人，场口镇某某村，女的老家桐庐，江南镇某某村，虽分属两县（我们叫区了），其实隔得很近。我揣摩，他们应该是男女朋友的关系吧，正常的情侣关系，这样子的少见，但这个社会，很多东西都不正常嘛。

　　住进来后，我也不太关注他们，不知道老包是干什么的，但小叶经常待在房间里，好像是在上网。老包和小叶，不是我叫出来的，是他们自己就这么叫。我还偶尔看到过几次，小叶在抽烟，手势还蛮老练。我怀疑，小叶杀猪般的嚎叫，是不是老包在家暴？反正去年被我赶跑的那一对就是的，男的打女的，女的就呜呜哭。老包看上去就有点凶巴巴的。说实话，我有点儿同情小叶，但人生的道路是她自己选择的。

　　过了一个多星期。周六，下午三点来钟，我们一家三口都在家里，其乐融融。女儿快要上幼儿园了，老婆开始给她讲讲绘本，带图片的低幼读物，进行所谓的智力开发。她们坐在客厅的沙发上。我在旁边搞卫生。突然，杀猪般的声音响起来，就像每年定期拉的警报。因为仅隔了一层，分贝数几乎没有衰减，老婆马上就皱起了眉头，女儿则张大嘴，表情有几分惊恐。她们还是第一次听到呢，不像我，愣了一下，就马上明白了。嚎叫声继续，老婆终于按捺不住了，把书往茶几上一扔，大声对我说："是哪个租客发出来的？你也不去管管？这样子，我怎么教女儿！"

我马上扔掉拖把，说："好，我这就去！"气冲冲地跑下去了。

这次门没关，隙开一条小缝。我就推门而入，大步走进去。而他们果然是在吵架，两个人在床上扭到一起，老包压在小叶身上，小叶抓着老包头发。我又是大吼一声："烦死了！你们到底怎么回事？"

他们迅速地分开了。老包站起来，黑脸瞪眼地对我说："谁叫你进来的？啊，人家的房间，你可以随便进来的？"

我说："这是我的房子！再说门开着。"我也板着脸，心里想，哼，租的房子，搞得像是自己的了。

"租给我了，你就不能随便进来！"

"谁愿意进来？可是你们老是吵，我们在楼上，也受到影响了！真是受不了你们了！"

老包嘴唇翕动了几下，不说话了。小叶坐在床上，表情呆滞，眼神漠然地看着我。她穿着一套紫色的睡衣，可能是因为刚才的打斗，一只袖子卷到了手肘处。我无意中一瞥，竟赫然发现她手臂上有伤疤，而且是好几个，似乎都结痂了，但是在白皙皮肤的映衬下，非常引人注目，就如同莲藕上面的泥点。大概是我的表情，被她注意到了，她迅速地拉下衣袖，遮盖住疤痕。

怔了怔，我看着她说："你手上怎么回事？应该去医院看看。"

"关你什么事？"她冷冷地说。

讨了个没趣。于是我说："好，不关我事，但是请你们别再这么吵了，不要影响别人！"说完，我就出去了。

接下来的日子，倒是安静些了。又吵过一两回，但声音比以前轻些了。也许我没听到，因为出去旅游了一趟，大约一个星期。

又过了些日子，他们的房租到期了。那天中午，我查好电表，算好数字，开好收据，去敲门了。

他们正在做饭。老包掌勺，腰系一块酒红色的围裙，在灶台边忙得不亦乐乎。小餐桌上放着一盘烧好的菜，好像是胡萝卜加豆腐干炒肉片，锅子里又炖着什么。卧室里电视机开着，传出来小叶咯咯的笑声。这一幕倒是挺温馨的。老包在围裙上擦了一下手，接过收据，看了一眼，问："电费多少？"

我说四百一十二块。这数字有点多，和别的租客比较。下一期租房两千两百五十元，再加上前面三个月水费六十元，一共是两千七百二十二元。

他说："有没有搞错？这么多！"拧着眉头。

我说："我严格按表的，你可以自己去看！"

电表箱就在楼道里。老包往锅子加水，盖上盖子，就真的出来看表了。回到房间里，又拿手机算了（他用的还不是智能手机），结果当然一样。

他脸色有点难堪，过会儿说："谁知道你电表准不准！"

我真是火大了，说："你什么意思？难道我会故意来骗你电费？我又不是只有你这么一个租客，人家怎么不说？"

他虎着脸说："可是才三个月时间，怎么会用这么多电？"

我说："你去问问小叶，热水器是不是从来不关？空调有没有开？"三四月份，天气乍暖还寒，而她又整天待在家里。

老包还真的进卧室去了。稍愣，我跟了进去。小叶还是穿着那套紫色睡衣，盘腿坐在床上，看着电视，笑嘻嘻的。

老包问她："你有没有开空调？"

小叶说嗯，满不在乎的样子。

"你这个败家娘们！我赚多少，都不够你用！"老包拿手指头戳着她骂。

小叶目不斜视，也没生气的表情。

然后，老包黑着脸，从皮夹里掏钱给我。

出去后，我一边登楼梯，一边想：真是两个奇怪的人！

## 2

六月底，有天上午，快十点钟吧，我突然接到老包的电话。他说："房东，我房间里热水器坏了，你赶紧去修一下。"

我问："你在哪里？"

他说："我在外面。小叶在里面，正在洗澡，没热水了，就打电话给我了，你赶紧去看一看。"

我说哦，好的。小叶没有我的电话号码，所以绕了个圈。

我马上下去。敲门，里面问："是房东吗？"

我说是。

"等等。"

一会儿门开了，小叶裹着浴巾出现在我眼前。大条的纯白色的浴巾，把身子从胸部到大腿横着裹起来，头发刚刚擦过，还有点湿漉漉的。可怜她身体实在是太平板了，竟看不到一丝女性的曲线。我想，如果换成一个丰满一点的女孩子，这样子让我面对，恐怕会有些想入非非吧。

我有些窘，站在门口说："要不我过会儿再进来？"

她说："没关系，进来吧。我刚才洗了一半，变冷水了。你快点帮我看看。"脸上没什么表情。

于是我就进去了，到卫生间，抬头一看，热水器不通电了。看了一下插座和电线，似乎都没什么问题。然后，我又上楼去，一会儿拿了一把十字起下来。我拿了个凳子进卫生间，站上去，起开了美的热水器侧面的几颗螺丝，然后就发现了问题，里面的一根电线发黑，烧断了。因为做了几年房东，我有些经验了，但修理还得叫人，如果光是线断了，自己可以对付一下，但说不定要更换零件呢。我说："没事，我叫人来修，快一点的话下午弄好。"

"啊，我还没洗完呢。"她表情不悦。

"那就没办法了。这种事也不是经常发生，将就一下吧。"我微笑着说。

她不吭声。怔了怔，我看着她说："小叶，你天天不出去？"

"不是啊，有时候出去的。"她说。其实她的五官长得不差，就是缺少女性的风韵，哪怕是那种很瘦的女人，眉眼之间总是有点女人特有的味道的。而她就是一种男孩子的相貌，也许有人叫帅吧，比如网络上有些粉丝对李宇春的评论。她比李宇春更多一点单纯，简直像个高中生，那种假小子式的高中生。还有，她的表情总是带着一种淡淡的忧郁。

"那你在家干什么？"

"上上网，听听音乐。"

说到音乐，这会儿我才意识到，房间里确实回荡着柔和的音乐声呢，是外国音乐声，轻快，悠扬，催人入眠般的。置身于这样的气氛，脑子里又出现她嚎叫的场面，我觉得实在是有些格格不入啊。她旋身进了卧室。我犹豫了一下，也跟了进去。

卧室简单，一目了然，除了那台靠着墙角的台式电脑，其他大件都是我的，包括那张电脑桌，但收拾得挺清爽。窗帘拉开一小半，外面的不锈钢杆子上，挂着几件衣服。阳光明亮，房间里亮堂堂的。空调没开，气温不算太高。床单、空调被，都是偏蓝的夏色系，被子松松地蜷伏在床上。蓦地，我脑子里走神，想到了床上的那些事情，她那么瘦，又像个男孩子，老包怎么就……嗨，反正我是不感兴趣的。

这时候她说："房东，那你快点叫人来修啊。"

于是我停止了不洁的幻想，回到现实中来。我说好，一会儿到楼上找到号码就联系。其实，本来我想了解一下，她手上伤情的由来，刚才我也注意到了，而她又似乎注意到我的注意，就故意有些遮掩。最近她嚎叫的次数少了，也就是间隔拉长了，而且声音也有了一点克制。是不是老包良心发现，家暴的次数少了？年纪轻轻的女孩子，干吗非得跟着一个对自己又不好的中年男人？这些问题，在我的脑子里盘桓，难得有这么个和她单独相处的机会，真的很想满足一下好奇心。但，既然她委婉赶人了，我就只好放弃探究。

下午，修热水器的师傅来了，一个小伙子，湖北人，已经来过我这里几次。但是要受专卖店派单，所以我电话也是打给专卖店。检查了一下，说有个小零件烧坏了，引起线路着火，更换需要五十元，但因为热水器已过了三年保修期，这钱需要自己掏。有什么办法呢，只好换喽。加上上门服务的人工费，一共掏了一百块钱。

把师傅送走，回到楼上，我打电话给老包，先说了下事情，然后说："这么弄了弄，花了我一百块钱，照理你要承担一半的。"刚才师傅就说了，那个零件烧坏，主要就是因为热水器长期处于工作状态，可能电压又不太稳定，导致了发热燃烧。

"什么？我们住进来才没几天！你这个房东真的太抠了，我真的不想住了！"老包在电话里嚷嚷。

"唉，老包，你没听懂我的话！我是说我承担算了！"我就是因为考虑到，毕竟他们住进来时间不长。我本来还想说，住与不住随你们，但想了想还是没说出口。

"哦哦，这样啊，那好。我在忙，那就这样。"老包搁了电话。

唉，说实在的，对这两个租客，我真是没什么好印象。但租客，又不是我可以挑选的，哪能做到个个满意？只要差不多，也就算了。再说，他们也不容易，而我也需要房租。

## 3

很快到了七月份。进入暑假后，多数日子老婆带着女儿住在乡下丈母娘家，我一般白天在城里，傍晚也过去，第二天早上出来。有时候天气凉爽，我们也会住在城里，傍晚带着女儿出去玩玩。那天我们住在自己家里，晚上七点多，江边散步回来，正坐在客厅里看电视，听到了敲门声。我去开门，一看，是老包。

我有点奇怪，问："有事吗？"

　　"房东，不好意思，能不能借我一点钱？"他轻声说，脸色有点尴尬。

　　这还是第一次有租客向我借钱。我说："这个，好像有点……"

　　他马上说："是的，我也感到难为情。借我五百，三百也行……有点急用。你放心，会还你的，下次收房租你一起算。"

　　一个大男人，沦落到了为三百块钱来开口，肯定是遇到了真正的难处，也是有点可怜的。我想，大不了少收了半个月房租，就说，好吧。

　　然后，他就拿了三百块钱，说了两声谢谢，下去了。为什么要借钱？我也没多想，也不便问，毕竟才这么点钱。

　　过了两天，中午，因为我一个人在家，就下去吃快餐。我端着不锈钢托盘，找了个位置坐下来，没吃几口，就看到老包也进来了。他也看到我了，一会儿端着盘子，坐到我对面，此举可能是为了套近乎，当然快餐店里人挺多，单独找张桌子也不容易。我点了红烧鱼块，加两个蔬菜；他点了干菜肉，加两个蔬菜。

　　他坐下来后，我笑着问："今天怎么不做饭？"

　　"跟你一样，一个人。小叶今天回老家一趟。"老包也笑着回答。

　　然后，各吃各的饭。中途聊了几句，问我老婆小孩的事儿。后来，我吃好了，没急于站起来，沉默了一会儿，终于开口问："老包，你跟小叶，怎么会走到一起的？"

　　他脸有些红了，表情不自然，笑了笑说："你觉得奇怪是不是？我们年纪相差有点大。"

"有点。"我微笑着。

于是，他几口把饭吃完，点上一支烟（也递我了，我不抽），吸一口，说起一些往事。

"房东，你别看我现在没正儿八经的工作，我跟你说，其实我也是做过老板的。二十来岁，我就做生意了，先是跟着人家，做沙子生意，这边买了沙子，用船运到上海、江苏去卖掉，富春江里的沙子是有名的，那几年生意不错。后来，也做过买卖沙船的生意，那就更大了，赚起来厉害，亏起来也结棍，经手的钱有时候是几百万的。再后来，可能你也晓得，富春江里不许挖沙了，沙船老板好多倒灶，沙子生意也不好做了，我就去开店。在桐庐那边，因为我们那边和桐庐很近嘛。开过土特产店，也开过美容院。你别笑，好像男人开美容院，有点不正经，其实也没什么，就是一项投资，不正经也是社会有需求。反正我就是出资，做幕后老板，店里还是叫女人管的。再后来，公安严打，美容院开不下去了，就去开饭店。美容院开的时间很短，饭店开了有好几年，三四年前不开的……怎么样，我的经历还蛮丰富的吧。"

我说："嗯，蛮丰富的。"

他继续说下去："我开的饭店，就是那种路边饭店，桐庐县城旁边，不是很大，但也不小，服务员叫了四五个，厨房里也有三四个，生意还可以。对了，还没说过，其实我结婚很早的，二十五六岁就结了，老婆是我们隔壁村的，二十七八岁就有了儿子。其实我是个很顾家的男人，可以说辛苦赚钱，就是想让老婆儿子过得好一点。我老婆不上班，就在家管儿子。唉，可最后还是离了，总归是两个人缘分还不够，不能到头……"

我插了一句："为什么要离？"

"为什么？因为我没钱了喽。唉，听信了人家，去投资，最后被骗了很多钱，饭店也只好转掉，和老婆离婚也就是前年的事。"

"那儿子呢？"

"儿子跟着老婆。离了婚她回娘家了。她自己攒了点私房钱，日子还是好过的。儿子在读初中，现在学费什么基本不要了，我每个月付点生活费。"

"那跟小叶是怎么认识的？"我继续问。

老包抽了口烟，弹了弹烟灰，继续说："其实，小叶是我一个朋友的女儿。那个朋友，我年轻时就认识的，一起做过生意，比我年纪大，但是关系很好，所以小叶我也是很早就认识她了。大概是七八年前，她爸爸出了车祸，死了，再过了一两年，她妈妈也改嫁了，她没跟过去，和爷爷奶奶一起生活。其实，她妈妈还是记挂她的，现在的老公办个小厂，条件也不错，可小叶这个人脾气很犟，跟她妈妈搞不好关系……我开饭店的时候，手头比较宽裕，对他们也比较关照。后来自己倒灶了，也就没办法了。但前年，她奶奶生病住院，她打电话给我，为了钞票的事，那时候我虽然自己日子也正难过，不过还是拿出了万把块钱，又到医院去看了老太太。小叶对她奶奶很好的，很是孝顺，一直在医院里陪护。可惜老太太癌症晚期，没多久就死了。又过了一段时光，小叶来找我，说不想在家里住了，想出去打工，要跟着我。说真的，一开始我也不想管她，可她总是跟着我，甩也甩不掉，就同意了。孤男寡女，时间一长就在一起了，我想你也能理解。主要是她喜欢我，说真的，是她主动的……"香烟燃尽了，老包把烟蒂摁在餐盘里，然后低着头，作沉思状。

愣了愣，我又问："那你们打不打算结婚？"

他抬起头来，一笑道："说真的，我无所谓。不过，她是想的。到时候再看吧。"

"那么，以后打算做什么呢？总得有个计划，毕竟两个人要生活。"我认真地说。

老包缓缓说："是有计划。想开个早餐店……不过要过一段时间，等我借出去的钱讨回来一点。饭店是开不起了，早餐店本小，只要做得好吃，生意还是可以的，就是人辛苦点……其实，房东，你别看小叶现在不干事，其实她很勤快的，也肯吃苦。"

我说哦。愣了愣，又微笑着说："老包，既然这样，你就要对小叶好一点。"言外之意，他自然能够领会。

"什么，我对她还不够好？"老包拧着眉头，表情有些生硬了。

于是我就不说了。然后我回家，他去别的地方。我一边走，一边想，真是"贫贱夫妻百事哀"啊。

## 4

也就过了半来个月。那天晚饭，我和几个高中同学聚餐，因为肯定要喝酒，就事先和老婆打了招呼，晚上住城里了。吃好饭，又去唱歌，十一点多回到家里。刚睡下没多久，就听到了拉警报似的噪声，迷糊了两秒钟，便明白是怎么回事了。难道现在改成晚上嚎叫了？这阵子我基本不住家里，所以不知道，但晚上嚎叫，这事儿可就比白天影响大了，人家正睡得迷迷糊糊的，你这么来一下，怎么受得了？以前我也有过担心，可终于成为了现实！我对老包，还有小叶，真是恼火极了！他妈的，吵架也不挑个时间！我恼怒地希望，这声音尽快平息。还想，要不要下去制止？

还好，嚎叫声很快就停止了。我叹了口气，继续睡觉。然后，不知道过了多久，可能有五分钟，也可能是十分钟后吧，我就听到了"嘭嘭"的踢门声。好，接下来我就概述讲吧。因为402发出的嚎叫，引起了401的强烈不满。401的租客也是本地人，一个姓章的小伙子，在电讯公司装宽带。小伙子年轻气盛，就去踢了隔壁的门，然后就和老包发生了口角，而且还动了手，然后他回到房间里，立即拨打了110。一会儿，警察找到门来了，虽然是两位租客之间的矛盾，可我这个房东也脱不了干系，本来关了手机在睡觉了，又被警察敲门叫了起来。

接下来，就要把人带去派出所。两位警察，加三个当事人，刚好坐满一车。我就对警察说，你们先走，我一会儿就到。于是，等我穿衣洗脸，下来后找了辆共享单车，赶到城西派出所，笔录已经做得差不多了。

一见到我，刚才出警的一位高个儿小伙子警察，招招手说："房东，你过来，跟你说几句话。"把我带进一间办公室。那三位，在别的房间。

我还没开口，他就说："那个包志华是干什么的，你知道吗？还有他那个女朋友。他们来租你的房子，本人的情况你都了解过吗？"

我说："我都了解过，也都登记了，上报给了社区民警。当然，也不可能完全了解。"因为他表情严肃，我有点紧张。

"那我跟你说，他们两个，男的是个赌徒，女的吸毒的！男的去年就被我们弄进来过，有案底，所以一进来就老实交代了。"

说实在，我大吃一惊。愣了愣，说："警官，怪不得那个女的，过段时间就要嚎叫一次，声音就跟杀猪似的。今天就是因为这个，和另一位起冲突了。"

警察说："她已经有毒瘾了，过一阵就要犯一次。"

"可是吸毒，要很多钱的，他们又不工作……"我表示疑惑。

"谁说不工作？"警察说，"男的靠赌博养女的……其实，她现在基本不吸了，是在戒毒。毒品这东西，一沾上就容易上瘾，戒毒很难的，也很痛苦。你说的杀猪般的嚎叫，就是毒瘾发作了。"警察笑了笑，表情缓和了。

"哦，我还以为是男的在打女的呢。有一次我看到了她手上的伤疤，就这么想了。"

"那是你见得少。吸毒的人犯起毒瘾来，什么事都做得出来，有人就用香烟烫自己。"

我说哦。顿了顿，又说："一个吸毒，一个赌博，那你们抓不抓他们？"

"吸毒又不是贩毒，再说也不是抓的现行。赌博也是，要抓现行……过会儿就都让他们回去了。就是你这个房东，以后要小心一点，别光顾着收房租，什么人都租进来！"警察看着我说。

"知道，以前只注意嫖娼和传销，以后连吸毒、赌博也要注意了……他们刚租进来的时候，我是觉得有点奇怪，应该是男女关系吧，可年纪又相差这么多，可以做父女了！"

"这个你也是少见多怪，比如杨振宁和翁帆，这点年龄差算什么。"警察笑道。

于是我也笑了。然后，警察挥挥手让我离开。出来，走到大厅，又转过身，因为想去找找那三位。然后，就在这个时候，看见小章先出来了，他和我打了个招呼，顾自往大门外走去，表情还有些恼火。接着，老包和小叶也现身了，两个人都是面无表情。和我目光对视了一下，老包低下头去。小叶一直低着头。我本来想说句什么，想了想，还是沉默吧。

而此时，又有警察带着两个脸上流血的小伙子走进来，好像是打架的，带进了审讯室，然后听到呵斥声。这事儿稍稍让我分了神。一会儿到了外面，三位租客都已经不见了。

我又骑车回去。一场折腾，加上夜风一吹，脑子里异常兴奋，各种思绪涌现，犹如乱云飞渡。忽然就想到了，前一阵在快餐店里，老包和我说过的那番话，到底是真是假？或者说有几分真几分假？老包和小叶，他们的人生，表面上看就已经有些不堪，而今晚我了解到的真相，则是更加不堪。也许那番话，其实已经无关真假，因为它包含着的，只是一个男人基本的自尊心，和对未来生活的愿景。

# 鲜肉小丁

## 1

小丁是个高个子。

第二次我和他打交道的时候，问过他有多高，他说一米八六。个子高，加上瘦，就更显高了，所以初次印象我还以为不止。因为个子高，手脚也长，走起路来有点不稳的感觉。小丁的外表，除了个子高，其他方面倒也没什么特别的，脸不大，五官一般，鼻子有点高耸，皮肤比较黑。

小丁不是一个人来租房的，他有女朋友。女朋友个子普通，大概一米五八，反正一米六差点，长相一般，体态丰满，略显土气。登记的时候，我特别注意到的是年纪，小丁二十，女朋友二十三。好，我当时就开玩笑，女大一，有的吃，女大三，抱金砖。小丁有点严肃，没笑。他女朋友开心地笑了，说，房东你真会说话。小丁女朋友姓曹，叫曹冬琴，小丁有时候叫她老婆，有时候叫小琴。而女朋友叫小丁，就叫小丁啦。他们是河南人，信阳市下面一个叫潢川县的，再下面的农村，两人同乡不同村。小丁他们是二月底来的，元宵节刚过。看了路口的小广告，找到我家，租住在一楼。

小丁他们是第一次到这里来。来了第一件事情当然是租房，第二件就是找工作了。过了一阵子，某个傍晚时分，我和老婆带着女儿，饭后去江边散步。当我们下了楼，从自己家房子前面走过，我看到102门开着，门口停着一辆黑色的电瓶车，外表看起来很旧，又看见门里摊了不少东西，有点脏兮兮的样子。我有些不舒服，哪个房东愿意自己的房子被搞脏？我叫老婆女儿站一边，说自己有点事儿。

我敲了敲门，进去了。小丁和女朋友都在，坐在卧室里，围着一张小桌子吃饭，饭菜简单，一荤两素，自己做的，他们买了电磁炉，还有电饭锅。我就站在卧室门口，探头望里面。小丁看了我一眼，继续吃饭。小琴冲我笑了笑，说："房东，进来坐。"

于是我走了进去，但没坐。总共两张小方凳，都被他们坐着了，难道坐在床上？

我说："小丁，吃饭有点迟啊。"

"嗯。"小丁低着头答。

"工作找好了？做什么？"

"修空调。"小丁答，嘴里嚼着饭。

我想，怪不得厨房地上摊了不少东西，不就是那些工具和零件嘛。我用力闻了闻，一股子机油的气味，甚至盖过了饭菜的香味。

我又问："是自己干还是跟着师傅？"

"当然是跟着师傅，我又没干过。"小丁捧着饭碗，瓮声瓮气说。

"那修理部在哪里？"

他就说了一下，反正不远，就在体育场路上，我家过去三四百米吧。

"自己找的？"

"老乡介绍的。"他说。

愣了愣，我问："那外面电瓶车是你的？"

小丁含着饭，说嗯。小琴抬起头说："一个老乡卖给他的，八百块。房东，你说值不值？"

其实我也不骑电瓶车，不知道新车的价格，但八百块，想想也不贵吧，就说："差不多吧，反正老乡总不会坑老乡的。再说，小丁现在上班了，电瓶车也很需要。"

小琴点着头，说，那是那是。夹了一口菜。

然后我看着小琴，又问："你呢，找到工作了没有？"

小琴放下碗，有些红了脸说："没出去呢，小丁不让我找。"

怔了怔，我笑着说："那是因为小丁有能力养你嘛……好，这样你们就安心了！不过，小丁，你得把房间收拾一下啊，别弄着很脏，弄这么脏你们住着也不舒服。"我的话里有两层意思，一是叫他们把房间弄干净，二其实表达的是作为房东的更深层的考虑，虽然房租只有五百五一个月，但我也希望稳定些，老是换人麻烦（一楼因为潮湿及阳光不足，哪怕房租低点，也比较难租），而对于他们这样的外地人来说，乐业了才能安居嘛。

小丁看了小琴一眼，又把脸转向我，面无表情地说："是她不会收拾！一天都待在家里，也不干活！"

小琴脸更红了，有几分羞赧地笑着，对我说："房东，不好意思，那我待会儿就收拾一下。"

然后她看到小丁的饭碗空了，就马上拿过来，给他盛上，又端给他，其实电饭锅就放在桌上，小丁完全够得着。

　　我说了声好吧，就告辞了。这回他们都站了起来，表达一种礼节性的送客的意思吧。嗨，真是挺有意思，这一男一女站在一起，就像一头公长颈鹿和一只母花豹。

　　出来后，和老婆孩子会合，又往江边走去。而我心里想，哈，这小丁，就像个大老爷似的。我觉得小琴有点宠他。是啊，谁叫他小呢，"女大三，抱金砖"，老古话讲得没错，所以小丁还是挺幸福的。

　　其实河南人在我们这里挺多的，我们家楼里就住过好几个，前后邻居家也有，大多数租一楼。他们还特别喜欢找老乡，在异乡营造一个熟人社会。所以，等我第二次来收房租，就看到102门口，停着三辆电瓶车，而走进去一问，果然是两位老乡来串门。两位都是小伙子，一个有点胖，一个理平头，因为坐着，看不出身量。我是七点半光景过来的，可他们还在吃晚饭，这回菜比较丰盛了，有六七只盘子，有鱼有肉，还有啤酒。其实，以前我就看到过有老乡来串门，但这种事儿，我不干预，也不关心。

　　我说："小丁，挺热闹的嘛。"

　　小丁端着一次性纸杯，含糊地说了声嗯。喝了一口，放下，又说："房东，喝点？"看桌子上的菜，好像刚开吃。

　　小琴也说："是啊，房东，一起喝点？"她没喝酒，端着饭碗，笑吟吟地看着我。胖子和平头，也都冲我笑了笑，说来点来点。说实话，凭我的经验，河南人大多不弯弯绕绕，比较好打交道。

　　我也笑着说，酒是不喝了，来收房租。房租固定，水费也固定，但电要查表，我事先用短信告诉了小丁。本来，可以用微信或支付宝的，可是我加他，他没理我。我把收据交给他，又说了一遍，一共多少。

他仔细看了一眼收据，问："电费是多少？"

我说了数字，然后说电表就在后面楼道里，不信你可以去查一下。

他说："那我相信你的。"话这么说，可还是拿出手机，电费水费房租，加了一遍。然后他掏钱给我。他的手有点脏，指甲缝里有些黑乎乎的东西，没办法，这是一双修理工的手嘛。

收好钱，我问："小丁，现在忙不忙？"

"忙。"他喝了口酒，瓮声瓮气说。

"夏天快到了，修空调的多起来了嘛。"小琴说。

我说："是是，平时都不用，就夏天冬天才用嘛。"我们浙江的气候，夏天又热又潮，没空调晚上根本没法睡觉，冬天嘛好一点，大不了多盖点。突然想到，他们这间房没装空调，不光这间，一楼都没装，因为来租的人只要价钱便宜，其他方面要求很低。

我又问小琴："你呢，也找工作了？"

她笑着说："嗯，找了。"

"哪里？"

"超市。"她又说了一下，就是体育场路口的那家小超市，离这儿挺近的，也就一百来米。

我说："挺好的，离家近，走走就行。"怪不得她穿的那件淡蓝色衬衫，胸口位置有个标志，应该就是超市的工作服吧。

这时候，小丁扒拉了一下一只菜盘，皱起眉头，说："小琴，你尝尝，你尝尝，这菜太咸了！"

小琴连忙说："哦，那我下次少放点盐。"

"都跟你说过几次了，就改不了！"小丁黑着脸。

这时候旁边的胖子说话了："小丁，你有人做饭就可以了，别要求太高！"

"是啊，小丁，你挺幸福的！"我笑说。

胖子看着我，笑道："房东，小丁是个小鲜肉，能不幸福吗？"

我哈哈笑了。小丁低着头，咕哝道："你他妈别乱说！"脸色有些羞窘，又像是愠怒。

一直不开腔的平头，这时候发话了："小丁你他妈的就是个小鲜肉嘛！小琴对你多好！你他妈被宠坏了！"

小琴脸色绯红了，呵斥道："好了好了，你们都别说了！"

我乐呵呵地出来了。心想，这个小伙子，是被老婆宠坏了。

经过厨房，瞥了一眼，看到那些工具、零件都被归置过了，集中放在一个角落，比原来整洁不少了。

## 2

那天，401打电话给我："房东，我的空调声音太响了，你能不能下来给我看看？"

时间是傍晚六点多，我正在外面吃饭呢，就说："好的，可我正在外面，到时候来看看吧。"

401姓章，小伙子，本市常绿镇人，在电信公司装宽带。因为已经是六月初了嘛，天气热了，有些租客开始用起了空调。我答应了，却没怎么记在心上，于是过了三天，还是晚上，小章干脆跑上来敲门了。

他说："房东，我那空调的声音实在是太响了！你现在就下去听听。"

我说好，就下去了。其实心里已经有数，因为这几天晚上他都开了空调，我也听到了，声音是有点响。我之所以没反应，是因为嫌麻烦，还有就是想，反正空调嘛，总有噪音的，大点小点而已，也许过几天他就适应了，不当回事了，这种情况我也碰到过。

小章二十七八岁，中等身高，身子不胖，脸有点胖，戴副黑框眼镜，比较好说话。空调已经开启，声音确实很响，咔啦咔啦的，好像什么东西刮擦着，是外机发出来的。在事实面前，我只好说："声音是有点响。"

小章说："每次开机都这样，至少响半个小时，声音才会小下来，但还是比别的空调响。这样子晚上怎么睡觉？"

我先闷声不答，拉开窗户，看了一阵外机，可也看不出什么名堂来，就说："好，小章，我一定给你解决！这几天坚持一下。"好在他还没有女朋友，女孩子投诉起来，更让人头疼。

可是怎么解决呢？这台空调是科龙牌的，当年很有名，现在成了杂牌，我家空调大部分是美的，也不知道怎么会有一台科龙，反正是我妈做房东那会儿装的。已经过了保修期，找特约维修也没啥意思，其他维修师傅，我一下子也不知道上哪儿找去，找了又放不放心，所以觉得挺麻烦的。隔天下午，在家里看书，又琢磨起这个事儿。突然脑洞一下子大开——哈，烦恼个啥呢，找小丁不就行了嘛。

傍晚，我下去了。小丁一个人在，正吃着饭，一荤一素两个菜，没喝酒。

我说："小丁，你老婆呢？"

"上班啊。"他慢腾腾说，表情淡漠。我感觉，他这个人做事、说话，都是有点慢节奏的，而且神情冷淡，但这不表示他怠慢或者厌恶，只是一种个人风格而已。

"一个人，就吃这么简单了。还骂老婆。你看老婆不在，生活质量就下降了。"我开玩笑。

他也没笑，依旧表情严肃。

我也言归正传，说了那事儿。

小丁说，那我一会儿上去看看。他快吃好了，我就在旁边等着。他几口扒空饭碗，拿手背擦擦嘴，站起来和我出去了。

上楼来，开了门，小章不在，但没关系，反正打过招呼。我拿起遥控器，启动空调，怪了，感觉声音没以往响。

小丁说："挺正常的呀。"

我说："平常比这个响。"

小丁说："有些空调声音是要响一点，那也是正常的。"

我说："这个可能有问题，真的太响了。"

我关机，稍过一会儿又开机，这次咔啦咔啦地响了。我松了一口气，说："你听听，就是这个声音，外机发出来的，不正常！"

小丁打开窗子，探出上半身，看和听了一阵，说："可能风扇有问题，听声音，是什么东西擦着了。"

我说："很可能。那你帮忙修一下。"因为天还很亮，起码再过一小时才会黑下来。

他说可以，先把外壳拆开来看看。然后就下去拿工具，起子、老虎钳什么的。他拿个凳子放在窗口，要爬出去。

我忙说："安全吗？"

他说："没事。"

他上了窗台。我赶紧说："不行，一定要安全第一！"这个我是真怕的。我让他等着，到楼上自己家找了根绳子，回来后绑在他腰上，另一头我自己拽着。然后他爬上去，蹲在空调外机上干活，空调自然关了机。他打开盖板，捣鼓了好一阵，起码有二十分钟，然后说，得给风机加点油。他又下去，拿了一把小油壶上来，重新爬上去，又捣鼓了十几分钟，终于完事了。

他收拾着东西，说："可以了。"

我说："这么有把握？"

"嗯，一点小问题。"他瓮声瓮气地说。

"那么，是不是该收点费？"我心里有所准备。

"这么点小忙，收什么费。"小丁说，表情淡漠。

我连忙说谢谢谢谢。当然我也预料过可能会这样，适当付点钱我乐意，不收那是他客气。陡然间，我对这个闷声不响的小丁有了几分好感。送他下楼，我又回到房间里，启动了空调，果然声音不那么响了。我如释重负，立刻给小章发微信：空调修改了！一会儿他回过来：谢谢！

这天晚上，小章回来得很迟，可能过十一点了吧，反正我刚躺下，脑子还没迷糊。听到"嗡"的一声响，我猜是他回来了，并开了空调。因为就在我下面一层，感觉上还是可以判断出来的。我竖起耳朵认真听，声音平稳，和别的空调无异，于是放松地翻过身，面朝着已经熟睡的老婆，安心入眠了。

然而才过了一天，第二天晚上，我又听到了咔啦咔啦的声音。

这声音刚一入耳，我心里也马上响起另一个声音：这下好了，麻烦大了！我也不好意思再去找小丁了（主要是不再信任他的能力了），只好另想办法。

隔了一天，我去了一家位于西堤路上离我家不远的家电维修部，其实平时经常路过，看到里面堆放的主要是电视机电冰箱之类，就没想到它，现在病急乱投医，就想来问问了。听我说明情况后，那位中年师傅说，空调他会修，但不是很专业，再说正忙着，也没时间。见我失望，他又说，可能是时间长了，空调架子松了，开机后引起共振，所以声音会比较响，可以用一根木头顶在外机和墙壁之间，或者干脆就在外机上压一点重物，说不定就好了。我道了谢，回家去。我就采取简单的办法，在楼下找了四块砖，搬上去，放到空调外机上，再开机，果然声音小了。几天都没事情。

过了一阵，我在楼下看到小丁，本想提一下那事儿，想了想还是没说。

## 3

很快到了七月初。我老婆放了假，女儿幼儿园报了名，心情轻松，那天一家人去姐姐家吃晚饭，还有我妈也在。饭后，坐在客厅里聊天。先聊了一会儿我妈的投资。我妈瞒着我们，在一家老年养生中心投了两万块钱，拿了半年返利后，终于人和地方都找不到了。我们取笑她，劝导她，权当用事实教育了一次。这个话题结束，我姐姐突然问姐夫："你这几天是不是到商场里去看看，有没有特价的空调？"

姐夫不解，问，怎么回事？

　　姐姐说："是你大姐今天打电话给我，说家里空调坏了，这么热的天，怎么受不得？所以要马上再装一只，但是越便宜越好。其实，她是想从我们这里弄一只淘汰的，可是我们现在又没有。"

　　然后，她又说了几句，我就明白了，姐夫的大姐嫁在乡下，离城不远的村子，条件不太好，但一直有传闻，说可能明年就要拆迁，这样买新空调自然就犯不着，因为好赖赔的钱差不多嘛。

　　姐夫说，那好，我明天去看看。

　　这时候，我开口了："有个租在我家的小伙子，就是修空调的，要不我问问他看，有没有还好用的旧空调。"

　　姐姐、姐夫都说好的。

　　于是我马上打电话给小丁。他说，有，具体情况，等明天上了班回话。第二天一早，他果然给我回话了，有一台美的1.5匹的，用过五六年了，状况还行，八百元包装机。

　　我马上告诉姐夫。一会儿他过来了，和我一起去小丁那儿。

　　到了店里，小丁不在，出去干活了。这是一家专业的空调维修部，里面散堆着不少空调零部件，整机也有一些。老板姓赵，本地人，四十多岁，矮胖结实，脑门油光发亮。还有一个差不多年纪的女人，应该就是老板娘吧。老板指着一台放门口边的旧空调，说，就是这台，收回来有段时间了，坏的零件都换掉了，还能用好几年。

　　姐夫看了一会儿，说，能不能试一试？

　　老板说，不用的，给你一年保修。

　　姐夫就说，那好吧。

　　我问："老板，小丁这人怎么样？"

老板笑了笑，说："怎么说呢，他这个人有点那个……也不是笨，但就是不上心，学东西很慢……还有，最近好像有点心思恍惚，也不晓得他在想什么。"

"那你还让不让他做？"我关切地问。

"唉，现在招人也不容易，事情多，多个人手总是好的。再说，想想他一个外地人，也不容易。"老板说。

姐夫笑笑说："老板，你蛮善良的。"

老板也笑着说："做人就应该善良一点嘛，是不是？"

姐夫问："那么，什么时候去给我们安装？这么热的天，一天都不能没空调啊。"

"那是，心情可以理解，但我人手就这么几个，"老板说，"这样吧，我安排一下，尽量今天下午给你们装好。"

于是我们道了谢，告退。下午四点钟样子，小丁打来电话，说可以去安装了。然后，姐夫带着他和一位同事，去了他姐姐家。姐夫开车带路，小丁他们骑了辆电动三轮车，拉着空调去。

## 4

暑假里，我们大多数日子住在乡下丈母娘家，我是白天一般在自己家里，傍晚过去，而老婆孩子没事就不进城。八月十来号，我们出去旅游了一趟，跟团去了内蒙古。因为是早晨六点多的航班，旅游社交代四点钟就得在城里某地集合，坐他们安排的车子去萧山机场，和导游及其他成员会合。这样前一天晚上，我们就回自己家住了。九点半左右，老婆女儿睡下了，我也打算上床，突然听到楼下的吵闹声，一个男人瓮声瓮气地骂，一个女人声音尖利地对骂。

听声音辨方位，应该就是小丁和小琴。我心里挺烦，但一开始也不想去管。后来，声音越来越大，老婆睁开眼了，蹙着眉头说："是不是租我们家的人？烦死了，明天还要早起呢！再吵，女儿都要被吵醒了！"

我说："是挺烦的！这两个人，以前没听到过他们吵架。"

"你去管管，不管说不定要吵到什么时候呢！"老婆说。

愣了愣，我说，好吧。

到了下面，发现门半开着，而吵骂声继续从卧室里传出来。因为河南话其实和普通话接近，平时我基本上能听懂，但小丁口音重，一吵架又加快了语速，小琴也是，说话连轱辘转，所以没怎么听懂。

我门也没敲，径直走进去，高声大气地说："吵什么吵！都几点钟了，你们不睡觉，难道人家也不要睡觉？"

一下子都哑了。小丁黑着脸，小琴红着脸。

"有什么事情不能好好说话？非得把人家吵醒？"我继续说。

小琴看了我一眼，说："房东，是他要跟我吵！我刚下班回来呢，一见到他就没个好脸色，叽里咕噜地骂我！"

我脸转向小丁，说："小丁，这就是你的不对了！"

小丁没看我，说："她昨晚就没回来！我怎么不能问问？"

小琴马上说："我住老乡那儿了，不是跟你解释了吗？"然后，又跟我解释，昨晚和老乡玩儿，太晚了，就住那儿了，反正小丁也经常玩得挺晚的。又补充了一句，是女老乡。

"还说要去学财务，你那个活用得着学吗？"小丁又骂骂咧咧。

小琴马上反击："我学点难道不好吗？又不碍你事！"

清官难断家务事，所以这事儿我没法管，我只要他们冷静下来，不吵就行。我劝慰了几句，想让事态迅速降温。

小丁咕哝着说："女人有时候就是犯贱！"

我马上说："小丁，你这么说就不对了！你这个人年纪轻轻，怎么会这样大男子主义呢！再说，小琴也没做错什么啊，学点东西总是好的。你有意见，可以说她几句，但要注意说话的方式！"

小琴气咻咻说："丁鹏辉，我又不吃你的！我自己赚钱！你凭什么管着我！"

于是我又看着小琴说："小琴，你这么说，也不全对，你们既然是在谈恋爱，也不是想怎么就能怎么的，要考虑对方的感受！"

可能是我的话起到了一点作用，两个人都不吭声了，于是我又说明了情况，希望他们理解！最后我说，你们真要吵，就明天吵吧！说完，我就出去了，背后没有声音。上了楼，睡下，也不再听到吵架声了。

## 5

又过了半个来月。那天上午，天有点阴，我出门去，先去城商银行存入缴社保的钱，然后在街上闲逛。意外地接到了小丁的电话。

他说："房东，你在哪里？我要退房。"

我问："怎么了？好好的，干吗要退房？"住进来的时候，可是向我承诺过的，至少租到年底。作为房东，一般都不乐意接纳短期租客。

"不干了，回家去。"

"那还有大半个月的房租呢。"租客自己提前退房，余下的房租是不退的。而他租了半年不到，按照合同，押金都可以不退，当然他押金不多，扣除水电费，就更少了。

"你爱退就退，不退拉倒。快一点，我一会儿就要走了。"他瓮声瓮气地说。

我就赶紧回家去。进了房间，发现那个矮个胖子老乡也在，不见小琴。小丁还在收拾东西，一边和老乡说着话。见我来了，他停下手来。我先环顾了一眼房间，其实属于他们的东西，也不多了，比如那些工具之类，不见了，一个大包打好了，剩下的比如锅碗之类，估计也不要了，卧室的卫生搞过了，马马虎虎，厨房和卫生间，脏得很。接下来，我和他一起查看电表，算好水电费。剩余房租不退，押金还有三百来块，想到他帮我修过空调，就全部退给了他。他伸手拿钱的时候，我发现他手臂上有抓痕。我想，应该是和小琴吵架留下的吧，他这么大个，抓不到脸。那么小琴为何不在？难道是小丁一个人回去？

怔了怔，我还是问了："小琴呢？她在哪里？她不跟你回去？"

小丁咬着嘴唇，一会儿低声说："那个贱人，她没脸见我！"

我问了下，你怎么走？他说下午两三点钟的火车，待会儿，十点半左右，就出发去杭州。我看了下时间，十点还不到，就说："那你把卫生间搞一搞吧，太脏了。"刷子、洗厕液都有，还是前一个租客留下的。

他皱了下眉头，虽不情愿，还是走进了卫生间。

我和胖子到了外面，站在门口附近。我问："怎么回事？"声音不高。

胖子笑一笑说："小琴跟别人好上了。"

"啊，跟谁？"

"还是我们老乡，有一次你看到过的……"

"那个平头？"

"嗯。"

我有些惊讶，但回想了一下，也释然。那个平头，好像就那一次见过，而胖子来得比较多。我说："哦，原来这么回事。"自言自语般。

而胖子又和我说了一席话。其实，小丁和小琴本来就有点沾亲带故，小丁的表姐，是小琴的亲嫂子。小丁父亲是杀猪的，在集上卖肉，家里条件不错，在当地来说。所以，小丁在外面吃了苦，受了气，就想回去了。还有，从他的话里我听出来，小丁应该是读过高中，小琴好像初中毕业。

我说哦，可以理解。然后想到，门口只停着一辆红色的电瓶车，不见小丁那辆黑色的，就又问了。胖子说，卖了，五百块钱，给了另一个老乡。

然后胖子又说，房东，你这房间不错，价格也不贵，主要是地段好，我那边到期了，可能会来租。和我说了这么多，原来是想套近乎。于是，我给了他电话号码，又问他是干什么的。他说在一家玻璃店里打工，今天请了假来送小丁。我又问，那个平头干什么？他说，搞装修的，比小丁混得好，就把小琴给勾走了。我还想再了解一点平头，胖子怒色道，别说他了，这家伙忒不地道！一脸鄙夷的表情。于是我就闭口了。

又站了一会儿，小丁出来了。然后，胖子带着他走了。

又过去了十来天。那天下午，我开车出门办事，四点多回来了，因为一会儿又要去乡下，到了体育场路口，看到有一个车位，就把车停那儿了，离家也就几十米远。下了车，一抬头就看到了对面的那家小超市。稍愣了愣，我往那边走去。刚好小琴当班，在收银台后面坐着。她在看手机，我进去，居然头也不抬一下。超市有两百来平米，几大排货架，四周墙上也挂满了物品，但收银员只有她一个。我稍微逛了逛，就去了冷柜那儿，拿了一瓶饮料，500毫升的可口可乐。等我走到收银台边，小琴才抬起头来，表情略有诧异，而且很快脸红了。

我把瓶子递给她，笑了笑说："小丁回家了。"

她扫了一下条形码，说："我知道。"

"那你现在住哪？和那个平头老乡在一起？"

"嗯。"她小声说，脸更红了。她现在洋气多了，虽然穿着工作服，但气质比原来好多了，外表上看，和大街上多数女孩子差不多了。我觉得，其实她长得还可以，属于耐看型的。

她说，三块五。微信还是支付宝？

我说，支付宝。里面还有一点余额，用用掉。

她递给我支付宝的二维码。我拿出手机，对着它扫码，"嘀"的一声后，又说："唉，你们一起出来，最后这样一个结局，我还是感到有点可惜！小琴，你为什么要和小丁分手呢？"

她沉默了一下，说："他太幼稚了！跟他在一起，真累！"

我就笑了笑，说，也是。

# 鸭子嘴巴硬

## 1

这几年我接触的租客当中，来的时候，他们是排场最大的。有些租客差不多就是甩着一双空手来的，租好房子，再添置一些生活用品。更多的是带点简单的行李，一个拉杆箱，或再加个包。而他们的到来，简直是有点兴师动众了，因为开来了一辆轻型卡车。

就是租房子，也有人替他们打头阵。三月初，一个四十来岁的男人来看房，指定要一楼的，还要便宜点。刚好101空着，带内卫和厨房，还能看电视，但除了一张大床，几乎没其他设施，租金当然就便宜了。来了两趟，一番讨价还价，他说可以。付了定金，才告诉我，是为他弟弟租的。过了两三天，他们便来了，早上十点多到的，坐着一辆蓝色的江淮牌卡车，好像载重是1.5吨的。想想也是，这个排场，如果事先没租好房子，那确实是挺麻烦的。

哥哥付了定金，没拿钥匙，所以那会儿就打了我电话。我在外面，赶紧回去了，看到门口停着那辆卡车，三个人在车旁边站着，那位哥哥，以及弟弟和弟媳，还有个司机留在车上。然后签约、收钱、登记、交房。他们是安徽人，身份证上地址是阜阳市颍上县某某乡某某村。男的叫胡春林，三十三岁，女的叫陈玉娟，三十一岁，男的比较白净，身条细瘦，不太像是农村人，女的比较丰润，皮肤黑了点，但五官挺好，也很喜乐。而那个哥哥，又黑又矬，和弟弟一点都不像，聊了几句才知道，是堂哥，也就是未出五服的本家，在这里打工多年了。我问了他一下，他说堂弟他们是从金华过来的，包了车。

他们说家乡话，我基本上能听懂。胡春林在房间里转了一圈，看看这看着那，眉头略皱，说，房间有点简陋。陈玉娟白他一眼，说，可以了！就住这吧，你又不是大老板！

然后就搬行李，一些生活用品，衣服啊煤气灶啊锅碗啊，还有一些器具，都用编织袋装着，最后，搬进来一个大家伙，一只银白色的不锈钢大圆桶，就放在门口的厨房里，一大堆东西，把厨房占得满满当当。搬圆桶时，我和驾驶员帮了忙，其他物件，都是他们三个人动手。搬好东西，驾驶员拿钱开路，他还要去另外地方拉点货，然后立即赶回去，走高速，大约两个半小时吧。

我指着那个圆桶，问吴春林："这是什么？"

他笑了笑，说："烤炉。"

"烤炉？干什么用的？"

"烤鸭子用的。"他老婆回答，一脸喜色。

"你们要开烤鸭店？"我又问。然后脑子里回放，好像在街上看到的烤鸭店里，是有这么个东西，不过人家使用时间长了，黑乎乎油腻腻的，而这个如同初生的婴儿。

吴春林说："嗯。怎么样，这边的人爱吃吗？"

"烤鸭店街上也有，味道好当然受欢迎。"我说。

吴春林又问："那都有些什么鸭呢？"

我笑道："这个我也不是很清楚。"反正，我们家不太吃鸭子，偶尔买回酱鸭，街上所见，有酱鸭、盐水鸭、周黑鸭，但主要还是烤鸭。我想，他也不会贸然而来吧，肯定做过市场调查，有个堂哥在这里，至少会叫他到街上转转吧。

吴春林说："我这个是独家配方，生意肯定好！到时候请你尝尝！"

我说好。又问："那店面你们找好了没有？"

"还没呢。先住下来，再去找。"他说。

这可就有点鲁莽了吧，不过也是自信的表现，我想。

有些行李堆在卧室里，陈玉娟正在弯腰整理。其中有包东西，她翻动了一下，立即散发出一阵浓香，那真是一种很特别的香味。

我说："这是什么？这么香！"

她笑着说："调料。"

既然是做烤鸭，香料当然不可少，说不定还是他们家的独特配方呢。又站了一会儿，我就走了，听他们在说，中午去外面吃点，下午收拾房间，晚饭就可以自己做了。

## 2

过了两天，胡春林打我电话了："房东，你能不能给我们装个热水器？没热水澡洗，不舒服。"

我想了想，说可以，不过要加点房租。

"加多少？"

我说五十。买台热水器怎么也得八九百吧。

"那太多了，二十吧。"

互退一步，说好加三十。其实，加了三十，他们的房租也才五百三，而二楼以上，起码七百五了，当然设施也完全不同。一楼都比较简陋，因为租住的人要求也低，装修好了（自然价格就高），人家还不一定接受，但现在既然有租客提出来要加价安装热水器，那就装吧，反正装了也是我的，而且一台热水器至少能用上六七年吧。

我就和美的热水器专卖店联系，家里十几台热水器都是这个品牌。第二天一早，热水器送到，下午一点多，安装工上门了。他打我电话，我便下去。吴春林和陈玉娟都在，正吃着饭呢，小餐桌上摆了四个菜，荤素搭配。吴春林还开了一瓶啤酒。

我开玩笑："吃得不错啊，小日子还挺讲究的！"

吴春林笑道："房东笑话，肯定没你好！"

我说："我很简单的。"真话，自从辞职后，我可以说是深居简出，早上老婆先出门，去学校上班，然后我带女儿出门，去幼儿园，傍晚又去把她接回来，一会儿老婆下班，所以我们家就晚饭讲究一点，中午我都简单对付，吃剩饭、快餐居多，有时候一包方便面了事。

"吃的不能太简单，要不做人就没意思了。"喝了口啤酒，吴春林说。

我没顺着这个话题，问："店面找好了吗？"

陈玉娟笑嘻嘻说："正找着呢。不好找，这边租金有点贵。"她看了我一眼，眼神清亮。

我说："这边房价比较高，店面的租金自然不会便宜。不过，开店嘛，还是要找个好地段，情愿贵点，不能冷清。"其实，因为电商的发展，这几年实体店的租金已经大幅下降了，我们家就有一间店面，这几年的价格曲线我知道，但和他们老家比起来，这边的租金依然还是挺高的吧。

吴春林点着头，说对对。

这时候，安装热水器的小伙子叫我了，我就进了卫生间。跟他说了装哪里，他就开始在墙上画线、打洞，我站在旁边看着。一会儿，又出来和他们聊了几句。我了解到，他们早先在金华那边打过工，一家做食品的企业，后来开过早餐店，摆过游戏摊，赚了一点小钱，去年下半年，吴春林认识了一个卖烤鸭的人，看人家生意挺好，就动起了脑筋，夫妻俩一合计，去跟那人学做烤鸭了。学了几个月，技术基本掌握，过了年就想找个地方开店了。鸭子和主要配料，那个人会提供，设备也是去他推荐的地方定做的。

等他们吃好饭，又过一会儿，热水器安装好了。安装工前脚走，我也后脚离开，快出门时，又看了一眼那个亮闪闪的大炉子，它稳稳坐立，靠窗放着，占了厨房的一大块地盘。

过了一阵，有天我从楼下经过，无意间往窗口一瞥，发现炉子不见了，然后站在门口听了听，似乎里面也没人。我寻思着，那就是找好店面了吧。上了楼，在书房里坐下来，也没心思写东西，就看看股市行情。一会儿，感觉无所事事，就想找点儿事做，就拿起了手机，拨通吴春林的电话。

我说："小吴，店开起来了？"他比我小六七岁，叫小吴完全可以。

他愣了愣，说："是房东啊，你好！"这是我第一次给他打电话，他没存号码吧，一下子又没听出来。

"我刚从楼下走过，没看到那个炉子，就想，是不是你们的烤鸭店开张了。"我笑着说。

"开了开了，刚开没几天。"他笑呵呵说。

"开在哪里？"

他告诉了我地址。是在第二农贸市场旁边，背街小路上，虽然大街上的人看不到，但市场本身人流量很大，总会有一些流向那里。

我说："地方不错，生意怎么样？"

"刚开始嘛，总不会很好的，慢慢来。"

"是的是的。"

"那你有空过来呀，尝尝我们的鸭子！"

我说好的好的。然后他说要忙了，就挂了电话。听得出来，他心情不错，而我也为他们感到高兴。

才过了一天，我还真的去了。因为路不远，就走着去。从农贸市场北面绕过去，到了小路上，一抬头就看到了，因为那块招牌挺显眼，"吴记香酥鸭"五个大字闪闪发亮，估计是有机玻璃材质的。橱窗干净明亮，门口还摆着两只花篮。有一个老头和一位中年妇女，站在橱窗前探望、询问。走到近边，还有二三十米，我站了下来，一会儿看到老头没买离开了，中年妇女买了一只，也离开了。透过橱窗玻璃，我看到吴春林和陈玉娟夫妻俩都在里面，男的站炉子边，女的在窗台后面。然后陈玉娟也看到我了，向我招手，我便走了过去。等我到了橱窗前，吴春林抬起头来，看着我说："房东，你真的来看我们啦。"

我说嗯，经过这里，顺路来看看。我往里面探了几眼，房子不大，而且也不是正规的店面，是住宅改成的，而且只是半间，旁边还开了别的店。我又往外看了看，斜对面就是菜场西大门，相距不过三四十米，应该说位置还是不错的，刚才那两位，可能就是从菜场出来的吧。现在是下午三点光景，菜场里很冷清，自然就少有人过来，别的时段，肯定多些。我又调转目光，那只炉子，不再如初生婴儿般簇新了，透过中间的那个口子可以看到，这会儿有几只鸭子倒挂在里面，烤得半熟的样子。而案板上，放着几只烤熟的鸭子，看起来金黄焦脆，闻一下香气扑鼻。

突然，吴春林走向案板，说："房东，今天你第一次过来，送你一个尝尝！"

我忙说不要不要。

他却已经拿起一只，装进塑料袋，从橱窗口递出来。他老婆也热情地说，拿着拿着，尝尝鲜呗！这样，我不拿就不好意思了，而白拿当然更不好意思，最后就坚持付了半价。半价是二十几块。好像也不便宜，不过这个我也没数，平时很少买菜，对价格不敏感。

拎着香喷喷的鸭子，我说："小吴，刚开始，你可以搞搞促销，这样人气很快就上来了。"以前我看到过，农贸市场东大门对面，就开过一家烤鸭店，刚开始半价促销，每天排队，生意非常好。

吴春林却不屑地说："搞那些玩意儿，生意看着好，可是也赚不到钱！我这个是独家配方，味道好，就靠口碑！"

他老婆说："房东，他这个人就是自信过头！"可从笑容里看得出来，其实她也是认可的。

吴春林又说："房东，觉得好吃再来，都给你半价。还有，帮我介绍介绍！"说完，忙活去了。

我拎着鸭子去接女儿。晚上，一家人吃了，味道还真的不错。但我不再去了，因为不想老占便宜，倒是跟我姐姐，以及几个朋友，推介了一下。

大约半个月后，有天傍晚，我有事路过"吴记香酥鸭"，发现排着小长队了，看来生意大有起色。然后，我好几次注意到，陈玉娟大白天也待在房间里。我不知道是怎么回事，也不便问。稍后又有一次路过他们的店，看着生意也还挺好，似乎是稳定了。对，还有了点变化，吴春林和一个小伙子在里面干活。

## 3

三个月到了，该收第二期房租了。下午我和他联系了，说好晚上拿钱。他这人挺奇怪，店里用上了支付宝和微信，自己交房租却要用现金，租客中已经不太有人用现金了。七点半左右，我和老婆、女儿散步回来，让她们先上楼，自己去了前面的101。亮着灯，说明人回来了。我敲门，吴春林过来开门。我就站在门口，说："我就想，这个时间你们应该在了吧。生意怎么样？"

"还可以。还可以。"吴春林笑嘻嘻说。

"你老婆没在店里了是不是？"

"啊？你怎么知道？"

"我有几次看到她白天在家里嘛。"

"嗯，有了，所以让她多休息……也不是每天在家，她想去就去。"吴春林搓着手，居然脸有点红了。

这时候，陈玉娟从卧室里走出来，说："房东，进来嘛，进来坐嘛。"她站在老公背后，笑盈盈地看着我。我也笑着说好，就往里走了两步，站在厨房里，吴春林让了一下身，陈玉娟又退回卧室去了，不过人还能看见，厨房有点小，站三个人太挤了。我仔细看了一眼，肚子看不出来，可能因为刚才她老公的话，脸色有点红，但因为她本来就肤色黑，也不明显。

我问："大的几岁？"

吴春林说："今年八岁了。女儿。"

"那么谁在带呢？"

"她爷爷奶奶。"

我说："再生一个，儿子女儿都好！"

陈玉娟说："是啊，两个女儿也挺好的！"

"房东，你女儿多大？干吗不再生一个？"吴春林问。

"四岁，刚上幼儿园，"我说，"这个，我们生不生，不像你们这么自由，国家有政策的。"

吴春林还没说什么，他老婆就说："是啊，你懂什么，人家公家单位的，不是想生就能生的！"装热水器那天，吴春林问起我和老婆的工作，我也不想被人家知道不上班，就说我在银行，老婆是老师。

冷场了片刻，我说："好像你们店里多了一个小伙子，是不是？"

吴春林："是的是的，帮我干活的，也是我们老乡的小孩。"

"那你老婆一直在这儿？"我又问。

"过阵子，身体不太方便了，就回去，让家里老人照顾。"他说。

　　然后，我就办正事了，掏出收据给他，他把钱给我，不全是大票，包括一些五十二十甚至十块的。这钱里面，自然包括了安装热水器后增加的房租费。

　　我拿着钱正欲转身，吴春林又说："房东，等等，天热了，能不能给我们装个空调？"

　　我看了一眼卧室的墙面，电视机上方，那个适合装空调的位置，其实是装过的，原先有个房客未经同意擅自安装的，离开的时候又拆走了，这事儿弄得我妈还有些不爽。我现在不允许这样做了，事先就告知。

　　我说："为什么没装，因为一楼本身比较凉快，真正热也就那么几天，电风扇也能对付，冬天一般也不用。"

　　"电风扇不舒服的，再说，现在我老婆还怀孕了。"吴春林说。

　　这倒也是。我说："空调价格高，那要加不少钱了。"

　　"多少？"

　　"一百。"

　　"一百太多了。"

　　"那你说，多少？"

　　"五十吧，反正装了还是你的，能用好多年呢。"

　　"可能下个租客不需要，还不好租呢。"

　　"放心，我们会住很长时间的。"

　　我想了想，就说好吧。

　　生意稳定了，想住好一点无可厚非，谁不是这样？我无法阻止他们对幸福生活的向往。而另一方面，对于他们来说，一楼又是最合适的，因为可以作为一个临时小仓库，那么装修好一点，不就可以更长时间留住他们？对于房东来说，岂不是更省心？

于是第二天，我就去跑了几家商场，最后选定一款志高牌空调，1.5匹壁挂式，因为搞活动，原价2499元，优惠300元，过了两天，安装上了。

## 4

好像是六月中旬，反正就是装好空调后过了十来天，那天下午吴春林突然打电话给我，说："房东，晚上在家吗？"

"在家，不在家去哪？"我开玩笑。

"那我到时候上来一下，七点半的样子。"

"什么事？现在说吧。"

"当面说。要请你帮个忙。"他笑道。

我说好吧。说真的，也想不出会是什么忙，但租客请托的事情，一般我也不会拒绝，除非确实无能为力。

实际上等到七点五十多分，他才上来。门铃响了，我从书房跑出来，开了门，看到一张笑嘻嘻的脸，头发梳过，很整齐，白衬衫黑裤子，很精神，手上拎着一只塑料袋。他将手提起来，说："这个鸭子送给你。"

我说："不要不要！"做着手势。其实，闻气味我就知道是鸭子了。

他说："自家的，没事！"

我没拿，转身就走，他跟上来，叫他换拖鞋，他却赤了脚，还说不凉没事。到了客厅，请他落座，他就在单人沙发上坐下来，把鸭子放在茶几上。我给他倒了一杯凉水，也在三人沙发上坐下来，和他斜对着。我把电视机打开了，声音调小一点。老婆已经在卧室了，正躺在床上，给女儿读绘本。

我说，小吴，什么事？说吧。

他脸红红的，挠了挠头，说开了：他老婆其实不太愿意回去，家里大的那个，女儿，刚好又要上学了，他们商量了一下，觉得可以把他妈和女儿都接来，妈可以照顾他老婆，女儿就在这边读书。当然一般的学校进不了，虎山那边，有个民工子弟学校，听说可以想想办法。

这想法不错，一举两得，哪怕是民工子弟学校，可能也比他们老家农村的教学质量好，主要是跟着父母，对小孩成长更有利。沉吟了一下，我说，这个我先去问问。接着又聊了几句，了解到，他父母亲都才六十几岁，身体也很健康，家里还有一个亲哥，大他四岁，早年出去打工，结婚后就一直留在老家了，父母亲和他一起住，哥哥家就在旁边。他又说，如果事情能弄好，现在的房间当然不够住了，可以把旁边那间也租下来。102现在有人住着，一个湖南小伙子，在一个家冷食店里打工，也不知道能住多久。但我知道，他这么说只是宽慰我，因为虎山在城北，离我家有一段路了，如果事情成了，很可能要搬走，租两间犯得着吗，那还不如去找个两室一厅的旧套房。但是，既然他托我了，我也不会这么斤斤计较，反正房子又不是租不出去。

最后，他道了谢下去了。我把鸭子还他，他坚决不受，就只好留下了。一会儿，我进了卧室，先将这事儿向老婆咨询，她不就是个小学老师嘛。她说，新生报名早就结束了，应该不可以了吧？除了教学，她基本上啥都不关心。我说，万一还可以呢，民工子弟学校，跟别的学校也许不一样吧，总有照顾性。她说，那你去帮他问问。我想了一下，找谁呢？没有直接的关系，文友当中，小学老师倒是有好几位，还要一个是城区小学的校长，那么明天问问。

第二天，我问了那个校长，果然答复：报名已经结束，今年怎么可能？我就把打听到的结果，告诉了吴春林。他挺失望的。

可是过了两天，他又上我家来了，事先没联系，也没带东西。他说，问了几个老乡，都说老家那边教育真不行，能过来还是过来好。今年不行，那就在老家读一年，明年转过来，可不可以？

这个我也理解，条件好点了嘛，当然会更重视小孩的教育。但可不可以，我也不知道，反正觉得跨省难度挺大的吧。我还是说，问问。

隔天我又问了校长。她说，应该可以的，只要符合政策，你干吗不去问问许勇？我后来想起来，他不就是民工学校的副校长嘛。我道谢，搁了电话。许勇我认识，年纪比我小一点，也是文友，一直以为他在某乡下小学当教导主任，不知道调那儿去了。曾经跟我关系不错，但有一次我酒后说了他几句，意思就是写得太差了，没啥前途的，他就不太理我了。唉，为了租客的事，我只好不顾脸面了。我有他的电话，但想了想，还是跑一趟吧。

第二天我就去了，反正也空闲嘛。学校在城郊，一个比较僻静的位置，交通倒也还方便，一个大操场，一幢五层楼校舍，怎么说呢，比起城区其他几个学校，面貌要差点，但和本地农村的一些学校比，也不差。这会儿，一帮孩子在操场上活动，生龙活虎，应该是在上体育课吧。找到许勇办公室，他正好在那儿。他面露惊讶，说："马克，你怎么来了？"马克是我的笔名。

我呵呵笑着，说，当然是有事找你。他请我落座，起身泡茶，然后坐在我旁边，和我聊起天来。他先没问是什么事，说："听说你银行不待了，在哪儿发财？"

我说没发财，就在家里。

"那就是专业作家了！发表很多了吧？"他露出羡慕状。

这两年，虽然也没怎么投入地写，但中短篇小说还是发表了五六个吧。我本来想告诉他，但转念一想，说，也没啥发表，主要是在炒股。

"炒股？那收益怎么样？"

我说亏的。

"哈哈，没关系，你反正有房租好收！"

几句话后，我觉得他心情依然保持着愉悦，就聊到了正题。他说，今年肯定是来不及了，明年转是个办法，但是要符合条件。他说了一通，一是要父母亲至少一方，在当地缴纳一年以上的社保，二是老家没有合适的监护人，三是这边有空余学位。他又说，学位没问题，这边同意接受，再上报省里，手续有点麻烦，毕竟跨省了嘛。

我说，他们刚来，社保可能是个问题，我会叫他们去办的，其他什么事情，到时候就拜托你了！

许勇说可以可以。我就谢过他，告辞了，因为得去接女儿了。

当天晚上，我向吴春林反馈了情况。他喜形于色，说好好，那就下个月起，让我老婆去缴社保，刚好够时间。又说，到时候你带个鸭子去送人，或者其他东西，尽管跟我说。我是想，也不能白帮忙，但时间还长着呢，就说，好，这个到时候再说。

夫妻俩喜滋滋地把我送出门。我觉得，陈玉娟的肚子有点显怀了。幸福的生活，在向他们招手。

5

然而，情况很快就起变化了。

这个事情，我事先在电视上看到过，但没有和他们联系起来。那天上午十点光景，我步行经过"吴记香酥鸭"门口，瞥了一眼，觉得很奇怪，居然没有人排队，一个都没有，而橱窗里面，吴春林和小伙子两个人，一副垂头丧气的样子，案板上鸭子倒是有几只摆着。

我忍不住走过去，问："小吴，怎么啦，今天没生意？"

他早看到我了，表情有点淡漠，说："唉，这几天都这样，难得卖出一个两个，都是禽流感害的啊！"

我就猛然想到，新闻上是在说禽流感，有一段时间了。我说："影响这么厉害？"

"老百姓怕死！其实有什么好怕的？特别是我们的鸭子，进货渠道一点问题都没有！"他一脸怨恨。

我说："老百姓总是这样的，喜欢跟风。"其实这次禽流感不太严重，主要波及两个省，也没有大面积扑杀，主要还是食物太丰富了，老百姓可以有别的选择。

他没接话，发了几秒钟呆，突然说："送你一个，反正也卖不掉。"弯腰要拿袋子。

我连忙说，不要不要！我还要去办事呢，拿着也不方便！说实话，这种状态下，我吃着也不香啊。

他直起腰，懒懒地说："那好吧，房东再见。"

过了两天，我又特意过去看看，还是一个客人都没有，两个大男人杵在那里，无精打采的样子，女的也在，坐着，脸色也不好看。我赶紧躲开了。回来的路上，我想，他们能熬过去吗？唉，他们品种太单一，不像别的店，同时也卖点卤味，至少能把房租什么对付过去。好在他们还是有点积蓄的，那就艰难地熬过去吧。唉，但愿禽流感早点结束。但就是结束了，生意也未必会很快恢复。唉，真是"天有不测风云，人有旦夕祸福"啊。

然后有天晚上，我发现他们在吵架了，吵得还比较凶，女的在嘤嘤地哭。已经快九点了，老婆哄女儿睡着了，自己也昏昏欲睡。她对我说，你去劝劝他们。大概是因为吃了他们两只鸭子，老婆对他们有些好感。

我就下去了。门关着，里面亮着灯，两个人还在吵。我敲了几下门，就站在门外面，劝了他们几句。也没人来给我开门。吴春林不吭声。陈玉娟说："是他要跟我吵的！"我就说："小吴，你老婆怀着孕，你就更不应该跟她吵了。男子汉大丈夫，气量大一点嘛。"一会儿，他含糊地说了句："知道了。谢谢你，房东。"我又说了两句，上去了。这之后，就没听到什么声音了。

过了大约一个星期。那天中午，十二点左右吧，我正在西堤路上吃快餐，突然接到了吴春林的电话："房东，你在家吗？我们要走了，你快点过来给我们退房吧。"

有点意外，又似乎也在意料之中，但我语气还是有点吃惊的，"啊？为什么？就不坚持一下？"

"坚持是要花钱的。店面先付了三个月房租，马上就要到期了，生意也不知道什么时候才能好起来，想想还是先回去算了。"他说，语调平静。

我说哦，也有道理。我叫他们等会儿，马上就到。几口吃好，赶过去。都收拾好了，卫生也搞过，夫妻俩坐在那儿，神情郁郁。房租大约还剩一个月加十来天，为了表示同情，我退了一个月，又算好水电，退了多余的押金。

为了调节一下气氛，我笑着说："没事没事，等禽流感过去了，你们再来好了！"

"谢谢你房东，我们肯定还会来的，如果你这儿空着，我们还住这儿。"吴春林说。

我说好的，欢迎欢迎。

陈玉娟板着脸，对着我说："他这个人就是瞎乐观！你让他说说，这几年里，干过不少事了吧，哪个赚钱了？还乐呵呵地吹牛！"

吴春林马上说："那是我运气不好！"

陈玉娟看向她老公，又说："你这个人就是鸭子嘴巴硬！死了还硬！"

这比喻真够形象的！我忍住了没笑，说，运气不好，也会转运的。

吴春林不响，他老婆也不响了。

一会儿，我看着陈玉娟，说："你们怎么回去？你怀着小孩……"

吴春林低声说："不小心流了。"

　　啊？我吃惊地发出了声音。再看陈玉娟，脸容悲戚。我感觉站在那里不太自在了，就走了出来。刚走到门口，就看到一辆白色的轻卡开过来了，在我不远处停下，然后从副驾驶室里跳下来吴春林的堂哥。这时候，吴春林也跑出来了。他堂哥大声说，先把这边东西拉上，再去店里。加紧点，我可浪费一上午了呢。

　　我猜想，是堂哥给他们找的车，又得把那个炉子还有香料什么的运回去吧。真是排场最大地来，又排场最大地走。

　　一会儿，我目送他们上了车远去，突然感到有点难过。

# 一盒红玫瑰

## 1

那天，我妈来屋顶上收菜。我家屋顶上有个阁楼，但只占了屋顶大约三分之二面积，前面留了块空地，用砖头和水泥砌了两个方块，面积各有六七个平方米，高度大约四十厘米，这就成了屋顶菜园。当时是我爸的主意，他在世时，也是他料理。我爸不在了，我妈继承了他的遗志，没让它荒芜掉。后来，虽然她搬到了迎春路的老房子居住，这菜园还一直照料着。按照季节更替，这小小的菜园里，会出产西红柿、小青菜、茄子、辣椒，丝瓜、黄瓜、南瓜等等，以及常年不衰的韭菜。如果夏天没有被酷烈的太阳晒死，几乎可以对付一家人的蔬菜供应。那天她上到五楼，看到我，就说："刚才我进来，在门口看到一个人有点面熟，好像是从这里出去的。"

我问："怎么样一个人？"

她说："四十来岁，男的，戴眼镜，瘦精精的。"

我走到窗口，探出脑袋往下张望。那人还没走到开源路口呢。一看到那个四周有毛中间荒芜的秃顶，我就认出来了，说："是的，住201。怎么，你认识？"

"是你爸爸以前的一个学生，在什么银行上班的，以前帮过你爸爸的忙，很热心的，叫什么……"我妈努力回忆着。

我说："叫朱生良。"

经她这么一说，我也隐约想起来了，因为我也有点知晓。我爸生前是老师，曾经在乡镇中学教过，朱生良就是那时候的学生，初中阶段。后来我爸调到了城里，进修学校。有一次他把身份证、工资卡什么的都弄丢了，就去银行补办，在大厅排队，碰到了朱生良。朱生良热情地指点他，有点开后门的味道，很快替他办好事情。那天吃晚饭时，我爸问我认不认识朱生良，因为那时候我也在银行嘛。我说不认识。他说，这个人是他学生，是个部门经理，今天偶然碰到，非常热情。其实我爸没有直接教过朱生良，甚至也不认识他，但学生认识老师。后来好像是为了打听一位前同事，我爸又去找过他，而他也来我们家玩过一次，那时候我们家就住在迎春路上的小房子里。我爸对他赞不绝口，说他工作能力强，态度好，是单位的骨干，还要我向他学习。但那时候我没见过朱生良。这都是十来年前的事了，如果不是我妈提起，我差不多也忘了。唉，我爸走了都五六年了。

"对对，就是这个名字。他怎么会来租房？他条件很好的，有房有车。"

我说："什么原因我也不晓得，租进来快两个月了，说是给亲戚租的。"

我妈就说："那你不要去管，反正收房租就是了。"这是我妈一贯来的态度，对待租客，热情有度，少管闲事，只要不是警察不让租的，上门都欢迎。而我也正是这样做的。作为房东，我不能挑房客，这道理就如同，KTV小姐不可以拒绝客人。

怔了怔，我问："刚才他有没有看到你？"

"他低着头的。我从校场弄那个方向过来，他往开源路去，应该没注意到我。我也只是打眼了一下，看到一个侧面。"

"好好。"我说。我是担心，他看到的话，可能会搬走。

我妈说："那我以后要少来点了。"

"周末注意点，平时他不太来的。"我说。

然后我妈去屋顶了。我也出了门。今天早上，老婆带着女儿，已经跑了两个兴趣班，一早去了钢琴老师家练琴，这会儿正在上舞蹈课。我过去接上他们，到乡下丈母娘家吃饭，下午还要回来上一堂美术课。

和我妈一番谈话后，有些事情在记忆里浮起。朱生良是四月份来租房子的。看过房后，过了两天打电话给我，说要了，这就过来签合同。登记身份证时，我说："喏，你就是街上人，干吗要租房？"城市小，最早称镇，横竖几条街，所以习惯上我们把城里说成街上，后来并入杭州成为一个区了，城市规模也扩大了很多，但习俗难改，我们还是把老城区那块叫作街上。他住在"容大花园"，一个稍有点远的小区，但也就十几分钟的车程。

他说："不是我自己住的，是我亲戚，表妹，在杭州工作，偶尔回来，帮她租房子。"

"干吗不住自己家？"我随口问。

"离婚了，不方便去了嘛。"他笑笑。

"这样说，应该登记的是她的身份证了。"

"别搞得太麻烦了嘛，又不是外地人，不会有事的！"他蹙眉。

我问工作单位，他又敷衍了几句，不肯明说。

说实话，我有点不乐意，一开始甚至想拒绝他，但转念一想，本地人，警察也不会怎么查。还有，我有点意识到了事情的复杂性，就"哦哦"了两声，不再纠缠那些了。偶尔回来，为什么不住宾馆？八百块一个月的房租，还要水电，小宾馆能住好几夜了。所以，我不太相信他的话，但这也不关我事。

接下来，我留意了一下（也并非刻意），他很少过来，大约一周一次，都是周末。他开一辆黑色的凯美瑞，有时候停在楼下，有时候停在外面路边。但很遗憾，那位"表妹"，一直未曾见到。当然作为房东，又不上班，要见到她也不难，但我不会刻意，没必要。有一次我下楼去，可能她刚好进了房间，听到"砰"的关门声，然后是两个人的欢声笑语。我还略微停留了片刻，对她的笑声咂摸了几秒钟，那是一种成熟女性的爽脆又带点儿磁性的笑声，还有点儿放荡的味道。他们好像都不过夜，显而易见，就是两个偷情的人。

## 2

过了些日子，朱生良打电话给我，说："房东，房间里那扇窗，纱窗是破的，你能不能去修一下？"

我说："我先去看一下。"

"房间里没人，你反正有钥匙的，去看好了……天热起来了，有时候想开窗，可是纱窗破的，就有蚊子飞进来。"

是啊，五月份了，蚊子多起来了，老是不开窗，房间里太闷，可开了窗有蚊子飞进来，那更是一件恼人的事儿。我表示了理解。搁了电话，就下去了。开门进去，看了一下，果然纱窗的左下方角落，有个很大的洞，并非圆形，差不多成三角形。估计是推拉的时候，动作鲁莽，手指头戳破的，开始只是一点点，后来越来越大，反正现在这样子，用透明胶是没法修补了，勉强粘好也太难看。我也想不起来了，这破洞是他租进来的时候就有的，还是新产生的？估计原来就有，又被他们弄大了一点吧。这种事情，租房那天没人指出，其实是可以扯皮的，不过我也不想这么做。我当即回拨他的电话，说也不用修了，重新做一个。我不知道要多少钱，但应该不贵。

　　然后，我环顾了一下房间。很干净，也很整洁，除了简单的床上用品，几乎没添加什么东西。是啊，他们又不过夜，就无需衣服之类，衣柜和一个墙角之间，拉了一根塑料绳，上面挂着一块粉红色的浴巾，对折悬挂，已经干了。眼光一扫，看到电视柜上面，放着一个黑色长方形的纸盒子，盖子打开了，就放在旁边。我走近了一看，里面竟然装着玫瑰花，那种紫红色鼓鼓的花苞，还用一些好像叫满天星的植物点缀着。玫瑰非得很整齐，大概有十来朵，色泽非常鲜艳，芳香清幽。我暗自感叹了一声，出了卧室，来到厨房。厨房也很干净，没有煤气灶、电磁炉之类。然后我站在卫生间门口，往里面张望，牙具、毛巾、洗头膏、洗面奶、吹风机这些，有序摆放着，地上还有两双塑料拖鞋，带卡通图案的。一会儿我出来了，心想，还真够浪漫的！

　　第二天，我去找了一家做纱窗的店，就在西堤路上。外地人开的，给我修过门，也算是脸熟。一问，八十块一平方米，一扇纱窗，也就一个多平方米。活儿少，人家不情愿，说了好话，师傅才跟着我来量了尺寸。又过了好几天，催了两次，才来安装。这回进去，我又留意了一下那个盒子，玫瑰还在，颜色也还鲜艳，应该是底部那块海绵材料，储存着营养成分吧。师傅装好纱窗，拿了一百二十块钱，走了。然后，我给朱生良打电话。

通了，他说："我在忙，过会儿打给你。"果断摁掉了。

过了大约三分钟，我已经回到楼上，他回过来了："好了，你说吧。"

我说："纱窗装好了。"没提钱的事。

他说："谢谢。"又迅速挂了电话。

我猜他是在单位里吧，接电话不方便。反正，这种不方便我以前也碰到过，有点经验。我想象他刚才可能是在行长或者分管业务的副行长的办公室里，正在汇报工作，又或者是在自己办公室里，向下属布置任务。按我爸的说法，他是个先进分子，但先进分子难道就不可以有私情？那是私德，他的私德我不感兴趣，单位都不会在乎，只要不暴露。但我对那位只闻其声不见其面的"表妹"，确实有一些好奇，究竟是个怎么样的女人？有机会的话，确实很想见识一下。

不久，机会就来了。

那天是周日，上午十点左右，朱生良突然打电话给我，说房东，你在家吗？我说在。他说，他也在房间里，卫生间的插座坏了，能不能去给他换一个。我当即就下去了。这种活儿对我来说，小菜一碟。

进去，到卫生间一看，果然插座发黑了，略微有点烧焦的迹象。这个插座，主要是为吹风机使用。当然，这样子，有点危险。

我说："那就把插座换了吧。"

他说："那你帮我换一下，钱我给你。电方面的事，安全第一。"

我记起来，家里好像还有一个，有一次叫水电工干活，多买的，没退。于是就说："仓库里有一个，没用过的，给你吧，钱就算了。"

他笑着说，谢谢！那你帮我赶紧换上，一会儿要用的。

我下去，到仓库里找到插座，回来，几分钟便换好了，当然干活的时候，先关了电闸。

他又道谢，递我香烟。我摆摆手说不抽。然后，我们就站在厨房里，说了会儿话。我也才有心思打量一下厨房，感觉和上次有些不同。小餐桌上放着几只纸盒子，里面是些熟菜，鸡爪、鸭脖、花生米之类，还有半个烧鸡，以及一瓶红酒。刚才进来，就已粗眼瞥见，因为急于干活，没细看。其实我还惦记着那盒玫瑰，是否还在？但没进卧室，所以不知道。

我笑道："你们煤气灶都没有，每次都是外面买的？"

朱生良也笑道："我表妹又不是经常来的，自己烧麻烦，外面买点算了。"

"那是，偶尔过来，自己烧是太麻烦。"我想，其实所谓的表妹，他也知道我不信，大家不说破，但心照不宣。

怔了怔，我问："老朱，你在哪里上班？"哈，我这是明知故问，不过，聊天嘛，总得有话题。

他也怔了怔，说："证券公司。"

出乎我的意料。然后想想，也很正常，证券银行和保险，都是大金融系统，业务合作密切，这几年我们这个小城里多了好几家证券营业部，不少员工就是从银行过去的，反正我原来上班的银行，就有。老实说，辞职之前，我也动过这样的念头呢。

然后，他问："你呢，做什么的？"

迟疑了一下，我说："我以前在外地工作，现在不工作了。"我突然想到，如果告诉他曾经在建行上班，他会不会从我的姓，联想到什么？再说我和我爸，还是有几分相似的。进银行之前，我确实在外地上班，那还是在大学毕业后的头几年，职业生涯的初始阶段。

"年纪这么轻，就待在家里了，不会觉得无聊？"他笑道。

我也笑道："还行，收收房租，炒炒股票。"

"那你是有点积蓄了，心态好了。"他说。

我不响。本来想说，好什么呀，炒股大亏，经常快要崩溃，但想了想还是没说。

然后，我感觉到他有点心不在焉了，在看手表，就忽然明白，他这是想让我走了，于是告退。

我出来，一开门，就迎面碰到了一个女人，个子挺高的，恐怕有一米七了，身材不错，长头发微卷，脸型比较饱满，年纪应该三十出头，虽然不让人惊艳，但也算有几分姿色。穿一条白色的长裙，手里拎一点水果。我赶紧让开。她冲我一笑，进去了，把门关上。

我想，这两个人，还真够浪漫的，红酒烧鸡，还有性。胡思乱想，有点兴奋。

# 3

三个月到了，续了一期房租。朱生良用现金给我，他没加我微信。他们还是偶尔过来，从不过夜，把这儿当成了婚姻生活的避难所。

进入七月，老婆和女儿放了暑假，大部分时间就住在乡下的丈母娘家。我一般白天待在自己家里，傍晚去乡下。在家里，基本上也是无所事事。写作，没有心思，我觉得自己也写不出什么东西，终究只是玩玩股票而已。大部分时间就是炒股，盯盘，分析，复盘等等，耗费时间，又耗费心力。说起来，我也是个股龄十年的老股民了，在银行那会儿，小玩玩，基本上都有赚，辞职后加大了仓位，就不妙了。特别是两次赌重组，重仓操作，不幸两次都失败，股价连续跌停，一番折腾，市值缩水了三分之二还多，反正折算成房租，差不多二十年白干了。这之后，就不敢太冒进了，虽再未大亏，但要想回本也渺茫了。所以我常常心情恶劣，和老婆也时有龃龉。

那天股市又大跌，账户上少了好几万。我坐在电脑前面，心里拔凉拔凉。沮丧了一会儿，忽然想到了朱生良。又犹豫了一会儿，给他打电话了。我说："老朱，上次你说在证券公司上班，哪个证券公司？我想来开个户。"我这样切入，就比较好谈，毕竟给他们增加了一个客户。前不久证监会下发文件，一个股民允许开多个账户。

他犹豫了一下，告诉我是什么证券公司。又说："你现在开在什么公司？费率多少？"

我说了什么公司，费率万五。

"那你账户资金有多少？"

我说了多少。

"那也可以了。那你早说啊，我给你万三。时间还来得及，那你现在就过来好了。"

我问要什么资料。

"身份证，银行卡，本人办理。"

我说好，马上过来。

他又告诉我公司地址，其实我有点印象，几次经过那里，看到过。我马上下楼，走到路口，看见了好几辆共享单车，小黄车和小蓝车，其中的小黄车我注册过，骑上一辆就直奔那儿，一会儿便找到了。在大马路边，一排香樟树背后，门面不大，四层的房子。我进去，看到一张红白再加亮金色的台子，后面坐着一位清秀的女孩子。

我问："朱生良在哪个办公室？"

"哦，朱总啊，在三楼。你找他有什么事？"女孩说。

我一笑说："我是他朋友，有点私事。"

女孩做了个请进的手势。我说声谢，进去了。她说朱总，不知道是老总还是副总？到了三楼，就揭晓了，是副总，门口的牌子上写着呢。门关着，透过毛玻璃墙面，隐约能看到里面的人影。

一会儿我就坐在了他的对面。他起身给我泡茶，说欢迎欢迎。我笑说，没想到你还是个领导！他也笑道，什么领导，都是干活的！聊了几句，他叫我先去开户，打了个电话，叫一个小伙子上来，把我带下去。大约二十分钟后，事情办好，我又上去了。这回，多聊了几句。谈股市，骂证监会，骂上一任主席，又评论了一番本任主席，对在他力推下即将实施的熔断机制抱一点期待，希望能让股市不再那么剧烈波动。又聊到收入、压力什么的，他就主动告诉我，以前在银行干过多年，两年多前才跳槽过来的，所以对于压力是早已习惯了的，好在目前收入更高一点。我甚至想告诉他了，我爸爸是谁，但再深思一下，还是没透露。

后来，他问："你股票做得怎么样？"

我摇摇头，说："不好。"

"那你周末来听课，我们请了一个分析师，周六下午，来这里讲讲下半年的投资策略。"

我说："没啥意思。我亏，就是听了分析师的课，重仓投资了。"我说的是实话，原来那家券商，也叫我去听过什么分析师的课，我巨亏的那两支股，就在他的荐股名单之中。

他笑笑说："你应该分散投资。"

愣了愣，我说："你给我推荐一个，我相信你比较专业。"

沉思了一下，他叫我起身，去看他的电脑，说："这支票你关注一下，可能半年报会比较好，现在进去，赚二十个点，就可以抛了。"

我说谢谢，记下了。又聊了会儿，道别。

回来后，我把那支票加进了自选股。第二天开盘，还在犹豫买不买，它就上冲了三四个点，就不敢买了，再说自己的票还套着，也不忍割肉，还想着等手中的票做好，就转到新账户上去。到十点左右，它摇摇晃晃，涨了五点多点。我想追进去，又在犹豫中，看到它直线拉涨停了，连连叹气。第二天，回调了一点，也不多，几乎走平，但我嫌量有点大，还待观察。

收盘后，我打电话给朱生良，说没买，好不后悔。

他说："这个位置要进也还可以，少买点。"

我说好。心里希望它再回调一点。

可是第三天，它没怎么动，上下一个点洗盘，而自己的票却蹭蹭地涨了好几个点，就依然没有买进。

两周后了。那天周六，我一个人在家。上午九点多，出门去办事。下来，发现201开着门，听声音女的没在，就想进去打个招呼。朱生良正在卧室里扫地，见我进来，放下扫把，问："上次给你的那支票，赚了几个点？"

我苦笑着说："没买，很遗憾！"实际上涨幅比他说得还高，哪怕第三天买进，也有二十多个点，虽然很快又下来了，目前的股价，和他推荐那天比，大约还涨十个点，而我自己那支股票，基本还在原地。

"为什么？"他问。

我说了一下过程，主要是心态。

他笑笑说："散户就是你这种心态。"

愣了愣，我说："要不你上去，帮我看看我的股票。"

他看了看时间，说："那行，顺便参观一下你们家。"

离开时，我对卧室扫了一眼，发现那个玫瑰盒子已经合上了盖子，放在了衣柜的上面。

到了五楼，我直接把他带进书房。开电脑，登账户，所有市值多少，持有什么股票，让他一览无遗。然后又点开自选股，让他看。他看了我的持股和自选，分析了一番，否定掉几个自选股，对持有的提了点操作建议。接着，他又推荐了一支，什么60分钟线，日线周线年线等等讲了几句，总之，趋势很好，可以关注。最后，又叫我早点转换账户，宣传了一下自家的优点。

聊完股票，又问我家庭状况。末了，才说到参观房子。我陪着他上楼，到六楼看了看，又上七楼。又陪他来到阳台上。天空有点阴，但也不会下雨，暗沉沉地压着一些云。屋顶菜园里，藤蔓到处攀爬，有一些葫芦、丝瓜和南瓜，几株辣椒苗上，结了好多辣椒，绿色的为主，也有几个红通通的。他说，不错不错，既能种菜，又能看看江景。实际上，因为高楼的阻挡，只能看到一角江景。这时候，他的手机响铃了，就站在那里打起电话来。忽然，我听到下面有开门的声音。心里一激灵，连忙小跑着下去，到五楼迎面和我妈相遇。我赶紧做了个"嘘"的手势，把她拉进我的卧室。

我说："朱生良在楼上。"

我妈也小着声说："他怎么上来了？"

"等会儿解释。你先别出去！"

说完我又上去。一会儿他打完电话，下去了。估计他回自己房间了，我才把我妈放出来。她气呼呼地问："怎么回事？"

我就说了原因，没说股票，只说他想参观我家。

我妈说："明明是人家在做偷偷摸摸的事，倒变得我偷偷摸摸了，还是在自己家里！"

我笑道："没办法，他是房客。跟你说过周末别来。"

"周末难道不吃饭？"我妈白了我一眼，稍后又说，"那我以后傍晚来。"

一会儿我妈要走了，我先下去看了看，见201关着门，就叫她赶紧走了。

这回，朱生良叫我关注的股票，周一我果断地买进了，割了三分之一仓位原来的股。接下来几天，它上了一点，超过十个点吧，正有些后悔换得少了，不料它就暴跌了，两天股价又回去了，而原来持有的，反而上涨了几个点。一来一去，我又亏掉了一些。我打电话给朱生良，没敢抱怨，咨询后市。他说，很正常的，没人看得准！股市这么容易赚钱，谁还上班啊？

可能他有点不太愉快了吧，后来就不推荐股票给我了。也不太见到人。而那个女人，又见到一次。那天我外面回来，开着车子，就在楼后空地上停车，因为旁边停了好几辆电瓶车，不小心碰到了一辆，然后警报响了。我下来，把那辆红色的电瓶车扶起，可它还是响着。正无措中，那个女人下来了。这回她穿了一条深色带花点的长裙，化了淡妆，说真的，容貌也就一般，但因为身材好，显得比较有气质。她脸带喜色，态度很好。

我说："不好意思。"

她说："没事。你刚回来？"

我说嗯。

她按了一下遥控器，世界变安静了。然后，我们一前一后上楼去。走到三楼平台，我听到了她欢快的笑声。

## 4

一晃进入了十二月份。

那天我女儿生病，没去幼儿园。上午九点左右，老婆请假回来，然后和我带着孩子去妇幼保健医院。挂号排队，门诊排队，然后医生开出单子，让孩子先去验血。验血又要排队。我们坐在塑料椅子上，我独坐，老婆抱着女儿，等待叫号，前面有两三位。突然，我听到背后有训斥声：哭什么哭，你看人家都不哭！听声音我辨不出来，但无意中回头看了一眼，不正是她嘛！她在训斥旁边的小男孩，男孩六七岁样子，脸蛋红通通的，一边哭一边抹眼泪。男孩另一边，是一位上了年纪的老妇人，不知是他奶奶还是外婆，外婆的可能性更大，因为两个女人五官有几分相像，小男孩倒是另一种眉眼。她穿得很朴素，猪肝红色的羽绒衣，蓝色牛仔裤，头发扎了一把，脸色灰黄，说真的，这形象甚至有点土气。她也看到我了，脸唰地有点红了，眼神游移。

我说："你儿子？"

她说嗯。

"怕疼吧，正常。"

她说："男孩子胆子这么小，不好。你女儿多大？"

我说六岁。

她就对着儿子说："你看看，人家比你小，还是女孩子，都没哭，你真没用！"老女人在哄着，拿纸巾给孩子擦脸。

她说："你们看什么？"

我说："发热。你们呢？"

她说："一样的。昨晚就发烧了，一夜没睡好。"怪不得，她气色很不好。她看我的眼神，依然有些飘忽，我还觉得似乎有几分羞窘。

这时候，屏幕显示轮到我们了，我和老婆站了起来。验好血，又赶去门诊那边，就没再和她见面。

又过了十来天。那天中午，我刚楼下吃快餐回来，接到了朱生良的电话。他说："房东，还有差不多十天，就到期了吧。"

我说："是的。"具体我不记得，反正是一月份，又要交下一期房租。

"到期不租了。"他说。

"为什么？"我有些愕然，大约两周前，他还跟我借过工具，在洗手池上装了个即热水龙头，说是天冷了，装上这个洗手舒服，所以想不明白。

"反正事情有了变化。我看合同上有这么一条，提前退房需提早十天和房东说，所以就和你打个招呼。"听他的声音，感觉情绪不佳。

我说："哦哦，好吧。"来去自由，我还能怎么呢？

然而，我一直不知道他退房的原因。就是到了退房的那天，他来拿东西办手续，也没跟我说，而我当然也不好意思问。他倒是把卫生搞了一下的，毛毛躁躁的，好在本来就比较干净。他走后，我又收拾了一下。没想到一低头，就看到床底下躺着那个黑盒子。我把它拿出来，打开一看，玫瑰还在，但已完全干枯。

说起来还没完。不久，元旦过后，股市熔断机制正式实施，从而又一次再现了连续千股跌停的奇观。那天，我化悲痛为力量，给朱生良打了一个电话，在电话里我们一起骂了个痛快。之后再无联系。

# 穿貂皮的女人

## 1

怎么说呢，一般情况，来我家租房的人，对我还是比较羡慕的吧，比如，他们会说：哇，房东，这一栋楼都是你的？

我说：嗯。

那你啥都不用干了，你家光收房租就能过日子！

我说：不多，不多。

以上不是我假想的对话，而是现实中经常发生的场景。租客说这些话时，脸上也是羡慕的表情。而我呢，心里也略微有些受用，也就不去指出被他无视了的两个事实：一，这里本来就是城中村，这样的独栋自建房比比皆是，无非就是地段好一点罢了；二，我可是有家室的人哦，不是一人吃饱全家不饿。

但202的陈璐可不是这样。她是春节稍后过来的，不是一个人，和老公一起。她二十九岁，个子略显小巧，皮肤很白，圆脸，很漂亮，头发呈淡金色，蓬蓬松松，略微卷曲，穿一件浅蓝色的长款羽绒衣，模样清爽，气质也很不错。老公比她大一岁，叫罗建国，中等个儿，长脸，板寸头，外形清瘦，穿一件灰色的夹克衫，配牛仔裤，看上去也挺精干。身份证上的地址，是湖南省邵阳市邵东县某某镇某某街几号。我登记时，他们告诉我是第一次来这里，先住下来，再去找工作。房租八百五，交三押一，合同签一年。然后陈璐掏出钱包，唰唰地数了一沓票子给我。他们是下午来的，随身行李不多，老公拖一个黑色的大拉杆箱，老婆拎一只橘皮色的女士包。到了傍晚，我看到他们买回来了一大堆东西，叫了三轮车送到楼下，然后就是陈璐使唤老公搬上来，有床上用品、洗漱用具、锅碗瓢盆等等。陈璐站在楼道口，双手叉腰指挥着，让她老公来回跑了好几趟，虽说有点过分，但她"老公老公"地叫着，男人倒也挺乐意。

没几天后，女的就开始上班了，而男的似乎还没有。根据我这些年当房东的经验，一般好像都是女的容易找工作，长得好看的，可能会去娱乐场所，长相普通的，就去饭店或者服装店之类，反正服务行业总是用工比较紧张。而男的相对就难找些，一方面可能岗位少，另一方面也比较挑剔。

有天我和老婆回家来，刚好碰到陈璐出门，一身时髦的打扮，灰色的皮大衣长及膝盖，前面敞开，脖子上镶着白色的毛领，里面是嫩黄色毛衣，下面配黑色的连裤袜和黑色的靴子，再手提那只橘色的包。楼道不宽，她就侧过身，等我们过去。我和她打了个招呼，又微笑着问："去哪儿上班了？"

她启齿一笑，说："东方魅力。"

那是个娱乐会所，以前我也去过多次。我又说："你这皮衣挺漂亮的！"

她乜我一眼，也微微一笑，说："房东，你可真不识货，这可是貂皮，要两万多块呢！"

我做出惊讶的表情："哇，要这么多！"

她又晃了晃手中的包，说："我这包也快要两万了呢！"

"那你是富婆，有钱人！"我恭维道。

"不跟你说了，我要上班去了。"她嫣然一笑，和我错身而过，噔噔地下楼去了。

我又回头看了她一眼。冷不防，听到老婆一声呵斥："色鬼，你看什么？有什么好看的！"转过身来，发现她脸色难堪着呢，忙赔着笑说："自己家的租客嘛，打打招呼，联络一下感情，有何不可？"

老婆又说："那你什么时候给我买貂皮？"

我说："好好，股票回本，就给你买貂皮，想要什么都给你买！"

老婆不出声了，冷着脸上去。我知道她也是说说而已，对于貂皮金器之类的东西，其实也不怎么感兴趣，再说，穿件貂皮，显得自己雍容华贵，在我们这边也是前几年流行的事了。然后又想，那个陈璐，她在东方魅力干什么呢？难道是做小姐？带着老公来做小姐？好像有点不合常情吧。但谁知道呢，真的也说不定。一般和老公一起出来，会比较本分，单个出来，又做了小姐，有些确实比较乱，而我作为房东，自然希望家里安耽一点。

因为在娱乐场所上班，陈璐晚上回来很晚，基本上都是大半夜。一般上午都在睡觉，快中午了才起来，这个时候老公已做好了饭，吃好饭她又出门去。老公在家里看电视，有时候也出去走走，一个人吃晚饭。有些日子，比如陈璐休息，就两个人一起吃晚饭，好像吃得还不错，有鱼有肉，总是加了很多辣椒，在楼道里就闻得到。这些情况，有的是我观察得来的（也不是刻意），有的是通过和罗建国的几次聊天了解到的，他总是在家，又老是开着门洗洗涮涮，难免有几次，我会走到门口和他聊上几句。他话不多，很少有笑容，但蛮和气的。

转眼三个月到了，要收下一期房租了。提前三天，我和她电话联系，她说加我微信吧，你算好，我随时可以给你。因为入住时她给的是现金，所以我还没加她微信呢。现在，绝大部分租客已经用微信或者支付宝给我交钱了。她的微信名叫"深夜的玫瑰"，和她的职业倒是非常贴切。隔天，我算好水电费，加上房租，微信告诉她多少钱，她马上就转账给我了。

又过了几天，晚上七点多吧，我下楼来，到四楼就听到了阵阵说笑声，然后到二楼，发现202开着门，声音是从里面传出来的。我就走到门口，张了一眼，果然是有人在吃喝，四个人，除了他们夫妻两个，还有两位年轻女孩。我笑着说："挺热闹的啊。"

他们都转过头来看着我了。陈璐说："房东，刚好有事想找你，那你进来吧。"

我就走进去，问什么事。

原来是为了窗帘。她说窗帘质量不好，有点透光，而她睡觉是很讲究的，有一点光就不舒服，叫我给她换一块，加点钱也没关系。

一到四层所有出租房，窗帘都是统一的，比起上面自己住的，当然质量要差一点，布料稍微薄一点，但以前也没人提出来过，就她挑剔。我想到六楼我妈的房间，自从她搬出后一直空着，那就将两块窗帘对调一下吧。所以我说："行，给你换一块。"

她说："那就谢谢你了。"嘴上说谢，可语气也不怎么热情。

小餐桌上摆了五六个菜，中间是一大盘辣子鱼，她伸着筷子在里面挑拣，而脸上已经有点红晕了。他们都喝啤酒，桌上竖着两个酒瓶，地上还有几个。

这时候，罗建国笑嘻嘻说："房东，一起喝点！"他坐在角落里，仿佛就是三个女人的配角。那两个，估计二十出头一点，样子也不错。我听到，她们叫陈璐陈姐，估计是同事吧。

我也笑笑说："不喝了，晚上喝过。"我一般晚饭时喝一瓶啤酒，冬天除外，可能喝点白酒。

陈璐又说："哎，房东，你这一栋楼，一年能收多少房租？"

我说："不多，也就十万左右。"

我以为她又会和别的租客一样，表示羡慕呢，没想到她说："那真不多，没什么花头。"

我马上说："是啊，没花头，还很辛苦。"

她一笑说："辛苦没什么，大家都辛苦。"

我转头看向罗建国，问："那你找好工作了吗？"

罗建国放下酒杯，说："找好了，在一家洗车场做事。"

洗车场做事，难道是洗车？那可是比较累人而且收入也不会太高的活儿，估计三千来块差不多了吧。因为我以前在银行管过POS机业务，信用卡客户满足条件可以免费洗车，就和好几家洗车行打过交道，所以对洗车工待遇，还是有点了解的。

这时候，陈璐好像洞察到了我的心思，一撇嘴说："我主要是看他没事在家挺无聊的，就托了一个朋友介绍，让他去一家洗车场帮忙，也不是洗车，干点别的活。反正我又不要用他的钱，他那点钱，够自己抽烟就可以了！"

她这么一说，我也想起来，确实每次看到罗建国，他好像都叼着一根烟。我说："那是，找点事做充实。"

"你是干什么的？"陈璐问。

愣了愣，我说："不干什么，就收房租。"

"那你老婆干什么？"

"小学老师。"

"小孩多大？"

"上幼儿园。"

"那你一个大男人待在家里，老婆不会嫌弃？"她笑道。

我支吾着说："还行，她要求不高。"其实呢，我老婆哪里会不嫌弃。我从银行辞职，她不赞成，但也没太反对，接着，我在股市上几乎亏光了钱，她就受不了了。所以，其实我的日子也挺难受的，但有必要和租客说这些吗？我打了个招呼，出去了。

第二天，我就给202换了窗帘。

## 2

虽然我自认为对陈璐不错，但她对我还是比较冷淡的，表现为偶尔在楼道里照面，几乎连招呼都不跟我打一个，目不斜视地走过去。我知道，她是看不起我，一个没用的男人。然而，那次事情后，我们的关系走近了一步。

七月份，我平静的生活出现了一点转机。当年的银行领导，也就是我那位中学同学，在金融系统辗转多年后，跳槽到了一家私募投行，乘着"万众创新大众创业"的东风，打算为老家引进一家科技创投平台（股权投资基金）。实际上年初他就开始运作了，三四月份和平台的主体方，一家科创孵化器公司大致谈妥，五六月份，和政府这边基本敲定，启动资金五个亿，孵化器公司出资三亿占比60%，地方政府出资五千万，占比10%（参股的意义更大），余下的30%，由投行发债，吸纳民间资本。实际上，我一开始就得知此事，并密切关注着。到了七月份，项目基本落实。那天，他联系了几个比较熟悉的本地企业老板，在耀都德悦设宴，并把我也叫上了。席间他透露，昨天已向区长汇报了工作进度，区长表示会大力支持，又展望了平台的美好前景，引得老板们纷纷动心，表态参与。饭后有老板请大家去唱歌，于是一行人移步到了隔壁的东方魅力。说真的，我很振奋，虽然不知道未来会担任什么角色，但憋居在家三四年了，终于有机会大显身手，整个人就如同游戏里奄奄一息的杀手补充了能量，满血复活！说实话，有那么一点"胡汉三又回来了"的感觉。

金碧辉煌的走廊，歌舞升平的景象。我们一行七人进包厢落座，一位女领班很快窜进来，和请客的老板耳语几句，出去，旋又进来，这回排场就大了，后面跟着七八个小姐，齐刷刷地鞠个躬后，在我们面前一字排开。我坐在软凳上，挺直腰杆，看着这些美艳的女孩子，那种"胡汉三又回来了"的感觉愈加强烈。领班笑嘻嘻地说：各位老板晚上好！有中意的女孩尽管挑！我仔细一看，这不就是陈璐嘛！原来是个妈咪。我坐在暗处，没动静。请客的老板却让同学和我先挑，还叫我何经理，那是我在银行时的职务。一会儿，被选中的小姐们分坐到男宾们身边，唯一一位落选的步态袅袅地走出去。然后，陈璐说：姑娘们，把老板们陪好，玩得开心！说完出去了。我马上站起来，追到走廊上，叫了一声"陈璐"。她迅速转身，看见我，脸色忽地有点红了，说："原来是房东啊。怎么，你也来玩？哪个包厢？"

我说："就是你刚才出来那个。"

"哦，你就是何经理呀！怪不得我觉得有点像，可你不说话，我又不敢认。"她笑道。

"我刚才也不敢认你。"我也笑道。

"你不是说自己不上班的嘛。到底是做什么的？"她表情有点好奇。

我就说："以前在银行，接下来会搞私募。这些老板，都是以前的客户，也是朋友。"

"这几位可都是有头有脸的哦。"顿了顿，她又说，"私募，搞什么的？"

"就是做投资吧。"

"哦，我还以为你就靠收房租呢。"她胸口有块小牌子，上面写着名字和职务。

我笑笑没说话。这时候，有个男服务员在楼道那边大声喊：陈姐，过来一下！她先"哎"了一声，又对我说："那行，我先过去了，过会儿来看你们。"

这天晚上，她又进来了两次，敬酒，说玩笑话，很专业，很热情。她和那位请客的老板很熟，从一些小动作看来，关系还有点暧昧，当然这完全是瞎猜，干她这一行就得擅长表演，和我也亲密地聊了几句。我们玩到十一点多，回去了。临走，她又露面，送我们到电梯口。

这之后，看到我，她态度就和以前不一样了，会启齿一笑，热情地打个招呼。而人总是这样，她热情，我也报以热情。我偶尔看看她的微信朋友圈，发的都是一些很开心的场面，大多是吃夜宵，有一次庆祝同事生日，还有一次发了个小男孩的照片，配上文字：妈妈想你了。

我就在后面跟帖：你儿子？

她说：是。

几岁了？

7岁。

29－7=22，这样想来，她结婚很早呢，但又想，在湖南又是小县城里，也许不算早吧。

我说：你们夫妻俩出来，小孩谁带？

她说：他爷爷奶奶。

我没回过去。一会儿，她又说：你怎么不来玩了？

我说：以后肯定会来，这阵子还在筹备。

## 3

整个八月份，是我近些年里最充实而又忙碌的一个月。我同学那边，还在和另两方继续深化，落实细节，同时着手寻找办公场所。因为他平时在杭州，没我方便，好几个位置就是我先看好再向他汇报，所以经常奔跑在外。幸亏老婆带着女儿，大半个假期都住在乡下丈母娘家，所以我在城里自由自在。有天上午，我刚从一个写字楼出来，还在大门口，接到了陈璐的电话。她说："房东，你在家吗？我的钱被偷了！"

我一愣，忙问："多少？"

"两万！"

"你这么多现金放家里？"

"不跟你细说了。你在哪里？小偷怎么进来的？门没撬，窗也是关死的！"

我说我在外面，马上回来，还有，你先马上报警。听她的意思，是不是怀疑我没有换锁？那么前一任租客，甚至我，就都有了嫌疑。

我开车，五分钟就到家了。进去，只见她一个人在，脸没化妆，穿着睡衣。我仔细看了看，门确实没事，不见有撬的痕迹，因为有三道保险杠，也不可能用身份证之类开门。因为开空调，前窗锁死了，厨房间的窗，爬上来的可能性也不大，不说难爬，现在谁他妈家里放这么多现金啊，除非是知情人才会冒险。她脸色越难看，我心里越窝火。

我问："报警了吗？"

她说报了。

我又问："你放这么多现金干吗？"

她说，钱是她昨晚上从银行ATM机上取的，本来打算今天给小姐发工资，小姐的工资，是一周一发。

我说："发钱你可以用微信啊！"

她说："发微信上没感觉，好多人还是喜欢拿现金。"

我不接话，心里想，这会儿后悔了吧！她又说，这两天她老公不在，回老家了，昨晚她也跟往常一样，半夜才回来，钱放在包里，包扔柜子里，也没看。今天起了床，想从包里拿个本子，给小姐们算工资，突然发现钱没了！可门又没撬，房东，除了你谁还会有钥匙？

我说："放心，你们进来前，我换过锁芯，除了我，只有你们两位有钥匙！"

"那不可能！小偷是怎么进来的？"她责问似的。

我懊恼地说："等警察来了再说吧！"

一会儿，警车就开到楼下了，上来三位警官，又是笔录，又是拍照。在她确认钱带回家来了，而且门关上前窗锁死的前提下，警察说，那只有一种可能，就是从厨房的窗爬进来，可是不说难度大，还看不到明显的痕迹。办完事，警察对她说，这事儿只能先这样，有结果会第一时间通知她。我送警察下去，到了下面，问一个警察，这案子能破吗？他摇摇头说，很难。或许以后碰巧抓到了这个小偷，他自己交代出来。还有，这种案子，熟人作案的可能性大。另一个警察说，其实，她到底有没有把钱带回家，也没有证据。我说，和我想的一样！

但接下来，我心里更加窝火，因为刚到楼上，就发现她在微信朋友圈里发了条信息：丢钱了，找了个不安全的房子。我回怼：你可以搬啊。她没声响。

然后又来了戏剧性的转变。下午两点左右，突然收到她的微信：房东，不好意思，钱没丢！我急问：怎么回事？她说，原来她昨天取了钱，又回了一趟会所，在工作间里把钱掉了，就在地上，刚才搞卫生的阿姨一进去就看到了，一嚷嚷，就知道是她的钱了（因为有监控，阿姨不敢怎么样）。原来是虚惊一场。我松了一口气，也不想和她计较，说，找到了就好！还有，打个电话给警察，把案撤了。

她说是是。听声音蛮喜悦的。

我又说：你钱挺多的嘛。

她回：也没多少，存下了几十万。

存银行？

那还能放家里？

我说：也是。不过存银行也是在贬值。

那你有好的投资渠道？她问。

我想了想，说：暂时没有。

然后就结束了微信。

我们接下来要做的基金，是私募股权基金，起购金额就是一千万，而且那几个老板已经拍板认购了大部分。按我同学的构想，资金根本不是问题，两年内肯定要上第二期，现在的主要工作是拿到相关批文。

过了十天左右。其间，我同学那边捷报频传，已经签订三方合作框架协议，办公场所也已初步确定。那天，我在家里看书，私募基金方面的书，什么PE（股权投资）、VC（风险投资），正在恶补知识，接到了陈璐的电话。

她说："房东，咨询你个事儿，行不？"

我说："什么事？"

她就说了一大通，大意是，有个朋友介绍她投资，一个网上产品，叫什么币，买进去就涨，到时候卖出就赚钱，她朋友投资了几万块，才两个来月，已经赚了好几千了，她心动了，想投资，可又怕有风险，所以请教我。

我也说了一大通，大意是，我觉得不靠谱，天上不会掉馅饼，那些说得天花乱坠的，基本上是骗局。

她说："可是有很多人在买，难道他们都不懂？"

我说："中国人多嘛，傻瓜当然也不少。"

"那你那里有没有好的投资？"她又问。

"暂时没有，以后有的话我会告诉你。"然后我又说了几句，提醒她，什么原始股啊，P2P啊，都不要去参与，基本上都是骗局。

最后她笑道："谢谢你房东！那我就不买了，等你有合适的产品推荐给我。"

我说好的。

开发一个潜在客户也不是坏事情，既然干了投资，以后总是有机会的。

## 4

很快进入了九月份。

唉，投资平台的事儿，马上就要工商申报了，却突然遭遇了变故。起因是临县一个政府参股投资平台出了事，主体方抽逃资金，引发大量的投资人诉讼，上级政府就紧急叫停了此类项目。我同学那边等于是当头一击，再努力也已于事无补，而主体方见到政府退出且不太有配合的积极性，就不想来蹚这个浑水了，于是项目落空。我白白兴奋了一场，又灰溜溜地宅在了家里。

大约是九月中旬，某天傍晚，我吃好晚饭下楼来，去我妈那里拿点东西。到了下面，透过铁栅栏，发现有个面生的中年男人站在防盗门外面，似乎是想进来，因为门关着而不得。

我开门出去，问："你找谁？"

"你……你是房东？"他说。不太标准的普通话，三十多岁，黑黑瘦瘦，身量中等。

我也用普通话说："嗯，你找谁？"

"陈来娣是不是住这里？"

"陈来娣？没这个人。"

"但是有个老乡告诉我，她就住这里。"

"我是房东，住不住这里，我还不知道啊。"

"有个男的跟她在一起，姓罗的。"

我脑子忽地开窍了，问："她是你什么人？为什么找她？"

"她是我老婆。"他眼神阴鸷地盯着我。

我心里咯噔一声，但很镇静地问："这个你有证明？"

他居然掏出一个本子来，是结婚证，递给我，一边说："你看。"

我接过了那个猪肝色的薄薄的本子，保存得不是很好，有点旧还有点破损了，翻开一看，照片中的女人果然就是陈璐，不，应该叫陈来娣，不过感觉还没现在年轻，也非常土气。男的叫朱小龙，看面相就是站在我面前的这个人，但是比现在年轻多了。大致一算，他们结婚七八年了。

我把结婚证还给他，说："怎么说呢，真正的房东是我妈，她有一个登记本，租客的信息都记在上面，我呢其实也不是很清楚。本来我可以帮你查一下，但我不知道本子放在哪里。"

"那你妈呢？"他问。

"出去旅游了，要过几天才回来。"我现编着。

他说哦，表情有点失望。

我没说话，但站着的位置，挡住了他进去。他先愣怔着，然后咕哝起来，土话夹着普通话，我听懂了一个大概：他老婆跑了好几年了，先是在老家隔壁县，在舞厅里面做事，其间认识了那个姓罗的男人，姓罗的是个混混，还打架捅伤过人。他们在隔壁县里，通过关系买到了两张身份证，把名字地址都改了，而且上网还查不出来。大概是两三年前，离开老家，跑到外面去了。他一直在找，可是找不到，丈母娘家就在隔壁乡，肯定知道，就是不肯告诉他。今年儿子上小学了，儿子强烈地想念妈妈，他就必须找到她，叫她回去一趟，离婚也没什么大不了，就是不要没音信。本来也不会找来这里的，是前一阵那男的回了一趟老家，他从亲戚那里得到消息，又通过老乡辗转打听到了他们在这里。

我说："那万一她不肯和你回去呢？你不是说，她身边还有一个混混。她不肯回去，你有什么办法？"

"那我就不管了，犯法的事也会做！"他说。眼睛里有几丝血红，不知道是不是疲倦造成的。

我怔了怔，又说："这个时候，你就是进去，好多租客也不在房间里，你看灯就知道，你也找不到人。"

显然他认可了我的话，长叹一口气，沮丧地摇摇头，有些不知所措的样子。我就往前走了一步，又随手把门关上，说："你要不明天再来看看吧，今天这么晚了，也别等了，可以去找找老乡，先住下来再说。"

他先不响，过会儿又叹了口气，叽咕着说，那就这样了。他磨磨蹭蹭，还不想走，我就先离开了。过了路口，我马上打电话给陈璐，不，应该叫陈来娣。我说，有个男人，自称你老公，找上门来了，不过，暂时没事。我只能这样简洁地说，点到为止。我并非不同情她老公，但是我怕出事，反正这种事情搞不好就会有血光之灾，而我作为房东肯定不愿意。

她愣了愣，说："谢谢你！"

"那你打算怎么办？"

"先避避吧。"

我说，好。

当天晚上，我特别留意了，他们都没有回来。第二天好像也没有回来。而那个从湖南赶来的男人，也没露面，也许在楼下转悠过，我没发现。我想，他们可能会搬走，现在是淡季，不好租，但我还是乐意。

果然，第三天下午，突然接到她的电话，说："房东，你在家吗？"

我说在。

"那你下来一趟。"

我立马下去。她开了门，看着我说："那你算一下，给我们退房，我们马上就走。"

我说好，理解。

我抄了电表，又进去，在手机上算账。她坐在床上，神态有些紧张。而那男的表情十分严肃，站在窗口，沉默地抽着烟。大件的东西已经打点好了，比来时多了一个包，那件貂皮大衣，会不会在那个红色的包里？小东西显然就不要了。

房租大约还要一个半月才到期，扣除水电，押金也还剩一半左右，按照合同，这些都是可以不退的，但鉴于情况特殊，我退了一个整数，大部分。然后，他们就带上行李，匆匆忙忙地上路了。

# 东北人不都是活雷锋

## 1

"那你是怎么来的浙江？"

"网上招聘啊。他们登了广告，要招什么人，咱看到了，觉得合适，就和他们联系，条件谈妥了就飞过来了。"

"那机票给报销吗？"

"给报。"

"那房租呢？"

"这个没谈，我自己出呗，反正赚了人家工资，总要花的。是不是？""没"发第四声。

"那工资多少？"

"说是先每个月给四千，年末了再看情况给多少奖金吧。"

"那行，老张，那你来这儿还值！"我说。

老张笑了，说："但愿吧，反正钱也不是最大的问题，咱有退休工资，过得愉快就行。"

"好，那你这个'东北银'就过过南方的生活吧。"我也笑着说，说完就出去了。

这是他租进来后的次日。这房子是一个多星期前预定的，一个三十来岁、身材丰满的女人来办理的，说人要过几天才来，房子先定下，价钱先谈好，八百一个月，押一付一。又提出这几天不算，我说各让一步取中间吧，她不同意，考虑到是淡季，我答应了，她就付了定金，先加我微信再转账。昨天，主角登场了，也是她带过来的，好几个包，说是老板亲自去机场接来的。一个个儿不高的老头，头发有点稀疏，大鼻子马脸，态度挺好，满脸带笑。把租客带到后，丰满女人交代了几句，就先走了。然后签合同，付房租，那两百块定金，就由他们自己去解决了。我说，微信付吗？现在我收房租都用微信或者支付宝了。他说，微信有，但没绑银行卡，这玩意儿不怎么放心，还是用现金吧。说完掏出钱包，一张张数给我。

老头挺健谈，给了钱后，他一边整理，一边和我聊天。我叫他张师傅，他说，小何你别太客气，就叫我老张好了。"别"也念第四声。身份证登记加上聊天，我就知道了，他是黑龙江人，佳木斯的，家住向阳区西林街道某某小区，是高工，以前在研究所工作，今年六十三了，所以退休了，老伴也退休了。家里有个儿子，也成家了。生活挺安逸的。他以前就是出差来过南方，挺向往的，就在网上搜索，有没有发挥余热的地方。正好就找到了这个专业对口的岗位，一家小公司，专做水利工程设计，需要一名高级职称员工。

然后，他从皮箱里拿出几本证书来，有高级职称证书、先进工作者证书，还有一本技术改进获奖证书。

我说："挺厉害的！"

他脸有些红了，说："不瞒你说，咱工作上还是拿得起的！"

收起证书，他问我了很多问题，超市在哪里？菜场在哪里？哪里可以散步？等等。接着，又问我，去过东北吗？我告诉他去过，讲了一下大概经历。末了，我刚要走，他又问起我的工作。

我微笑着说："我不上班的，就靠收房租。"

"啊？"老张面露惊色，说，"才四十来岁，年轻轻的，怎么就不上班了呢？"

我说原先在银行，干烦了就辞职了。

老张啧啧嘴，笑道："你这是有房任性！反正靠着这栋楼，小日子也不会憋屈了。"

又问了我家人的情况，才把我放过。所以离开的时候，我就觉得这老头挺有意思的，话多，随和。

果然，才过了两天，就让我见识到了更有意思的事情。傍晚，我从外面回来，刚走到二楼，他从202走出来，叫住了我，其实门一直开着，好像就是在等我。

我问："老张，什么事？"

他说："小何，你帮我抬一下床，换个方向摆，我一个人搞不动。"

我就跟他进去了。床是木头大床，加上席梦思，确实挺沉的，可放得好好的，干吗要换方向呢？我还没开口，他好像琢磨到了我的想法，就笑着说："你说这床呗，摆得也挺好的，可是它这个方向嘛，跟地球的磁场不一致，睡着对身体就有害处……人这一生嘛，睡觉占了三分之一，哪能不重视？"

我也笑着说："行行，你这个人还真有讲究！"

说完，两人合力，把床转了九十度，从东西向改成南北向，因为房间够大，衣柜什么的一调整，也没大碍。

我正要走，老张又说："小何，等等。"

"还要我帮什么忙？"

"是这样，我发现晚上有蚊子，所以就特地去买了个蚊帐，可是一个人也不好弄，你帮我一起挂起来吧。"说着，他从墙角处拿起一包东西，放床上摊开了，是那种简易钢管蚊帐。我女儿去年读小学了，民办学校，住校，也给她在寝室里挂了这种蚊帐，一个人确实不好弄。

可能花了有十分钟吧，我们把蚊帐挂好。挂的时候，老张又絮絮叨叨，说南方太闷热了，晚上不开空调不行，这夏天嘛真没有北方舒服。正值七月初嘛，南方当然闷热，我附和了几句，又说了一些南方好的话。

弄好，我走出来，他跟着送出来。走到外面的厨房，我看到锅盆瓢勺这些都有了，还买了菜，一点切好的肉丝，几片豆腐干，几个红辣椒，还有一点绿叶菜。

我止了步，说："晚饭自己做？"楼下快餐很方便，这楼里，估计只有一半人自己做饭。

"嗯，自己做放心，外面太油腻了。"他说。

"是的。你喜欢吃辣？"

"东北人嘛，大多喜欢吃辣吃酸。"

突然，我灵机一动，回头看着老张，说："翠花，上酸菜！"

老张也看着我，表情有些纳闷。我继续说，不，是唱了："俺们那嘎都是东北人，俺们那嘎盛产高丽参/俺们那嘎猪肉炖粉条，俺们那嘎都是活雷锋……"我唱了几句，忘词了，干脆又高潮迭起，"翠花，上酸菜！"

这时候，老张也明白过来了，说："对对，这歌我听过，前几年还挺火的，叫……叫什么来着？"他拍着脑袋，一下子想不起来。

"歌名就叫《东北人都是活雷锋》，雪村唱的。"

"没错没错，我想起来了，"老张笑道，"那光头挺有意思的。"

"老张，那我走了，该上去吃饭了。"说完我跨出门槛。

老张在后面说："小何，你这个人挺有意思！找了你这个房东，咱俩有缘！"

而我走在楼梯上，有趣地想，这老张还真是姓对了，姓什么，都不如姓张啊。然后又小声地唱起来：老张开车去东北啊/撞了/肇事司机耍流氓啊/跑了/多亏一个东北人……唱到这儿，停了，因为一想，不对啊，老张本来就是东北人啊，怎么说去了东北？咳，不去管他了。

2

老张上班干些什么，我也不知道，那个比较专业，说了我也未必懂。公司在国贸，国贸的裙楼，有好多小公司驻扎着，以前我在银行的时候，跟里面一家公司打过交道。我看到他，主要是他在家里的时候，很多次就是在做饭，有几次他会笑嘻嘻地说一句，小何，一起吃点？我说，不了。

有一天，我上楼去，他突然窜出来，说，小何，等等。

我以为又要帮什么忙呢，就跟了进来。只见他拿出来几个梨，很大很白的那种，一看就知水分很多，说是单位分的，一个人吃不了，给我几个。我说不要不要，可他已经用超市的塑料袋装了且硬要塞给我，我就只好拿了，恭敬不如从命吧。

另一次，他又叫住我，硬是塞给我几个玉米棒子。我一看长得稀稀拉拉的，虽然说了声谢谢，可脸上的表情有点虚假，拿在手上，心想这会儿扔了也不好意思。他大概看出来了，就说，这才好呢，我一早从路边摊上买的。这不是转基因的，吃着放心！他这么一说，我就乐意地拿上去了。

有天傍晚，我上楼去，他又窜出来，说："小何，你把水电算算好，我得给你付房租了。"

我一想，不就是嘛，明天就到期了，他不说我还没想到，因为人家都是三个月一付，他是一个月，容易搞错。我上去拿了笔和收据本，下来抄好电表，水费是固定的。收下钱，开好收据，我说："老张，干吗不是三个月一付呢？人家都是。这样我也好记。"

老张笑眯眯说："不瞒你说，我这是有想法的，觉得好就住，不好就走，所以一个月一付。"

我恍然般点点头，心想，老张还是挺精明的！

"这不没经验嘛，退休后第一次出来。"老张又说。

"那现在感觉怎么样？"

"还行。南方人做事挺认真的，效率高。这一点真比东北人强！"

"那是，要不你们东北早就发达了。"我笑道。

跟他扯了几句，我又问："跟家里有没有联系？"

"当然联系了！跟你阿姨，微信上每天联系。"他就这么自动攀亲，也不问问我同不同意，但我知道那近乎一种口头禅，而且有个东北阿姨，不也挺好的嘛。

我又问："那你晚上都干些什么？"

他说："有时候加加班，有时候出去走走，江边风景不错，这富春江真是名不虚传呢！"

我说："当然，要不黄公望也不会来这里结庐！"

说完，我就上去了。

## 3

很快又过了一个月。这次，到了期，老张也没来跟我说。我想，可能是工作忙，忘了吧，那就主动提醒他。晚上散步回来，我敲开了他的门，笑嘻嘻说："老张，今天房租到期了。"

他咳嗽了两声，表情有点不自然，说："小何，这样吧，能不能我先不交了，反正有押金，我也住不了几天了，想中秋节之前就回去了，到时候你就从押金里面扣。"

我有点意外，再想，也不意外。我说："为什么？不是挺好的吗？难道是工资没兑现？"

"工资倒是兑现了。"他又咳嗽。

"那为什么？"

"小何，跟你实说吧。我挺为难的，有些材料上，老板让我签字，可我实在觉得不该签这个字啊，反正挺为难的！"老张皱着眉头，一脸烦愁。

哦，我有点懂了，材料可能有点不合规，而老张做事规矩，就不想掺和，怕被人家利用了。

果然他又说："你们南方人真是胆大！那字儿我可不敢签，现在签字是要终身负责的，我可不想晚节不保！"

我笑道："可人家聘请你过来，就是让你干这种事儿的啊，看中了你的高工资质。你就糊涂一点，配合一下嘛，就当是做好事。"

"那不行，这种好事可不能做，咱东北人也不全都是活雷锋啊。"老张摆着手说。

我差点笑岔了，一会儿又说："要不跟你老板谈谈，加点工资。"心里想，人家也知道终身负责，所以才聘请退休的呢，反正这终身，也不会太长了。

"那也不行！这是原则问题，不是因为钱多钱少！"老张说，很认真地。

然后话又绕回来，他说，就先不付吧，走的那天押金里扣。

我说："行。"

他说："谢谢。"

想了想，我又说："其实你也可以在这边再找个单位，既然来了南方，就多待一阵嘛。"

老张摇摇头说："不找啦，你阿姨也叫我回去，她一个人寂寞。"

"那还是回吧。如果还想发挥余热，就在东北找个活干。"我说。

"是啊，咱就是这么想的。毕竟身体还行，在家待着也无聊啊。"老张说。然后，对即将召开的十九大，和我聊了几句。他挺有信心的，觉得中央一定会出台更加有力的振兴东北的规划。

一会儿，我问："那你这几天打算怎么办？"

"这两天把手头的活儿做好，就跟老板说，不干了。然后想去转转，来一趟南方不容易嘛，想去旅游一下。再说天气也不那么热了，适合旅游。"老张笑呵呵说。

"对对。"我说。然后建议他去杭州玩玩，还介绍了一下主要的景点。

他说："杭州是要去，千岛湖、黄山也要去，反正都挺近了。"

这倒也是，我们自己觉得远，但对于一个东北人来说，到了这里，感觉就都很近了，我们出去不也是这种想法嘛。我想到了一个事，笑道："老张，这里有个野生动物园，老板就是佳木斯的，好多员工也是。你不去找老乡？老乡见老乡，两眼泪汪汪。"

"嗯，听说了，但是不去了。不是还有一句话嘛，老乡见老乡，背后给一枪。"老张挺会开玩笑。

想了想，我又问："你一个人去？"

"没事，我身体好着呢！"说完，老张举起一条胳膊，意思是让我看他手臂上的肌肉。说实话，他看上去就是腰挺体壮气血健旺，在他这个年纪，身体绝对算是好的。

于是我就说："那行，老张，祝你玩得开心！还有，走之前告诉我。"离中秋节也就十来天了，这几天的房租，加上所有的水电费（含前面一个月），押金也差不多够了，即使少一点，我也相信老张的人品。

"谢谢谢谢！那是当然，小何，你放心！"他说。

晚上，我把这事儿前前后后想了想，总觉得有点不妥，就和那个替他租房又带他来的丰满女人联系了，我有她的电话和微信，还知道她姓李，是公司的后勤人员。我用微信语音说了两句。她也用语音回话了，说她也有点感觉到了，老张可能要走。

我问：你怎么感觉到的？

她说：我们老板给他配了一个助手，一个大学毕业没几年的小伙子，我就是从小伙子的话里听出来的。他说，张工在发牢骚，说这活儿干不了。

那你跟老板说了没？我问。

那没有，万一他不走呢。她说。

怔了怔，我说：我觉得你们有点不负责任，把他给忽悠过来了。

她说：那也不是。还是个观念问题。张工水平很高的，但是怎么说呢，人比较迂腐，应该就是东北那种环境造成的吧。我们老板其实对他很好的，有次还跟我说了，如果他提出来报销房租，也可以，但他也没提。

我笑了笑说：你们是把正直当迂腐！

她也一笑道：什么正直，就是脑筋死板，做什么都要规规矩矩！你知道，什么都守规矩，那业务还怎么去做？

我说好吧，就结束了对话，不想跟她多聊了。我之所以要告诉她，就是因为她是那个起头的人，有始有终，作为房东，我也能避免一些不必要的麻烦，还有，为老张讨个公道。

过了四五天，小李给我来电话了，问："张工走了吧？"

我说："没呢，房间还没退。"

"这样啊，他干什么去了？这边前天办了移交手续。"她说。

我就说，旅游去了，可能要一个星期。上次，我没告诉她这个事。老张昨天出发的，先去千岛湖，再往黄山，走之前给我打了电话。

小李说："那看来他心情不错。这样我也好受点。"

我问："那回去的机票呢？"

她说："他没要我们买。再说，既然离职了，就不是我们公司的人了，公司也没有这个义务了。"

想想也是。然后，她又说，张工走的那天，你告诉我一声。我答应了，搁了电话。

## 4

那天下午，三点光景，我在书房写东西，接到了老张的电话。他说："小何，你在家吗？在家的话就下来吧。我明天就走了，咱俩把账结一下。"

我马上下去了。门开着。老张在收拾东西，地上又有了好几个包。

我问："老张，明天什么时候走？"

"明天一大早就走，六点多的飞机，这里得五点不到就出发。我也不好意思这么早来叫你，所以还是今天结了吧……走的时候，我就把钥匙放房间里。"老张直起腰来，又说了两句，机票买好了，先到哈尔滨，再坐汽车回家。

我说，那行。老张考虑得挺周全，于我于他都方便。我发现他的脸有些晒黑了。

老张又说："房间我给你搞过了，那个油烟机，我特地买了东西来清洗。今天晚饭不做了，外面吃点。"

我看了一下，是挺干净的，还有卫生间，也挺干净，这两块是重点。我看着地上的包，说："有这么多东西要带回去？"大大小小，有四五个，感觉比来时还多了。

"我在杭州买了一些土特产，给你阿姨买了丝绸的睡衣，还给儿子、媳妇、孙女都买了礼物。"老张笑着说，"一会儿我就去找快递，楼下不远就有。明天我就一个包，轻松上路。"

"那你明天怎么去机场？"

"打个的吧，这里到机场一个来小时，没问题。"

我就抄了电表，一算，还得退他三十块钱。收下钱，他笑嘻嘻地说："还剩七百来块，全花了。"

我说："老张，那就祝你一路顺利！"

"谢谢，小何，你这个房东真不错！"他说。

然后我就上去了，不知咋的，好像有点亲戚道别的滋味。

晚上九点左右，我正在电脑上看电影，突然接到老张的电话。他说："小何，你在家不？"

我说在。

"非常非常不好意思，请你出来一趟。我在大润发旁边。"

"为什么？"我有些蒙。

"一下子说不清。我被人家陷害了，你来帮帮我！"

我说好，问清详细地点。大润发离我家并不远，走路大约十分钟。

我马上起身，推开卧室的门，和老婆说了一声，出去了。下来后，开车直奔那儿。本来也不想开车，可是曾经满大街都是的共享单车，风行了两年后，似乎一下子就销声匿迹了。很快就到了。原来是个小美容院，非常小，一个面门，就在大润发旁边靠河的小路上，有点冷僻，但穿过去一点又是热闹的街面。我靠边停车，下来后走过去，发现老张坐在里面，一个中年男人守在门口。

"小何你来了。"老张站起来，那表情如同盼到了救星。

我问怎么回事。房子前后比较深，中间隔断，有一道门，半掩着。我看见有个女人，探了一下头，又缩回去了，三十上下的年纪，一张圆满的白脸，头发焦黄。

老张红着脸，说："小何，是这样，我想来大润发转转，看看还有什么东西好买。转了一下，也没买就出来了。我往这边走，那女的就站在门口，问了我句什么，我也没听懂，就被她拉进来了，拉进来后就说给我做按摩，我迷迷瞪瞪，但也没做什么，这个男的就跑出来了，说我调戏他老婆，要我赔两千块钱。我身边钱不够，只好叫你过来了，你帮我个忙，一会儿我把那些证书给你押着，回家后就打钱给你。"

我知道了，老张是被陷害了，就是俗称的仙人跳。但现在是要解决事情，不是讨论问题。我身边没有现金，卡里有。

我说："老张，报警吧！"

"别别。"他表情有点尴尬。

这时候，那个一直不吭声的男人，突然说："你们报好了呀！"

我回头盯了他一眼。进来时也和他对视过，这家伙也是三十左右，个子中等偏上，比较瘦，脸黑黑的，面相凶狠。我说："我知道你们的套路！怎么回事，你心里清楚！"我也知道，其实他也怕我报警。

那家伙轻蔑地笑了一声，说："你怎么就全信了他呢！你问问他，刚才干了什么？有没有动手动脚？我们可是正规的按摩店。不打他就算客气了！"

我大声说："那你打呀！"听他的口音，不像是南方人，也不会是很北方的。其实作为房东，我约略知道，因为派出所平时会来告诫，哪里哪里的人来租房要特别注意，及时上报信息。

那家伙又恶狠狠地说："反正不赔钱就别想出去！"

我气愤不已，几乎想掏手机了，但看了一眼老张那种无奈、急迫又委屈的眼神，没什么动作。再说，报警会拖到什么时候？他明天还要早起呢。

我说："最多一千！"

"两千，一分不能少！"

三个回合之后，他同意一千了。操，一千也是抢啊！然后我出去取钱，回来后给了他，带着老张离开了。

大街上，不少商店尚未打烊，行人和车辆也很多。老张坐在副驾驶座上，低垂着头，话也不多，还不住地叹气。倒是我，为了让他不感到太难堪，故意没话找话，说了一些与今晚无关的话。

车子开到半路，老张又"唉唉"叹了两声，说："以后再也不来南方了，没想到南方人这么坏！"

我说："北方人也有坏的嘛。"

他说："东北人爱打架，但不会陷害人，还是南方人坏！"

我说："其实那两个也不是南方人。哪里都有好人坏人。"

他侧头看我一眼，说："那是那是，比如你就是南方的好人。"

到了家，他果然把两本证书交给了我，又说回寄地址就是身份证地址，还邀请我有机会去他家玩，对了，还让我把银行卡号告诉了他。

第二天八点半，我下来拿了钥匙。下午四点半左右，接到他的电话，说已经平安到家，一千块钱刚给我打进，又表示了感谢。

我说好的，没事没事，晚上或明天把证书寄出。我那张卡没开通短信提示，因为我不想被银行每个月收两块钱的费用，就想，晚上出去散步时到柜员机上看看。

他又说了句什么。我说："其实老张，就是应该报警的！这一千块钱也挺可惜！"

他说："唉，小何你不知道，报警了说不定就会让你阿姨知道，你阿姨身体一直不太好，可脾气又很暴躁，咱情愿花这钱消灾！"

我说："哦，那也是。"

再说了几句，就摁掉了电话。我怔怔了一下，突然想，昨晚上，老张会不会真有那么一点想法呢？当然，即便是，他也是中了圈套。然而，又觉得，这样想就是侮辱了他。

# 小　周

## 1

我喜欢小周，因为他交房租主动。合同上是写着，到期前三天交下一期房租，但几乎没有租客会主动，都得我和他们打招呼。但小周是个例外，几乎每次都主动。

小周住在四楼，402，就是我书房下面那间。他住了有两年半左右。记得是一个夏天的傍晚找过来的，和他的爸妈。应该是找了几处了，看了这间房，他爸妈表示基本满意，就是嫌楼层高了点，问我有没有低点的。我说没有，就这一间。他爸略作沉思状。小周说，高点就高点嘛，又不是你们住，我不怕高的！他妈往窗外探了探，说，房东，住四楼，电瓶车怎么充电？我还没回答，小周又说，电瓶车我去单位里充电！他早已启动了空调，汗涔涔地站在出风口，不想动了。于是就这么定了，房租八百，付三押一，电费按表，水费固定。他和我签合同，因为是格式化的，就签下了周嘉豪三个字，然后他妈掏钱。他爸妈气色不错，衣着光鲜，看起来条件不差，这也是我唯一见到的一次。言谈中得知，他们老家在本地乡下，小周当过兵，前年退伍，在杭州上了两年班，回老家来了，工作已经找好，在一家房产公司做事，规模不大的本地房产公司，但也开发过两个比较有名的楼盘。所以说，其实是打初次见面起，我就对这个当时才二十四岁、体态微胖的小伙子，有了好感。

对了，还记得当时他爸说了句，谈恋爱的话，这个房间就显得有点简陋了。我笑道，没事，这楼里住着好几对，这么大一张床难道还不够？他妈偷偷笑了。小周说，谈恋爱还早着呢，先过几年自由生活！

就这么住下来了。他早出晚归，我平时不太看到他，就是休息天也很少见到，反正他饭也不烧，偶尔见到有送外卖的上门。但我知道，他晚上一般都在家里，因为从楼道里走过，经常听到"砰砰啪啪"打电脑游戏的声音（我看到他搬进去一台电脑，台式机），而401是一对小夫妻，403是个女孩子，根本就不玩电脑游戏，也没电脑。租客的生活习性，我管不了，也不会去管，除非影响到他人。我只要按时收到房租。一般就是到期前两三天，小周会微信或电话联系我：房东，该交房租了吧，你把电费算好告诉我。我说哦。抄了电表，告诉他，然后他就微信转账给我了。还有，每次见到他，他总是衣着光鲜，精神气十足，又热情地打招呼，这样的租客，哪个房东不喜欢？

有天傍晚，大概是住进来半来年之后吧，他刚好开门出来，被我碰到了。他穿了一件深蓝色双排扣西装，金属纽扣亮闪闪的，大背头抹了油，也是亮闪闪的，一副兴冲冲的样子。

看见我，他停下脚步，笑嘻嘻地打招呼："房东好！"

我问："小周，去干什么？"

"一个弟兄叫我吃夜饭。"

"还在那家房产公司？"

他说哎。

"忙不忙？"

他挠了挠头，说忙。

"忙什么？"

他脸色有点红起来，笑了笑说："上个月，他们给我弄了个小官当当。"表情似乎是既有点羞赧，又有点自得。

"什么官？"我笑着问。

"采购部的副经理。"

"老实说，是不是有后台？"我是打破沙锅问到底了。

"当然有！"小周眼睛一挑，看着我说，"不瞒你说，房东，我姑父是房管处的一个领导。你想想，否则，他们凭什么让我当官？"

我"哈哈"笑了几声，又问："那你采购什么东西？"

"那种小材料采购，都归我。这个我也有数的，年纪还轻，又没经验，大的东西交给我，人家也不放心。"他说。

"是的是的，"我说，"慢慢来，你这个年纪已经算有出息了。那就把握机会，好好干！"

"谢谢你，房东！"小周又笑了笑，说，"我姑父也这样交代我的，要诚实做人，踏实做事！"

"你姑父说得对！"我说。

正打算上楼，小周又叫住了我："房东，以后你家里要装修，什么地板、瓷砖、厨卫用品，你跟我说，我帮你去联系，保证比市场价便宜好多！"

我说好好，就此和他分开了。我一边登楼梯，一边想，这个小伙子，真够实诚的！

　　没想到，过了一阵，我还真的搞了一次极小规模的装修。是这样的，我家厨房的地砖，当初没铺好吧，有几块拱了起来，还断裂了。这么点事儿，自己做，有难度，可是叫水泥工，人家又不感兴趣，我就和我姐夫说了，他这方面还行，有点三脚猫手艺。他来看了，说，买上五六块同色的瓷砖，半包水泥，少许沙子，他来帮我弄。水泥和沙子，我发现斜对面邻居家楼下就有，他们家这几天正在装修，大不了用钱买一点，独缺瓷砖。买瓷砖要去建材市场，我也不知道在哪个方位，而找同色的恐怕有点费事。突然就想到了小周，马上给他打电话。他说，房东，你发照片给我，我给你带几块过来。

　　我就用手机拍了，发照片给他。

　　晚上，八点多了，他来敲我们家的门。开了门，只见他捧着一只快递盒子，里面装了几块瓷砖。

　　"刚好六块，同色的。"他笑嘻嘻说。

　　"多少钱？"我问。

　　"笑话，收什么钱，送给你！"

　　"那不好！"

　　"我那边仓库里没有，就跟一个供应商说了，没想到过了会儿他就派人送过来了……几块钱的事情，他也不收我。房东，拿着吧，没事，说钱就难为情了！"

　　我想想也是，就拿着了，表示感谢。

## 2

　　时光荏苒，转眼就到了第三年的冬天。好像是一月份吧，反正元旦刚过不久。某日早晨，八点半左右，我去西堤路上吃了点早饭回来（我们家很少烧早饭，女儿住校，老婆在上班的路上买点），在楼下碰到了小周。他穿了一件咖啡色的风衣，领子立起，头发整齐，可是又边走边擦着眼睛，一副睡眼惺忪的样子。

我说："小周，怎么才出门？上班要迟到了。"

他含糊地说："没事，打过招呼了，昨晚和一个弟兄吃夜宵，喝多了。"

然后他去骑电瓶车，我走向楼梯。突然他又叫住了我："对了，房东，跟你说个事，前段时间我开了一个小公司。"

"啊？什么公司？"我有些意外，止步看着他。

"做外墙材料生意的，属于新型建材，国家正在大力推广的。"他站在电瓶车边，看着我说。

哦，我明白了，就是那种靠关系（其实是权力）做的生意。

我又问："公司开在哪里？"

他说了一下，我没听清楚，好像是说租了一间很小的办公室。

"那房产公司的工作呢，辞了？搞采购，不是挺吃香的嘛。"

"没有，先兼着，等生意稳定了再看……做人总要有点梦想！靠几块死工资，房子都买不起！你说是不是？"

"是是，年轻人是该这样！"我笑道。

"房东，你不是在建行待过吗，总有些房产公司熟悉的，也可以做做业务，赚一点提成。"小周骑上了一辆黑色的电瓶车，朝我挤挤眼睛。

我说好的，我留心一下。我觉得他好像更胖了一点，就说："小周，你要注意体重了。"

"没办法，最近夜宵吃得多。"他双手握着车把。

"好找对象了，不要只顾着赚钱。"我又说。

他哈哈一笑，说："那还是赚钱要紧，赚好钱找对象容易。"

我没接口。沉默了片刻。然后，他好像察觉到了我的某种想法，又说："房东，你放心，我暂时还不会搬的，就是找了对象，也没关系，你这里住着很舒服。"说完，又哈哈一笑，拧动车把，绝尘而去。

还真是的，我刚才确实闪过这个念头：小伙子有钱了，说不定就会搬走，去租更好的房子。他这么说，是为宽我心，说明他一会做人，二心思细腻，完全不像外表看起来那么大大咧咧。好，小伙子有出息！至于靠关系，怎么说呢，如果我有关系，难道不想靠？至于生意，还是算了吧，我也是说说而已，不会真的去参与，离开了建行，我就跟原先所有的业务单位不再联系。

<h2 style="text-align:center">3</h2>

很快又到了三月份。某天上午，十点光景吧，我在书房写作，突然接到了小周的电话。他说："房东，帮我个忙。"

"什么忙？"我问。

"我想贷点款，房子抵押。你建行里有熟人，帮我联系联系。"

"你贷款干什么？"

"喏，我不是开了家公司嘛，做流动资金用。"

"生意怎么样？"

"还好，嘿嘿。"

　　我说没问题，想了想又问："房子是谁的？"不大可能在他或者他爸妈的名下吧。

　　果然他说："房子是我阿姨家的。我们家在乡下有三层楼的别墅，银行不要有什么办法！我自己房子还没买，反正还没找对象，也不急，到时候一步到位，买套大点的房子。"

　　再问，又了解到一些信息。他阿姨，也就是他妈妈的姐姐，嫁在同一个镇上的，但阿姨夫做生意，有点积蓄，早早就在城里买了房子，早早搬到了城里。房子面积七十几平方米，房龄也不短了，反正买了十五六年了，当时总价四十多万，首付十来万，余款二十年按揭，还有四五年全部还清。因为是学区房，现在同小区同面积的二手房已经卖到一百五十万了。最后他说：我听说，按最新的银行政策，这种房子也是可以抵押的。我阿姨和阿姨夫已经同意，拿房子给我抵押贷款。我想贷五十万，应该没问题吧。我告诉他，这叫"再按揭"，理论上有这种业务，但本地银行开不开展不知道，如果可以的话，五十万没问题，先问问再说。

　　我在建行那几年，主要从事公司业务，虽然也做过几笔个人业务，但知识还是比较欠缺的（他这种小公司，不可能做公司业务），再说辞职三年多了，兴许有了新业务也未知。从我家走到建行，也就五分钟左右，但没必要跑一趟。我从手机上翻出一个比较熟悉的个人客户经理，给他打电话。了解了情况，他说：再按是不做的，本地没有一家银行在做，可能北京、上海有开展。不过，这种情况，可以先还清按揭，再做抵押。房产不在本人名下，也没关系，有营业执照，可以做助业贷款。至于能贷多少，要先评估，不好说，老房子评估价低点。还要看个人征信，决定能不能贷款，以及贷款利率。要不，叫他带上相关资料，来银行一趟吧。

我道了谢，搁了电话，又马上和小周联系，转述一番。他说："看来有点麻烦的，要和阿姨再商量商量……征信我没问题，一张信用卡，从不逾期，支付宝信用分700多。"

我笑了笑说："银行就是比较死板的，你要嫌麻烦，就在支付宝上借点。"

"这点钱怎么够？"他也笑道，"这样吧，我再考虑考虑。"

我说好，放下手机，也没心思写作了，就看了一阵股市行情。

没想到，下午一点多，他又打我电话了："房东，在家吗？我现在就去建行了，你有空的话陪我去，二十分钟后，我们在银行门口见。"

于是大约二十分钟后，我们在银行门口见了面。他是打的过来的，穿了一套藏青色西装，配黑皮鞋，估计就是房产公司的工作服，和我原先的工作服差不多，拎了一只包，走路生风。

我说："怎么不骑电瓶车？"

"被同事骑走了。"

"好买汽车了。"

"车子现在便宜，主要是驾照还没考出！"小周瞥我一眼说，"拿到驾照，我马上就去买一辆！"

一会儿，我们进了银行大厅，找到了那个客户经理。接下来，他先看了房产证、土地证等复印件，又查了小周的个人征信，说贷五十万没问题，那就按照上午说的去做，先把按揭余款还清，应该十万不到了。

小周愣怔了一下，想要说什么，客户经理先开口了：你把营业执照拿出来。他就拿出来了。客户经理一看，说："不对啊，这不是你的名字，那是没办法贷款的！"

我忙凑上前一看，果然，法人代表一栏写着：周雅琪。是个女孩子的名字嘛。我问小周，怎么回事？

他挠挠头说："是我妹子的名字。"

客户经理说：那就不能用你自己的名字贷款了。有两种办法，一是小周阿姨或阿姨夫出面，做消费贷款；二是他妹子出面，做助业贷款。他又解释了几句。我是完全明白的，也解释了几句，又了解到，他妹子才二十岁，还在杭州读大学。小周起先有些愣愣的，后来也听懂了。于是收起资料，告别客户经理。

他有些沮丧，走到外面，说："没想到贷点款这么麻烦！当时就想，自己出面不太方便，毕竟还在上班嘛，总要避避嫌……我妹子很少回来的，叫阿姨阿姨夫出面，也不好意思，已经帮忙了，真是头痛！头痛！"他拍着脑袋。

我说，你再考虑考虑。

走到马路边，我问："你现在去哪里？"

他说："去公司新的办公室看看。"又说，原来是借了一个朋友的房子，临时弄弄的，接下来业务发展会很快，就需要正规一点了，刚租了房子，这两天布置了一下。地方有点远，所以又要打车。

我本来想回家的，突发兴趣，说："我反正没事，那就跟你过去看看。"

他说欢迎。

其实还是先回家了，因为要去开车。因为老婆上班都是步行，我们家那辆比亚迪S6，平时几乎不用，除了周末外出，主要就是接送女儿，她在私立学校读一年级，住校。

　　一会儿，我开着车，听他指挥，往城北方向去。绕过银泰，穿过正在建造地铁的金桥北路，经过万科金色家园，经过绿城和园，到了宝龙广场附近。说真的，这一带我几乎没来过，所以没想到，不知不觉中，我们这个小城市居然长这么大了，而且美丽而繁华。

　　办公室并非临街，背街的第二排房子，后面有很大的空地。门口挂着招牌，鑫达贸易公司。走进去，感觉有三十多个平方，分前后两间，果然刚刚粉刷过，还有点淡淡的涂料的气味。外间大些，摆了两张办公桌，普通的那种，其中一张桌子上放了台电脑，另外就是几把靠背凳，一张布沙发，里面是卫生间和储藏室。这会儿空无一人。小周叫我在沙发上落座，自己坐到没放电脑的桌子背后，说："我很少过来的。平时这里就两个人，一个小姑娘管管账，一个堂大伯，给我管仓库，发货。今天都不在。"

　　我说："你两头兼顾，要当心一点，被领导知道，总归不好。"

　　小周一笑道："是的，生意做大点，可能会出来……不过，领导也不傻，可能也有点晓得，反正有我姑父这层关系，应该也没大问题。再说，我自己单位里也不做业务，尽量不影响单位的工作。"

　　我笑笑，没说什么。

　　这时候，小周的手机响了。真是"说到曹操，曹操就到"，放下电话，他说，我姑父要过来了，马上就到。我立刻站起来，说，要不我回避一下。那也没那么快，他说。大约两分钟后，我出去了。我踱到旁边一家副食品店门口，站下来。果然，一会儿一辆黑色的帕萨特开过来，停在鑫达公司门口，下来一个五十上下、穿灰色夹克衫的小个子男人，往里面走去。也就五分钟左右，他出来了，上车离开。稍过片刻，我就过去了。

小周在电脑后面坐着，好像在看什么东西，说："我姑父就在旁边办事，所以过来看看……这已经是他第二次过来了。实际上，这个地方也是他帮忙找的。"

我又在沙发上坐下来，笑道："小周，为什么你姑父对你这么好？"

"为什么我姑父对我这么好？因为我孃孃对他好！"小周抬起头来，一笑说。

我再问，他就解释了。他孃孃，也就是他爸爸的妹子，当年师范毕业，分在城里的小学，样子好，个子高，有一米六五左右，追求的人很多，但是偏偏就选择了姑父。事实上他样子一般，家境不好，又只是个小科员。当时他公公阿婆都反对，但拗不过孃孃。

我笑道："原来是知恩图报！"

"现在我孃孃过得也很幸福！高级教师，工资很高，担任教导主任，一个儿子，在上海读大学。"小周说。

沉默了一下，我说："小周，讲句真心话，你姑父这种事情，你不要随便跟别人讲，当心有人要举报。"

"我又不傻，怎么会乱讲？"小周又抬起头来，看着我说，"房东，我是觉得你这个人很实在，又不在单位里做事，所以跟你说几句。跟别人我当然不会乱讲，这点脑子还是有的嘛……还有，我们利润很薄的，主要靠跑量，那些房产公司，他们也知道，所以肯卖个面子。"

我说，那就好。

一会儿，他关了电脑，站起来，说，我们走吧。于是我也站起来。刚挪两步，他看着我，又说："对了房东，你也可以在我这里投点资！月息一分半，保证，多了没有。我也不会让你多投，最多十万块。"

我还没反应过来，迟疑着不开口。他又说："这个你自己考虑。你可能房租收收够了，不想冒险。不过实事求是说，我们这种生意没什么风险的，都是关系户，东西从厂家拉来，仓库里转一转，又拉出去了，结账也很安耽。"

我说好好，考虑考虑。

然后，我们上了车。我先把他带到上班的地方，再回家去。

投还是不投？这件事情，如鲠在喉一样让我难受。回去和老婆商量了一下，老婆也有点纠结。十万，月息一分半，那就是一千五一个月，一万八一年，如果可靠的话当然好，反正比炒股不知好多少了，这几年套死在股市，少说亏掉了两套房。但要我从股票账户上割出来十万，又十分不舍，万一牛市来了呢，那点利息又算得了什么！

第二天，老婆下班回来，有了主意，决定投，但不割股票，某家银行授予她三十万信用额度（机关公务人员待遇，老师等同），那就贷十万出来，月息只要五六厘，不就稳赚一万一年了嘛，据她了解有些同事就在这么干。我赞成，但建议等一等。我想先等小周贷好款再说，因为我有点怀疑，他会不会拿我这十万，去做还清按揭余款的过桥，虽然事实上没什么关系，反正他借了钱，就要付息还本，至于什么用途与我无关。夫妻俩就这样决定了。

过了两天，是周六。女儿从学校回来了，才七岁的孩子，就周一早晨送出，周五下午接回，中间都关在学校里过集体生活，想想也挺心疼的。那天晚饭后，虽然天气不是很好，雨后有些微寒，我们一家人还是出去散步了，因为这样的机会不多嘛。我们走到江边，由西往东，来到恩波公园。一个圆形小广场上，二三十位妇女在跳舞，也就是所谓的广场舞。我老婆看了一阵子，脚痒痒的，也加入进去了。我就带着女儿，在周边溜达，感觉比平时要冷清。广播声很响亮，正在播报改革开放四十周年的一些重大事件。

突然，我看到了小唐，他就坐在路边，一丛绿色植物前面，还是那个样子：屁股下面一张小凳子，前面一张小方桌，桌上放了一堆道具，有黑色的签桶一只，里面插着好多签，红色的硬纸片一排，带太极图案的小镜子一面，毛了边的书一本，以及小台灯一盏。对了，旁边还有一辆蓝色的小三轮车。他理了个平头，穿一件细格子深色西装，看上去挺有精神的。有两个小伙子围着他坐，在听他说着什么，所以他就没注意到我。这个曾经的租客，四川人小唐，在我家住了一年多，后来因为一个女人搬走了。好些年里我一直没见到他，大概是三四年前，又出现了，我跟他打过招呼，但感觉他看到我有些不自在，就没深聊，有几次碰到也当没看见。

一会儿，那两个小伙子走了，我就拉着女儿的手走过去。他看到我了，脸忽地有些红，因为他皮肤白净了很多，比较明显。他背后的植物，形态规整，颜色深绿，蒙了一层亮晶晶的水珠。

我笑道："小唐，刚才赚了多少？"实际上，小唐也不小了，四十好几了吧，反正比我还大几岁。

他呵呵一笑，说二十块。马上又说："女儿都这么大了嘛。那时候你还没结婚呢。"

"是啊，你搬出去好像有十年了吧……你还是打墙补漏加看相？"

"老咯，这就这么混混算咯，学不来新本事咯。"

"那你现在住哪里？"我问。

他说了一下地方，其实离我家不远，又说，还是你家房子好，干净。

怔了怔，我说："十块钱，给我抽个签。"

"看什么？"他问。

"财运。"

他说好，拿起签桶用力摇了几下，放下。我抽了一支，一看是中上签，几句偈语，不甚明白。小唐解释了一下，说，接下来会有点小财运。

"这么多年了，水平有没有提高？"我逗他。

"这个嘛，怎么说呢，反正有人相信就好。"他白了我一眼。

又怔了怔，我问："那个女的呢，后来怎么了？"

他说："早分了，她老公搞不清楚的。"我记得，似乎该叫前老公，当年就听他说会来纠缠她。我想，这种露水夫妻，这样的结局也正常。

"没再找？"我又问。

"不找咯，儿子都读大学咯，还找什么找。"他笑嘻嘻地说，脸上泛着油光。我觉得他一点都没变老，似乎还年轻了一些。

再问，原来他的儿子去年考上了华北电力大学，因为是贫困地区生源，学费全免。还有，老家房子也造好了，一栋两层小楼，也是国家补助，个人只出了小部分建房款，再简单装修了一下。

　　我笑道："好，小唐，儿子有出息了，这就是你最大的幸福……其实啊，我觉得，你就是中国改革开放四十周年的一个缩影……再赚几年钱，回去好好养老。"

　　然后，我用微信付了十块钱，走开了。今天这支签，让我更加坚定了投资小周的信心。

# 4

　　我说过，我想等小周办好贷款再投资给他，原因除了前面所述，其实还有一点，那就是资金到位了，公司才能真正做大，那么投资也就更加放心了。所以我想，过一阵再打听一下，我相信他不会言而无信。贷款手续有点麻烦，没个十天半月也搞不定。

　　那么投资这事儿且先撇开。过了大约一个星期，他的房租到期了。然而，这次他没有主动联系我。过期一天后，我主动联系他了。我想，也许他太忙，忘了。事情一码归一码，得分开。

　　我微信给他。他回：我在外面，过几天回来给你。我说哦，没事。

　　过了两三天，晚上十点多了，突然接到他用一个陌生的手机号码打来的电话：房东，房子我不租了，欠你的钱到时候会给你，里面的东西你处理掉好了，我不要。我忙问：为什么？他已经搁了电话。回拨，没有接听。我又马上打他自己的号码，居然停机了！我很惊讶。

　　第二天上午，我拿着钥匙串去开402的房门了，自从他入住后，我还是第一次进来。一进去，我便吓了一跳。怎么说呢，垃圾几乎堆成山了，光那种2升装的酷儿瓶就有不少于一百个（毛估估），红牛铁罐好几十个，500毫升的可乐瓶几十个，零食袋到处都是，光瓜子壳就有两大包，还有好多揉成一团的卫生纸，引发不洁的联想。那台电脑，我开了机，发现已经坏了，怪不得他不要了。打开衣柜，一件件挺括的衣服挂在里面，包括那件双排扣西装，两件休闲西装，几条牛仔裤，等等。这家伙，真是光鲜了一个外表，我怀疑他从来不搞卫生。果然，一走进卫生间，我就有种要吐的感觉了。幸好他从不做饭，油烟机保住了颜面。第二天，我叫了一个路过的收废品的大妈上来，说这些东西统统给她，条件是把卫生搞一下。她牢骚了几句，颇不情愿地答应了。

下午，我开车去了宝龙那边，发现鑫达公司锁着大门。

然后，又过了几天，好像是402重新出租后，我听到一个消息，房管处的一个副处长被查了。其实，小周失联后，我就往这方面猜测了，于是就证实了。我暗暗庆幸，亏得自己多虑，没把钱投给小周。他妈的，小唐还说我有财运呢，实际上差点破财！完全不准！然而又想，不亏，是不是就是赚了呢？而不久，我居然难得中了一支新股，赚了三万多，就又想，小财运可能是指这个吧。

接下来的日子，小周继续失联。一开始，我还尝试着联系，不久就释然了，区区三四百块钱，不值得老是挂念。

然后，小周一直杳无音信，而生活在继续。我还当着房东，又一边炒股一边写作，我觉得小周有个想法还是很对的，就是"做人总要有点梦想"，万一有一样成功了呢？

大约半年后，又听说那位房管处副处长，案情明朗了，果然是被人举报，幸好也没查出大问题，主要就是利用职务帮亲戚谋利，自己倒是没贪什么钱，连逢年过节的礼都收的不多，所以最后被撤了职务，保留工作和党籍。

又过了大约十来天。应该是九月份的某个晚上，反正我女儿开学不久。我和老婆散步回来，上了楼，刚进书房坐下来，就接到了小周的电话（原来那个号）。他说："房东，你在家吗？我在你楼下。在的话下来一趟。"

我极感意外，说："马上下来！"

到了下面，只见小周就站在门口附近，短头发，白T恤，看上去黑了点，也瘦了点。不远处的路灯照过来，他脸上的表情有点淡漠。

我说："小周，这半年你到哪里去了？"

"一言难尽。"他淡然一笑说。

"你的东西我都处理掉了，电脑是坏的。"

"没关系，事先跟你说过的。"

"那么，接下来打算做什么？"

"这个，再说……不急。"他慢悠悠说。

我愣了愣，想接下来说点什么呢。突然他从裤兜里掏出手来，说："房东，欠你的钱还你，四百块，差不多了吧。"

他塞给我。我愣了愣，接下了，笑了笑说："真的，我都没想到，你还会来还钱。"

他也笑了笑，说："为了几百块钱，在你眼里，我成了一个没信用的人，你说值不值？"

我笑而不语。他就朝我挥了挥手，转身，走两步，骑上那辆黑色的电瓶车，冲进了朦胧的夜色里。